魅丽文化 桃夭工作室

借你三分喜欢

王木木 / 著

江苏凤凰文艺出版社
JIANGSU PHOENIX LITERATURE AND ART PUBLISHING

图书在版编目（CIP）数据

借你三分喜欢 / 王木木著 . -- 南京 : 江苏凤凰文艺出版社 , 2021.7
ISBN 978-7-5594-5578-9

Ⅰ . ①借… Ⅱ . ①王… Ⅲ . ①长篇小说 - 中国 - 当代
Ⅳ . ① I247.5

中国版本图书馆 CIP 数据核字 (2020) 第 260643 号

借你三分喜欢

王木木 著

责任编辑 张 倩
特约编辑 曾 枰
装帧设计 黄 芸
出版发行 江苏凤凰文艺出版社
南京市中央路 165 号，邮编：210009
网 址 http://www.jswenyi.com
印 刷 湖南凌宇纸品有限公司
开 本 880mm × 1230mm 1/32
印 张 10
字 数 296 千字
版 次 2021 年 7 月第 1 版
印 次 2021 年 7 月第 1 次印刷
书 号 ISBN 978-7-5594-5578-9
定 价 42.80 元

目录

CONTENTS

目录

CONTENTS

第一章

相亲三十七次都不中的天煞孤星

1.

阳春三月，天气正好。

青城市 IG 诚信旅游公司副总祁明信史无前例地用最快的速度结束了他的第三十七次相亲。

祁明信踏进别墅时，祁知诚正坐在沙发上喝茶，即使穿着休闲家居服，也掩饰不住这位 IG 旅游公司大老板身上的那股子严肃正经的模样，不熟的人保准被他这气势吓得只敢远观而不敢靠近。

祁明信顿了顿脚步，和助理刘昊对视了一眼。

然后他这个没什么脑子的助理浑身一颤，对着祁知诚脱口而出：“难怪祁总长得这么帅还没有女人，活得这么禁欲，是打算出家吗？哈哈……哈哈……”

最后两个“哈哈”被冷冻在祁知诚冷冰冰看过来的目光里。

气氛陡然变得尴尬。

祁明信修长的手指松了松领带，故作平静地坐到了自家哥哥的对面。

刘昊见状，连忙将手里的车钥匙和钱包放在了茶几上，然后狗腿地给祁明信也倒了一杯茶。

祁知诚放下茶杯，整个人往后靠了靠，十根修长干净的手指交叉放在膝盖上，目光审视着他："相亲成功了？"

"没有。"

"这次又是为什么？"

祁明信不动声色地往后坐了坐，故作镇定地说："没兴趣。"

助理刘昊满头都是大汗，这兄弟俩眼下都很冷静，可是以他这么多年的经验来看，这绝对就是暴风雨前的宁静。

祁知诚的眉头皱紧了："三天前，当你得知相亲对象是李氏集团这位小千金时，明明对这次相亲表现出了前所未有的兴趣。"

"那是因为三天前我还没有打听到李氏集团在过去一年时间里亏损了六个亿，这个时候李家想把女儿嫁给我，是打算拿我们祁家当自动提款机吗？"

"祁明信，我们父亲去世之前和李叔叔是挚友。"祁知诚的目光开始变得不善。

"所以我很给面子地去见了这位李小姐，很主动地付了自己的那份餐费，很大度地没有介意这次相亲浪费了我十分钟的时间，并且很有忍耐力地没有吐槽她一个大陆人偏偏用台湾腔喊我'祁哥哥'——"

话未完，祁知诚抓起一旁的财经杂志就砸了过来，祁明信特别熟练地接住，将杂志放在了一边。

祁知诚暴跳如雷地指着大门吼道："祁明信，你给我滚出去！"

话音落地，兄弟俩下意识地一齐看向茶几上的车钥匙，电光石火之间，祁知诚眼疾手快地探手抓到了车钥匙。

祁明信悲愤地看着自己空空如也的手："每次生气都来这一招，有意思吗？"

祁知诚刀刻斧凿般的五官冷硬，将他的车钥匙丢进垃圾桶，淡淡地道："有意思。"

过了一会儿，他又说："滚吧。"

2.

祁明信滚出了祁知诚的家，被刘昊带到了不远处公园里的人工湖旁。

刘昊高度紧张地环顾了一下四周的环境，说：“副总，这儿人少，您先在这儿待着，等祁总上楼了，我就去把车钥匙偷出来。”

祁明信一针见血地点评自家助理：“成事不足，败事有余，进门之前我跟你说什么了？”

刘昊自知有罪，声若蚊蚋：“头可破，血可流，握紧车钥匙不能松。”

祁明信：“所以你把车钥匙握进了祁知诚的垃圾桶？”

刘昊垂头丧气地接受批评，忍不住嘀咕：“可是副总，这次也就算了，您每次去相亲，不是觉得人家女方觊觎你的财产，就是觉得人家女方对你有非分之想，您到底哪儿来的自信？”

祁明信的脸“唰”的一下就黑了，刘昊吓得一个激灵：“副总，我错了，副总，我去偷回您的车钥匙。”说完，他脚下生风地跑得没了影子。

祁明信看了看周围，这片人工湖正在安装防护栏，属于施工地带，很乱。他皱了皱眉，拿出手机给周秘书打电话。

祁家两兄弟的父母去世之后，周秘书一直辅佐祁知诚经营公司，名义上是雇佣关系，其实两兄弟一直敬他为长辈。

周秘书很懂套路，接到祁明信的电话就笑着问：“车钥匙又被知诚扔了？你也真是厉害，知诚这么稳重的性子，每次都能被你气成那样。”

祁明信只想翻白眼。

周秘书：“这次怎么又没成？你听说相亲对象是李家小姐时，不是很有兴趣来着？”

“周叔，当初爸妈才去世，祁知诚一个人撑着IG的时候，他们李家连面都不敢露，生怕我们祁家攀着他们不放。如今李家眼看着就要破产了，这会儿倒是打着‘世交’的名头要跟我们祁家联姻了？我就是想去见识一下李家人的脸皮有多厚。”

周秘书讪讪地咳了咳：“你这孩子……”

他又不死心地问：“明信，你是不是不喜欢这些名媛淑女啊？我最近在追一个热播剧，叫《总裁爱上丑小鸭》，你是不是喜欢那样的女孩子啊？”

“周叔，我早劝你少看这种偶像剧，那剧情完全不合理，两个生活在不同层次的男女，怎么可能有共同话题？”

祁明信刻薄地说：“那个男主身为一个双证博士，从小接受高等教育，接触社会名流，资产几百亿公司的大总裁，居然会因为女主吃饭不优雅，举止不得体，不喜欢高档美食喜欢路边摊而觉得她与众不同，并且深深地爱上她？他是不是脑子有毛病？”

周秘书：“……话虽如此，但你不看这个降智剧，怎么这么清楚剧情？”

祁明信干脆利落地总结：“行了，周叔，您在老地方接我吧。”

周秘书笑着说：“你等我十分钟。”

挂断通话，祁明信呼出一口气。

春光明媚，今天是难得的好天气，很多人都围在怒放的花树下拍照，簌簌的花瓣不断飘落，风景如画。

“我是你最好的闺密纪煦的侄子，你好意思连个玩具都不给我买吗？”不远处传来一个稚嫩的童音，语气中带着难以置信。

一个年轻的女声理所当然地回应：“好意思啊！”

“你——”

“你什么你？那个玩具的价格比我刚刚做成的那一单的提成还高，你身为一个大男人，你好意思花女人的钱吗？”

这两个声音离祁明信很近，他下意识地看过去，就见一个女人拽着个七八岁的男孩避开人群中心，朝着他走过来。

祁明信身体僵硬了一下，往后退了一步。

这个公然和孩子在大庭广众之下斗嘴的女人，正是大州保险公司的业务员叶长乐。而这个孩子是她闺密纪煦的侄子，余乐。

余乐被叶长乐的厚脸皮惊呆了，噎了噎，使出撒手锏：“你不给我买，我就哭给你看。”

叶长乐闻言，高兴坏了：“听纪煦说你自诩汉子一条，从来不哭，你要是肯哭，说不定我就给你买公仔了。”

余乐被撑得说不出话。

叶长乐已经离祁明信很近了，抬头看见这么大一帅哥站在湖边，她立马就地取材，指着祁明信教育余乐：“你看看人家，同样身为汉子，人家就远离那些赚人钱财的小摊贩，独自站在湖边陶冶情操，你学学人家的精神追求好吗？”

余乐气愤地看向祁明信，还没想好反驳的话语，就发现这个非常有追求的“汉子”看着他们的目光像是见到了什么可怕的东西一样，他不断地往后退，往后退。

余乐惊呆了。

叶长乐也惊呆了。

当然，他们惊呆的不是祁明信看他们的目光，而是……

“喂，你别退了，你后面是——”

叶长乐的“湖”字还没出口，祁明信就整个人不受控制地栽进了湖里。

巨大的落水声伴随着水花飞溅而起，在阳光下闪烁成无数晶亮的珠子。

叶长乐一脸茫然地看着刚刚还站在湖边的男人，眼下已经在湖里挣扎了起来。

“救……咯咯……”

祁明信狼狈地呛着水呼救，他一开口就是一口湖水灌进来，根本说不出一句完整的话来。

水不断漫过头顶，祁明信的力气在流逝，意识也渐渐昏沉，他感觉到手脚已经不再受自己的控制，身体像是被无形的怪物拖住，一寸寸向着冰冷的湖水深处沉下去。

祁明信绝望地想，他是不是就要死了？

要是祁知诚知道是因为自己扔了他的车钥匙才导致他出意外，会不会自责痛苦一辈子？

余乐使劲儿抽回自己的小胳膊，推搡叶长乐：“傻子，你的颜值把人都吓到湖里去了，你还不救人？”

“我颜值怎么了？为什么是我？我是个柔弱的女孩子，凭什么我下水？”叶长乐扭头大喊，“救人啊！有人落水了——啊！”

叶长乐话音未落，就被余乐这小没良心的一把推下了湖。

头顶传来重物落水的声音，祁明信迷迷糊糊间看到那个害他落水的女人正奋力地朝他游了过来，那一刹那，从来避女人如蛇蝎的他，竟破天荒地渴望她能抓住不断沉入水底的他。

叶长乐从身后紧紧地抱住了祁明信的脖子。

即使冰冷的湖水已经让他的手脚麻痹，即使意识已经模糊，祁明信依旧能明显地感觉到她从背后紧紧抱着他的力道。

大概是强烈的求生欲在作祟，明明她离他这么近，明明她紧紧地抱住了他，他却破天荒地没有想抗拒，反而由衷地觉得……感激。

获救了。

他想，祁知诚不用痛苦自责一辈子了。

祁明信终于放心地让意识沉了下去，任由叶长乐带着他朝水面奋力游去。

叶长乐小时候在她外公家住，她外公家那地儿是个渔村，受环境影响，她打小水性就好得不得了，所以很轻松地就把已经挣扎得没了力气的祁明信捞了起来，抱着他的脖子带他浮出了水面。

“没事吧？”

“都没事吧？”

“你这姑娘胆子真大，怎么自己跳下去了？”

路人纷纷围过来帮忙。

叶长乐浑身湿漉漉的，衣服不断往下滴着水，她气喘吁吁地抹掉脸上的水，怨气十足地看向余乐。

小小的男孩子朝她吐了吐舌头做了个鬼脸，还嘲笑她：“落汤鸡。”

叶长乐简直想当场暴起打这小孩。

“哎呀，这个男的好像没呼吸了！”有人惊呼。

“怎么办？快打 120！”

叶长乐闻言，本能地拨开人群，说道：“我是医生，让我看看。”

众人连忙给她让开一条道。叶长乐费力地将祁明信翻了个身，喊了几声“喂”，也没见他有反应。

祁明信的眼睛紧紧地闭着，他生得十分英俊，只是此刻这张英俊的脸上没有一丝的血色，苍白到有些发青。

叶长乐连忙跪坐下来，手法熟练地替他做胸外按摩，不时弯腰去听他的呼吸和心跳，可祁明信依旧没有任何反应。

有围观路人焦急地说：“姑娘，你这个法子不对吧，我看电视里都是要做人工呼吸的，你这个没用呀。”

“是啊是啊！”众人纷纷附和。

叶长乐没空去和路人解释，对于溺水昏迷的人来说，胸外按摩比人工呼吸要有效果得多。

可眼下胸外按摩做了这么久，这个男人还没有醒，她也有些焦急，于是扶着祁明信的脑袋，抬起他的下颌，深吸一口气就俯身下去——

彼此的唇瓣几乎才触碰到，叶长乐甚至没感觉到男人的唇是冷是热，刚刚还紧闭眼睛的男人忽然睁开了眸子。

那是一双比夜空还要深邃的眸子，漆黑里有微弱的光，里面清清楚楚地映着叶长乐的影子。

叶长乐的呼吸一滞，被美色所惑，心跳漏了一拍，蒙在那儿和祁明信面面相觑。

空气一时死寂。

祁明信长而卷的睫毛上都是细密的水珠子，他有一瞬间的茫然，却在和咫尺之间的女人四目相对之后陡然睁大了眼睛。

路人惊喜道：“嘿，人工呼吸管用，醒了。”

被祁明信这么直勾勾地盯着，叶长乐很尴尬，她连忙直了直身体。祁明信的目光便不由自主地顺着她纤长白皙的脖子落到她微微敞开的领口处，那里的春光若隐若现……

他陡然神情激动："你——"

叶长乐浑然不觉，她咳了咳，正色道："我在给你做人工——"

话未完，祁明信忽然白眼一翻，彻底晕死了过去。

刚刚还惊喜不已的路人现在都一头雾水。

叶长乐崩溃："大哥，你要不要醒得如此突然，晕得也如此突然？"

余乐小小的身子艰难地在诸多大人中间挤着，踮起脚出馊主意："叶长乐，你继续吻他！刚刚就是你吻醒的！肯定是你吻得还不够久，所以他又晕了。"

叶长乐："呃……"

她心想，回去之后，是否要提醒纪煦重视一下她侄子的身心教育问题？

"副总！！"

就在叶长乐打算采取余乐的意见，再给祁明信做会儿人工呼吸时，人群后面突然爆发出一声惊天地泣鬼神的惨叫，吓得叶长乐一哆嗦，扭头就见一个抱着垃圾桶的小哥挤进了人群，用悲愤的目光瞪着她。

刘昊好不容易把祁知诚的垃圾桶偷出来，抱着垃圾桶就马不停蹄地来找祁明信。

谁知道一过来，他就看见祁明信正浑身湿透地躺在地上，关键他身上还骑着一个女人，而这个女人正在众目睽睽之下，对他家柔弱无助的副总做着令人发指的事情。

刘昊哀号一声："小姐姐你住手，你再碰我家副总一下，就要出人命了。"

叶长乐被刘昊手忙脚乱地推搡开。

她试图解释："你家副总溺水了，一直昏迷很危险，我需要给他做心肺复苏——"

"小姐姐，我谢谢你的好意，你这个心肺复苏不做他只是可能会死，做了我可是真的会死啊！"

叶长乐："你说什么？"

刘昊将垃圾桶塞进叶长乐的怀里，艰难地将祁明信背到背上，说道："小姐姐，我得赶紧送我家副总去医院，能不能麻烦你拿着垃圾桶帮我们开一下车？”

叶长乐目瞪口呆地看着被忽然塞进怀里的垃圾桶，结结巴巴地问：“开，开车？用垃圾桶？”

“不是，车钥匙在垃圾桶里。”

说完，刘昊背着祁明信一阵小跑。

叶长乐的表情一言难尽，她看着怀里的垃圾桶——恕她搞不明白，把车钥匙放进垃圾桶里，难道是最新流行的防盗高招？

“那个余乐，男子汉大丈夫，车钥匙——”

她将垃圾桶往余乐面前一塞，余乐立马张嘴就干号：“哇，欺负小孩子啦，没天理啊，灭绝人性啊，呜呜呜……”

叶长乐面无表情地收回垃圾桶，戏精余乐也适时收起了哭声。

叶长乐忍着恶心把手伸进了垃圾桶摸索车钥匙，好在这个垃圾桶里面没什么脏东西，除了一些茶叶，其他的都是些撕碎的纸。

她很快就摸到了车钥匙，然后跟着刘昊上了车，一路按照指挥将车开到了一家私人医院。

直到祁明信被医生推走，叶长乐才松了一口气。

她浑身都湿透了，现在又是春天，南方的春天早晚冷，中午热，天色一晚，气温就开始下降，凉风一吹，她打了一个喷嚏。

“阿嚏。”叶长乐揉着鼻子，牙齿打着战问刘昊，“既然你家副总有你了，我这个路人甲是不是可以先走一步了？”

刘昊当然不能让她走，他家副总还没醒，他还不知道发生了什么，万一副总醒了之后要兴师问罪怎么办？

他连忙拦住叶长乐，说得倒是好听：“这位小姐，你看我家副总还没醒，我一个人也挺无助的，要不你留下来帮帮我呗？”

叶长乐和余乐瞪着刘昊这个一米八的大个子，对从他嘴里说出“无助”两个字这件事表示很惊悚。

叶长乐耐着性子说："先生，你这是碰瓷，你这样以后谁还敢做好人好事啊？"

"小哥哥，叶长乐这个女人虽然不厚道了点儿，以至于见到她的人都怀疑她的人品，但今天我在现场，我可以做证，她真的救了你家副总。"余乐踮起脚插嘴。可惜他个儿矮，踮起脚也没用。

刘昊看他可爱，忍不住摸摸他的头："小朋友，你们救了我家副总，我就更不能让你们走了啊，万一我家副总醒了之后要重金酬谢你们呢？"

余乐黑了脸："重金酬谢什么的先不说，随便摸男人的头是一件很不礼貌的事情，你不知道吗？"

刘昊一脸惊吓。

余乐气鼓鼓的："道歉！"

叶长乐拉回余乐，对刘昊认真地提建议："重金什么的就不用了，不过就你家副总这个情况，我个人建议你们给他买个意外险，出行有保障，幸福一家人。我手里有几个险种非常好，特别适合你家副总这个情况……哦，忘记自我介绍了，我叫叶长乐，大州保险公司的业务员。"

片刻之后，叶长乐似乎忘记了自己浑身湿透、狼狈不堪的处境，她和刘昊一起坐在病房里，给刘昊介绍了三四个险种，口若悬河，滔滔不绝，听得刘昊生无可恋，余乐面色生畏。

因为心肺复苏做得够专业够好，所以祁明信没受什么损伤。

主治医生似乎跟祁明信很熟，也认识刘昊，将祁明信推回病房时，他还很乐观地对刘昊说："他没事，睡一觉就好了，状态好得不得了，就是湖水不太干净，他身娇肉嫩有点儿过敏，放心，这次不会杀了你的。"

刘昊憋得脸通红，瞥一眼无辜的叶长乐，拉了拉主治医生的袖子，说道："江明，你是不是敷衍了事了？那个女……我去的时候，她都把我家副总……上次有个女的不过是不小心倒进了副总的怀里，他就暴跳如雷，怪我不及时'护驾'，差点儿生撕了我……你确定我家副总状态真的不错？"

年轻的主治医生好笑地回头瞥了叶长乐一眼。

余乐觉得这两个男人鬼鬼祟祟的不知道在说些什么，很有可能居心不良，自己身为叶长乐身边唯一的男子汉，有责任保护她的人身安全，于是他立刻挪着自己的小身板挡在叶长乐的面前，充满敌意地仰头瞪着他们。

江明愣了愣，然后露齿一笑，拍拍刘昊的肩膀："放心吧。"

刘昊的表情很臭，还没开口，江明又揶揄道："话说，这是祁明信的初吻吧？"

刘昊绝望地哀号："闭嘴……你可以走了。"

江明笑眯眯地走了。

叶长乐被刘昊安排在离祁明信很远的位置坐着，她眼尖地发现祁明信的脸上有星星点点的红疹，不由自主地摸了摸自己身上湿漉漉的衣裳，在心里嘀咕：这湖水看着挺清澈的，没想到污染得这么严重，这人都过敏了，还好我没他那么身娇肉嫩，不然明天怎么见人啊……

这时，刘昊的手机响了两声，他拿出手机一看，低呼一声："天哪，周叔居然给我打了三十多个电话……"

他连忙跑出去接电话。

接着，叶长乐就听到他在外面哭诉，说他家副总被一个胆大包天的女人强吻了，而那个女人居然还建议他给他家副总买意外险……

余乐忍不住叹息一声："叶长乐，我有点儿同情你，你一个舍身救英雄的美女，就这样成了女流氓。"

"人小鬼大，小小年纪，你懂什么？"

叶长乐翻了个白眼，余光瞥见刚刚还躺在病床上闭着眼睛的帅哥已经醒了，一双乌黑的眼睛正冷冰冰地看着她。

这个男人长得真的很好看，比叶长乐最近迷恋的偶像剧男神秦风还要好看，可被他这么一眨不眨眼地盯着，叶长乐瘆得慌。

她咳了咳，开口打招呼："嗨，你醒了？"

祁明信有些苍白的手腕上插着针头挂着点滴，他皱了皱眉，用眼神示意叶长乐离他再远一点儿，然后问她：“你有什么想说的？”

叶长乐愣了愣，她能有什么想说的？

她将自己湿透的袖子扯了扯给他看：“你穿得干爽舒适地躺在床上，你的救命恩人我却湿淋淋地坐在这里，被冤枉成了女流氓，你有什么想说的？”

祁明信愣了愣。

叶长乐摸着自己湿漉漉的头发，大度地说：“你是想感谢我救了你的事情吧？不用了，我——”

“感谢你？救了我？”祁明信打断她的话，“感谢你害我掉下湖？感谢你占了我的便宜？”

叶长乐蒙了。

哎，这个画风好像不太对，这人是想碰瓷啊！

“祁先生，那会儿我距离你至少有五米远，是你自己失足落水的，还有，当时我不是占你便宜，那是人工呼吸，人工呼吸是常识。”

她在“常识”两个字上面加重了语气。

祁明信瞪着她，忽然没头没脑地问她：“你是不是喜欢我？”

叶长乐一脸问号。

余乐捂住了小耳朵：“少儿不宜。”

祁明信强调：“我是祁明信。”

叶长乐茫然地点了点头：“哦，我是叶长乐。”

祁明信挑明了话：“我看过很多偶像剧，你这种套路太普遍了，你是故意的吧？故意害我落水，自己假模假样地救我，对我又抱又亲又乱摸地占便宜，目的是指望我会对你有感觉，或者把你当成救命恩人，让你日后纠缠接近我，和我日久生情？”

祁明信冷笑：“电视里的剧情，你以为会出现在现实生活中？”

叶长乐听得目瞪口呆，她和余乐对视一眼，艰难地说：“祁先生，你偶像剧看得……中毒了吧。”

她看他的样子，仿佛在看一个小怪物。

祁明信的脸都黑了，配着他满脸星星点点的小红疹，莫名有点儿萌。

说话间，刘昊再次推门而入，身后还跟着一个五十岁左右的男人，显然就是那位“周叔”。

周秘书进门就看到祁明信躺在病床上，一副吃瘪的样子，完全不是平时精明强干的样子，他心中着实惊讶。

他先和蔼可亲地给叶长乐递过去一张名片，说：“我姓周，刘昊都和我说了，感谢你救了小祁。”

叶长乐本来以为这人是刘昊找来的帮手，没想到对方这么讲道理，她连忙接过名片，又从包里抽出自己的名片递过去：“周叔叔客气了，我姓叶，你家副总的身体没什么事，就是以后得少看点儿偶像剧。”

周秘书不知道这是个什么梗，茫然地点了点头：“哦哦，多谢叶小姐提醒。”

祁明信的脸色更臭了，他懒得再找叶长乐的麻烦，指了指病房门说：“叶小姐，希望你真的像你所说的那样只是见义勇为，至于你救我的报酬我会让刘昊联系你，希望你以后不会以此为借口再出现在我的面前。”

周秘书忍不住拍了他一把：“小祁，怎么跟救命恩人说话的呢？”

叶长乐“呵呵”笑了两声：“祁先生放心，报酬什么的没必要，我见义勇为，不图回报，咱俩绝对后会无期。”

她全身还湿着，衬衫的料子被水浸得透明，几乎能看清楚内衣上的花纹。

叶长乐一站起身，祁明信抬头就看见这么一片春光，顿时气得一阵目眩，令他几欲晕倒。

这个女人居然穿成这个样子坐在他面前这么久？她还敢说自己不是觊觎他？

“穿上！立刻出去！”祁明信抓起搭在一旁的外套丢向叶长乐，结果因为太激动，手一滑，外套直接丢人家脸上去了。

叶长乐被他的外套砸了脸，那外套还很湿很重，砸在脸上生疼，她气得要死，扯下外套喊：“你这个人什么毛病？”

祁明信闭着眼睛别开脸，一副避之唯恐不及的模样，叶长乐发誓，要不是看他那边人多，她保证会掐死他。

周秘书连忙起身解释："不好意思叶小姐，小祁不是故意的，他——"

"周秘书！"他身后传来祁明信警告的声音。

老周尴尬一笑，打住话头，换了个话题："叶小姐，现在天色已晚，你又浑身湿透，我让刘昊开车送你回去吧？"

"谢谢周叔叔，不用了，我自己打车回去。"

叶长乐牵着余乐就走，看都没看祁明信一眼。

祁明信瞥见她出门时，似乎要将他丢给她的外套扔进垃圾桶，她身边那个小孩制止她道："叶长乐你冷静，你看看你这湿到透明的衬衫，确定要这么走出去？"

叶长乐身子僵了僵，泄愤般将那外套使劲往门框上一砸，砸出无数飞溅的水花。

3.

劳累奔波一整天就签了一份小单子，冒险跳湖救人却救起一只白眼狼，叶长乐觉得自己今天有点儿惨。

"还好姐姐我够勇敢，够机智，够专业，不然就被那个白眼狼碰瓷了。"

叶长乐浑身湿漉漉地蹲在卫生间磨牙，余乐跟她隔着一道帘子，正在洗澡，闻言鄙视道："傻子，人家是IG旅游公司的副总，那么有钱，会碰你的瓷？还不是因为你长得太不厚道了，人家那么帅，怕被你觊觎也正常。"

叶长乐冻得牙齿打战，疑惑地问："你怎么会知道他是谁？"

"IG旅游公司副总祁明信相亲三十七次不成功，外号'天煞孤星'这事儿，只要跟上流社会的人打交道的都知道，你以为谁都跟你一样没文化？"

叶长乐威胁："道歉，不道歉我现在就拉开帘子。"

"啊，女流氓！"

帘子里面水花四溅，然后余乐裹着条浴巾，挥舞着小胳膊小腿飞快地冲出去了。

叶长乐听到房门"哐当"被关上的声音，她咧嘴一笑："小东西，跟我斗？"

她哆嗦一下："小东西每次洗澡都这么慢，冻死我了……"

叶长乐匆匆忙忙地跑到了帘子后面。

等叶长乐打着喷嚏从浴室走出来时，她知道，自己可能是感冒了。

她用力擦了擦自己湿漉漉的头发，正无精打采地倒着热水，门锁忽然传来"咔嗒"的声音。

叶长乐吓了一跳，一回头，就看见姑姑叶红梅略显臃肿的身体挤进了门，那双好像看什么都不顺眼的眼睛一看到叶长乐，立刻露出不满来。

"你怎么穿着睡衣？你该不会今天没上班吧？你这么大个人了，怎么还这么不思进取？"

叶红梅絮絮叨叨地说起来，叶长乐却盯着她手里的钥匙问："你怎么会有我家的钥匙？上次我抽屉里的五百块钱不是我忘记花哪儿了，是你拿走了吧？"

叶红梅的脸上闪过一丝尴尬，但紧接着，她就气势更加凶悍地叉起腰说道："少废话，我这次来是给你说婚事的，你姑父亲戚家的儿子，有房有车，关键答应给十万块的彩礼钱——"

"我不想结婚。"叶长乐不耐烦地打断她。

叶红梅眼睛一瞪，尖着嗓门数落："不想结婚？我知道了，你一听有十万块彩礼钱，生怕我问你要是不是？你弟弟这么大了，就要说亲了，到时候办婚礼买房买车哪里不要花钱？你爸爸当初病得不行的时候你不在家尽孝，是我和你弟弟照顾的他，他死了也是我们替你葬的，你就算给这十万块又怎么了？你……"

叶红梅数落个没完，声音越来越大，越来越高亢，对门的住户忍不住打开门伸长了脖子看热闹。叶长乐忍无可忍，使劲挪开靠墙的桌子从那后面抓起一张银行卡砸了过去。

"说那么多你不就是想要钱吗？十万块十万块，我给你就是了，你现在能走了吗？"

叶红梅眼疾手快地接住银行卡，哼哼唧唧抱怨着"没良心"就走了。

叶长乐倒在沙发上，还没舒一口气，叶红梅又折了回来，吓了叶长乐一跳，她没好气地道："你还想干什么？"

叶红梅直直地将银行卡递向她，叶长乐受宠若惊，下意识地伸手想接："姑姑，您良心发现，不好意思拿这个钱了？"

叶红梅猛地收回手，看白痴一样看着她强调："密码！密码你还没有告诉我！"

叶长乐面无表情地报出一串数字，看着叶红梅心满意足眉开眼笑地离开，气得差点儿哭出来。

多少次了？多少次了？！明明早就发誓再也不给姑姑钱了，怎么又没忍住！

她又打了一连串喷嚏，鼻子有些堵塞，果然是感冒了。她又忽然想起一件更加糟心的事情——刚刚一时激动忘记了，卡里明明还有十万零八千块，她的全部家当。

那八千块……好吧，不用问，姑姑肯定不会还给她。

叶长乐可怜兮兮地给公司经理朱明霞打电话，一接通就哀号："经理，我穷。"

朱明霞大概正在啃苹果，一边"咔嚓咔嚓"一边说："这么巧，我也穷。"

"我就问你借一千块，下周发工资就还。"

"借钱可以啊，本月我们组距离完成目标任务还差十万块，你给签个大单子，别说借一千块，一千零一块我都借给你。"

叶长乐悲愤欲绝："又是十万块，我恨十万块。"

朱明霞什么也没说就挂断了电话。

叶长乐自暴自弃地窝进沙发里："钱啊钱啊钱啊，万恶的钱啊，我需要你啊！"

"你这两年被资本主义荼毒得挺厉害啊，怎么张嘴闭嘴都是钱？"

一只手揪住叶长乐的胳膊把她翻了过来，叶长乐对上纪煦的脸，顿时泪流满面："煦儿，你终于出差回来了，你侄子余乐快把我吃穷了。"

眼前这个肤白貌美大长腿的女人，就是叶长乐背井离乡来到青城认识的第一个人，也是她最好的朋友，纪煦。

纪煦作为一个家境优渥、职业高端、年薪百万的职场女精英，和叶长乐完全就是两条平行线上的人，两人相识于一份保险合同，然后臭味相投地成了死党。

房门“砰”的一声被打开，余乐的头发还没干，湿漉漉地搭在他稚嫩的小脸上，他气呼呼地说：“我一顿就吃半碗饭，最多你每顿为我多炖了一个蛋，你穷绝对不是我吃的。”

叶长乐吓了一跳：“你没睡啊？那你躲在房里干吗？”

“我是看你姑姑来欺负你了，她说话那么难听，我怕我出来你尴尬，我给你面子。”

“我谢谢你啊！”

叶长乐哭笑不得。

“你那个脸皮比城墙还厚的姑姑又来了？”纪煦捏住叶长乐的下巴往上一抬，冷笑，“你这个死丫头，是不是又当了她的自动提款机？”

叶长乐小媳妇一样握着她的手指弱弱地说：“女神，我错了，下次我再也不干这种蠢事了。”

纪煦没好气地道：“这种鬼话你留着骗你自己吧，你都说了多少遍了，你自己想想？”

叶长乐可怜兮兮地缩了缩脖子。

余乐补刀：“她这次更惨，刚刚还问她经理借一千块钱。啧，小姑姑，她现在全身上下连你一瓶香水的钱都没有了。”

叶长乐愣愣地看着她。

“你以为你不问我借钱，我就不知道叶红梅是怎么欺负你的吗？”纪煦没好气地问。

“我错了，我不该在家里有个小间谍的时候还想着瞒着你。”叶长乐的语气十分正经，态度却非常欠揍。

纪煦无语地拿出手机给她转账，叶长乐颠颠儿地抱着手机查账：“女神，下周我发了工资就还你——哇，五千块！”

纪煦嫌弃她："出息。"

叶长乐觍着脸笑嘻嘻地卖萌："女神，还是你对我最好，我问经理借一千块钱，她还要我签十万块的保单才肯借。"

"我说你就不能换个适合你的工作吗？你以前明明是医生。"

"纪煦，你别说了。"叶长乐打断她，脸上的笑意僵了僵，故作轻松地说，"我以前在医院白天黑夜颠倒，没有休息日，现在多好啊，卖的保险多提成就多，时间还自由，总之我这辈子都不会再干医生这行了。"

纪煦欲言又止地看着她眼底的失落，叹了一口气："算了，随你吧。"

第二章

电视剧里的剧情是不会出现在现实生活中的

1.

次日中午十一点。

叶长乐准时站在了IG诚信旅游公司设计得十分有特色的大门前，她抬手搭在眉骨上，迎着阳光看了看公司名字前面那个流光溢彩的Logo，深深地吸了一口气。

昨天晚上，她接到了周秘书的电话，对方称看到名片上她的职业是保险业务员，而他刚好有意买一份理财保险，所以约了叶长乐中午休息时间见面谈。

叶长乐当时顺口问他想买多大金额的，老周笑着说十万块左右的。

叶长乐的内心真是五味杂陈，十万块，又是十万块，她真是败也十万块，成也十万块啊……

正好是公司午休的时间，不时有挂着工作牌的白领步履轻松地从大楼里走出来，神采飞扬，衣着光鲜，但叶长乐一路走来，只看到男职员，鲜少见到女职员，不觉有些奇怪。

叶长乐拎着沉重的包踏进了IG的大门，入眼是宽阔大气的服务台，雪白的大理石面一尘不染，后面坐着三男三女。叶长乐一踏进去，前台离得最近的一位女职员就先站了起来，面带微笑和蔼可亲地问：“您好，请问有什么可以帮助您的？”

叶长乐说：“你好，我是来找周秘书的。”

她将老周给的名片递了过去，女职员看了一眼，礼貌地问：“请问您贵姓？”

“免贵姓叶。”

“好的，叶小姐，我现在就替您联系一下周秘书。”

女职员拨通了周秘书的电话：“周秘书，有一位叶小姐找您。”

对面周秘书闻言，一喜：“来得刚刚好，你安排她坐到待客区的沙发上，就是离电梯最近的那张——别问为什么。”

女职员肃然应了，然后挂了电话，对毫不知情的叶长乐一本正经地说：“叶小姐，周秘书有一些事情还未处理完，嘱咐我一定要向您转达歉意，请您稍坐片刻。”

女职员带着叶长乐坐到了待客区，叶长乐道了谢。

叶长乐在待客区坐了半天，周秘书依旧没有下来，她看了看时间，已经不早了，正犹豫着是不是该给周秘书打个电话，距离待客区不远处的电梯忽然“叮咚”一声打开了。

路过的女职员立刻变了脸色，其中一个低呼：“快跑！”

叶长乐惊讶地看过去，只见走路的女职员拔腿就跑，而服务台那边三个女职员齐刷刷低下了头，大有哪怕天崩地裂也死不抬头的架势。

什么情况？叶长乐一头雾水地看向电梯口，好巧不巧和里面走出来的祁明信四目相对，面面相觑。

叶长乐大概愣了一秒钟，第一反应就是落跑，可祁明信比她的反应要快得多，他长腿一迈径直朝着叶长乐走过来，语气相当不善：“你怎么会在这里？”

叶长乐站起身，下意识地说：“我是来找——”

“你是来找我的吧？”祁明信打断她，一脸的了然，“我就知道你是来找我的，果然，你觊觎我。”

跟在祁明信身后走出来的几个主管对视片刻，纷纷用不忍直视的目光看向叶长乐。

IG 公司上至祁总，下至保洁阿姨，无人不知无人不晓，祁副总有个自恋到令人发指的毛病。大概是因为他长得帅又多金，所以只要是异性，哪怕是只母蚊子靠近他，他都觉得对方对他有觊觎之心，罪无可恕，以至于能在 IG 上班的女职员少之又少。在职的女职员看到祁明信绕道就走，不能绕道的也绝不敢多看他一眼，唯恐被扣上个暗恋祁副总的罪名丢掉工作。

眼下这情况，众人心知肚明——他们的祁副总又犯病了……

叶长乐无语，换了一只手拎沉重的包，还没开口，祁明信却以为她是打算腾出手对自己做什么。

他立刻退开三步远，说道：“你别碰我，你是不是看那天在医院我给了你一件外套，你就觉得自己很有希望？我可不是怕你冷，我只是不想让你在大庭广众之下穿成那样出去影响公共文明。”

众主管倒吸一口凉气，互相看了一眼，无声交流：天哪，视女人如洪水猛兽且小气自私的祁副总，居然舍得把自己的外套给别人？而且还是给一个女人？旷古奇闻啊！

叶长乐无语：“祁明信，你有毛病吧？我是来找周秘书的，跟你有什么关系？自恋是病，得治。”

“找周秘书？你和周秘书从不认识，你找他干什么？”祁明信完全不信，“你分明就是找借口，分明就是想来见我。我跟你说过了你没希望的，我不会喜欢你的，电视剧里的脑残剧情是不会出现在现实生活中的。”

不远处看热闹的女职员见情况不对，连忙给周秘书打电话：“喂，周秘书，您得赶紧出场了，再这么下去，副总可能会被揍。”

叶长乐忍了忍，又忍了忍，差点儿没忍住把手里沉重的包抡圆了砸在祁明信那张帅气却可恶的脸上时，电梯再次“叮咚”一声打开了，周秘书匆匆忙忙走了出来。

祁明信身子僵了僵，觉得叶长乐毕竟救了自己，就算暗恋自己也不算十恶不赦，没必要让她颜面扫地，于是良心发现般提醒她：“周秘书来了，你要是不想丢脸，赶紧走。”

叶长乐已经不想跟他讲话了。

匆匆赶来的周秘书假装不知道发生了什么，满脸含笑地打招呼：“副总您还没去吃饭？我特意找叶小姐中午休息时间过来谈保险，我这不是想买一份理财保险嘛，嘿嘿。”

场面一度十分尴尬，众人只觉有一种叫作“杀气”的东西在无声蔓延。

祁明信周围那些员工一见自家祁副总脸都黑成锅底了，立马纷纷找借口要走，片刻间消失得无影无踪。

周秘书和蔼地对叶长乐说：“叶小姐，不好意思，我下来晚了，这时间也不够了，害你大老远跑一趟。要不我请你吃个午饭，然后你明天再来，我们谈谈我想买的那个理财保险？”

祁明信闻言，立刻瞪向周秘书：“明天还来？”

叶长乐瞥一眼祁明信的表情，忍着笑，客气地说：“好的，周叔叔，那我们明天再联系，午饭就不用了。”

周秘书连连表示歉意：“太抱歉了，叶小姐，今天真是不好意思。”

“没关系，”叶长乐笑眯眯地说，“今天能见到周叔叔，我很开心。”

言毕，她还对着祁明信单纯无害地笑了一下，拿他的话揶他：“祁副总，少看点儿偶像剧，电视剧里的脑残情节是不会出现在现实生活中的，再见。”

祁明信一脸无语。

叶长乐拎着她沉重的大包，开心地告辞而去。

周秘书这才注意到一边的祁明信，笑眯眯地问他：“稀罕事，你不是从来都不主动跟女孩子说话的吗？今天怎么破例了？”

祁明信面无表情地问他：“您老一个月的工资很高吗？还有闲钱买理财

保险？闲钱已经很多了，您老还买什么理财保险？”

他转身就走。

周秘书：“嘿嘿。”

2.

叶长乐反将了祁明信一军，心情好得不得了，感冒带来的一点儿头晕脑涨完全不是事儿。

她骑着自己的电瓶车，一边哼唱“今天天气好晴朗”一边悠闲地往回骑，人行道两边种满了各种花，正怒放着，让她的好心情更加好了。

“风哥哥等等我们！”

“风哥哥我们爱你！”

“风哥哥你就从了我们吧。”

“对呀对呀，从了我们吧。”

身后忽然传来嘈杂的声音，叶长乐回头瞥了一眼，看见一个穿着时尚的青年正在狂奔，身后追着一群五颜六色的妹子。

叶长乐了然，青城旅游业发达，景点众多，听说最近有剧组特意过来拍综艺节目，那被追的青年一定是个明星，被粉丝发现了。

她有意停下来想看个热闹，“小鲜肉”频频扭头观察自己和追逐者们的距离，回头时，无意间和叶长乐四目相对。

叶长乐愣了一下：这“鲜肉”好眼熟哦，好像那个最年轻的影帝秦风哦。

而“小鲜肉”的眼睛一下子就亮了，然后他朝着叶长乐冲了过来！

叶长乐莫名其妙。

“小鲜肉”冲到她面前，大长腿一跨，坐上了她的电瓶车。

叶长乐更是一头雾水。

“小鲜肉”拍了她一把：“嘿，救人如救火，快骑车啊！”

见叶长乐反应不过来，“小鲜肉”急了，从她身体两侧探出胳膊，握住她的手一用力，电瓶车的离合被拧动，“嗡”的一声飞快地飙了出去，瞬间将那些追逐的粉丝抛在了远处。

直到身后喧闹的声音远去，傻了眼的叶长乐才反应过来，但她紧接着就更蒙了，因为“小鲜肉”正以一种将她环抱在怀里的姿势骑着她的电瓶车，关键两只细白好看的手正毫不避嫌地紧紧握着她的手。

叶长乐的脸猛的一下红了，连忙主动用力，刹停了电瓶车，电瓶车停在一座装饰用的电话亭旁边，正好挡住人行道上路人的视线。

叶长乐狼狈地从电瓶车上逃下来，红着脸，结结巴巴地瞪着青年：“你是……你是……”

电话亭的上方横着一枝开得旺盛的梨花，阳光疏落，花瓣不断飘落下来，而花下的秦风还坐在她的电瓶车上，亏他腿长，在叶长乐下来之后，两条腿一撑，便将要倒地的电瓶车撑住了。

“小鲜肉”露出一个招牌式的微笑：“你好，我是——”

“秦风！”

叶长乐发出尖叫，她捂着嘴巴，激动得原地跳了起来。

秦风那抹还没来得及完全绽放的招牌微笑，被叶长乐突如其来的一声尖叫吓得抽搐了一下。

叶长乐激动得不知道该怎么办了。

这是她第一次近距离见到明星，还是她最近迷恋的那个剧的男主角，关键男主角还和她共骑一车，这种二次元才会有的玛丽苏情节居然让她遇到了，叶长乐觉得自己能对着纪煦吹牛吹一整天！

秦风重新调整了一下面部表情，对着她笑得暖如春阳，轻快地抬起一只手打招呼：“嗨。”

叶长乐捂住了脸，她脸红心跳，觉得要不是自己的鼻子足够坚强，就秦风对着她这一笑，她一定能鼻血流下三千尺，原地尖叫三百声。

笑容满面的秦风问她：“你叫什么名字？”

叶长乐梦游一样结结巴巴地回他：“叶、叶、叶长乐。”

于是秦风笑得更灿烂了，他从她的电瓶车上跳下来，抬手摸了摸她的脑袋："叶小姐，我会报答你的哟。"

叶长乐被他一摸头，立马缩着脖子，身子僵硬得一塌糊涂，整张脸几乎红得要滴血，局促地摇手："不用不用——"

"欠债要还钱，知恩要图报。"秦风轻轻地打断她，脸上洋溢着温暖帅气的笑容，无害得像个邻家大男孩。然后他弯腰手速飞快地从她的包里抽出一张宣传单，折了折，笑眯眯地放进了自己的口袋。

叶长乐清醒了一点儿，捂着脸还是很激动地说："不用的，秦……秦老师，我特别高兴能帮到您，真不用报恩的。"

"我会联系你的，叶小姐。"秦风对着她挥挥手，"再见。"

秦风轻快地跑走了，背影青春挺拔，真是帅气得让人心动，叶长乐觉得自己要原地晕倒时，手机铃声忽然响了起来。

叶长乐连忙拿出手机一看，是经理朱明霞打过来的。

"叶长乐，你跑到火星去了啊？距离业绩 PK 截止日还有几天啊？几天啊？几天啊？你还不赶紧动起来忙起来把单子给我签起来？"

"我今天就是出来签单子的——"

"那签成了没有？"

"差一点儿。"

"差一点儿就是没签成咯？没签成的单子它凭什么叫单子，它有什么脸面叫单子？叶长乐，我限你半个小时之内滚到我面前来，不然我就跟你拼了。"

朱明霞语速飞快，连珠似炮地轰炸得叶长乐举手投降："这就来，这就来。"

叶长乐依依不舍地再看一眼对她来说只活在传说中的偶像男神，还能看见秦风回头微笑着向她挥手作别。

唉，明星再帅，也不能让她下个月的工资多一毛钱啊！

她遗憾地转过身，所以没有看到身后的秦风已经停下来了，正远远地看着她，他的手机适时地响了起来。

一个玩笑一般的声音问他：“老秦，是你要找的那个人吗？”

秦风的目光落向叶长乐早已远去的方向，许久许久后，他才开口，轻轻地说：“多谢，我要找的，就是她。”

3.

叶长乐紧赶慢赶地跑回保险公司，累得气喘吁吁的，朱明霞斜着眼睛瞪她：“你杀牛回来的啊，喘成这样？”

叶长乐见朱明霞十万火急地把她喊回来，自己居然在轻松悠闲地吃零嘴，顿时愤愤不平地犟嘴：“我杀人回来的。”

朱明霞朝她翻了个大白眼，顺手将一张便笺拍在桌子上：“我好不容易托朋友给联系的一个大老板，晚上你去请这位大老板吃饭签单子，如果签成了，公司报销餐费。”

叶长乐狐疑：“这么好的机会，你身为一个连‘老公和金钱不可兼得，舍老公而取金钱’这种话都说得出来的财迷，居然舍得自己不签这笔单子让给我？”

“老娘钱多撑得慌不想自己签啊！”朱明霞没好气地再一次把客户资料拍在桌子上，“你说你要挣多少钱才舍得花啊？你一个月提成一两万，在这样的都市，鸡蛋都三块钱一个的地方，却只给自己留那么点儿生活费。啧啧，不让你多挣点儿钱，我难道要看着你这个守财奴活活饿死啊？我说你的钱到底都存哪里了啊，你就不能多给自己留点儿生活费？”

叶长乐欲言又止地看着她。

朱明霞心中一动，有些不确定地问：“你什么意思？难道要跟我说你有什么苦衷吗？”

叶长乐一把握住朱明霞的手开始煽情：“经理，您对我这么好，我……我决定以身相许。”

“滚蛋！”朱明霞嫌弃地抽回手说，“这一单不仅决定你下个月的工资，还决定我们组这个月的业绩是否能冲第一名，重点是和我的奖金挂钩。叶长乐，你最好给我把单子签回来，否则你就切腹自尽，谢罪吧。”

叶长乐心中一凛，立刻行了个特别不标准的军礼："遵命！"

4.

按照朱明霞给的联系地址，叶长乐早早地来到品仙楼订了包厢点了餐，等待期间，却接到了周秘书的电话。

"叶小姐，不好意思，白天让你白跑了一趟，还有啊，小祁白天没对你说什么不好听的话吧？"

"没关系的，周叔叔，您太客气了，至于祁先生嘛……他说什么我就当没听见。"

"叶小姐，要是小祁欺负了你，你告诉我。你在家吗，我要不带他去给你道歉？"

"不用了，周叔叔，我现在在品仙楼见客户呢，"叶长乐笑着说，"谢谢周叔叔的好意，他真没欺负我。"

周秘书说："那就好，那明天叶小姐你有空，再来见小祁……喀喀，再来给我介绍产品啊。"

"好的，周叔叔。"

周秘书挂了电话，对一旁可怜兮兮的刘昊说："好了，就给你家祁副总订品仙楼的餐吧，环境好，菜也不错，最适合谈生意了。"

刘昊都要哭了："周秘书，咱这么干要是让副总知道了，他一定会活撕了我的，真的。"

周秘书拍拍他的肩膀："小刘啊，你家祁副总的婚事要是成了，你就是大功臣，而且这事儿后面不还有我吗，我不行后面不还有祁总吗，别怕别怕。"

刘昊欲言又止，完全不懂周秘书哪儿来的自信，想到他家祁副总视异性为洪水猛兽的个性，他委屈地说道："周秘书，你不懂，咱副总孤独终老的可能性真的很大。"

周秘书一巴掌拍在他的后背，啐道："小孩子家胡言乱语，赶紧给我去品仙楼定包厢去。”

刘昊身子抖了抖，委屈巴巴地去了品仙楼。

晚上六点钟，祁明信带着几个主管和合作方踏进了品仙楼，路过一个包厢时，正好看见两个男人推开门。余光一瞥，他仿佛看到了叶长乐，待再要看时，门已经关上了。

他皱了皱眉，暗骂一声“见鬼”。

身边的合作方代表还在跟他说着话，他便移开了目光，往隔壁包厢走了过去。

叶长乐今天见的客户是经理朱明霞介绍的，虽然是个大老板，但为人非常正派，完全没有那些有钱人的恶习，就是有一点很要命——好酒！

叶长乐感冒了，为了见客户时状态好，一直装得神采奕奕，可几杯酒下肚，她顿觉整个人都不好了。感冒加上醉酒，头昏沉得不行，刘总还在絮絮叨叨地说他的成功史。

叶长乐听得难受，实在没忍住，捂住嘴巴呕了一下。

刘总吓了一跳：“你怎么了？”

叶长乐抬起头，满脸歉意地说道：“刘总，抱歉，我感冒了，现在胃难受得不行，特别想吐。”

“啊？那快去吐，快快。”

刘总也慌了。叶长乐晃晃悠悠地站起身，像是脚下打滑一样，还没走一步就撞在了桌子上。

“叶小姐，小心。”刘总的司机小陈连忙去扶叶长乐。

刘总也扶着她另一条胳膊，还在念叨：“你这小姑娘，感冒了你也不说，你早说我就不会让你喝这么多酒了，快，快去洗手间吐一下，吐出来就好了……”

叶长乐被扶着歪歪倒倒地走出包厢，眼前一阵天旋地转，金星飞舞，走不过几步，忽然脚一软，整个人就要跌倒。

刘总下意识地扶住她的肩膀不让她摔倒，说道：“叶小姐，你没事吧？小陈快帮忙扶一下。”

祁明信中途因为接电话走了出来，结果电话还没接通，他抬头就看见叶长乐和两个大男人拉拉扯扯地出来了。

他脸一黑，下意识地想过去拉开那两人，脚刚抬起，又反应了过来：“关我什么事？”

他没好气地移开目光，接通电话，话还没说一句，那三个醉醺醺的男女居然歪歪扭扭地撞在了他身上，尤其是叶长乐，脑袋结结实实地撞在他的后背上，“咚”的一声闷响。

“你干什么？”

祁明信的手机都差点儿被撞掉，他回身一见叶长乐，连忙后退三四步。

叶长乐的头被祁明信的背撞到，疼得厉害，她踉踉跄跄的，还记得说：“刘总，今晚这份保险单一定要签，说好了的。”

刘总连连答应：“签，签，你介绍的险种那么好，不签那我老刘今晚干吗来了？这位年轻人，麻烦你让让路。”

他示意祁明信让路。

祁明信看着拉拉扯扯的两人，心中升起一股子无名之火，他电话也不接了，黑着脸拦在走廊中间，单手插在西装裤的裤兜里，嘴角噙着一抹冷笑，就这么看着叶长乐。

大概是他杀人一样的目光盯得她瘆得慌，叶长乐皱着眉抬起头，视线有些模糊，她眯着眼睛仔细看了看，顿觉晦气：“祁明信，又是你？”

祁明信看着刘总和小陈扶在她胳膊上的手，开口道：“叶小姐，你平时就是靠这种本事签保险单的？”

叶长乐头晕迟钝，反应不过来，问：“你什么意思？”

刘总却听明白了，生气地呵斥：“年轻人，你说话注意点儿，我和叶小姐只是单纯地在谈工作。”

“要我说话注意点儿，您倒是行为检点一点儿。”祁明信的目光落在刘总的手上，脸上露出冷笑。

刘总被他看得心里发毛，触电一样猛地松开手，小陈一个人没扶住叶长乐，任由她坐在了地上，只好也放开搀扶叶长乐的手。

祁明信刻薄地问刘总：“我看您老人家年纪也不小了，孙女恐怕都出生了吧？这么一大把年纪，还拿着几个臭钱出来打着谈业务的幌子对年轻女孩动手动脚，拉拉扯扯，你肾不虚吗？”

刘总气得一个趔趄，指着祁明信道：“你，你胡说八道什么呢？”

司机小陈也气愤地插嘴：“你是谁啊，在这里乱说话，信不信我揍你？”

祁明信看了看小陈瘦弱的身子骨，露出不屑一顾的表情。

“小陈，小陈我们走。”

眼看听到动静围过来看热闹的人越来越多，甚至有人掏出手机开始拍摄，刘总的酒瞬间就醒了一半，他赶紧招呼小陈和自己避嫌离开，匆忙之下连地上还坐着的叶长乐都忘记了。

叶长乐被他们吵闹得头更加昏沉了，茫然地坐在那儿半天不知道发生了什么，只在刘总匆忙离开时才反应过来。她连忙爬起身，跌跌撞撞地去追：“刘总，刘总您怎么走了？单子还没有签呢，您别走啊！”

祁明信唯恐她碰到自己，连忙给她让开路，拿着手机准备换个地方回别人电话。

叶长乐眼睁睁地看着刘总离开，气得眼前一黑差点儿直接晕倒，她回身拽住祁明信的胳膊：“祁明信，你站住，你刚刚为什么那样？”

“姓叶的，放手，别占我便宜，”祁明信触电一样甩开她的手，如避蛇蝎一般，“我刚刚可不是为了帮你，是那老流氓撞了我，我才针对他的。你别想太多，也别感谢我，更别对我动心，我不会喜欢你的。”

叶长乐头晕眼花，再次抓住他的手：“祁明信你跟我有什么深仇大恨，每次都坏我好事？你知道我费了多大的劲才谈成这笔业务吗？我都豁出命去了，你把我的单子赔给我。”

祁明信：“放手。”

“我不放，放了我就得切腹谢罪。”

叶长乐死活不放，还把他的胳膊抱进了怀里。

即使隔着衣物，祁明信也能感觉到胳膊上突如其来的柔软触感，他全身的汗毛都竖起来了，猛地推开叶长乐：“放手！”

叶长乐被他推倒在地，一时头晕眼花，竟没站起来，祁明信拼命地甩着自己的胳膊，一脸嫌弃。

“天哪……这男人好没品……”

“居然打女人……”

祁明信抬起头，这才发现周围的人探头探脑地都在看他，他又愣了一下，看了看坐在地上的叶长乐。

周围的人对着他指指点点，还拿手机偷偷拍摄，祁明信连忙弯腰，嫌弃地从身后提起叶长乐的衣领就走。

“祁明信，你放开我。”

叶长乐被这样提着双脚差点儿离地，她手舞足蹈却打不到身后的祁明信，气得叫骂：“你这个大灾星！”

祁明信将叶长乐提到无人的安全出口处，她脚一软又坐在了地上，祁明信松开她的后衣领，还没直起腰，她就眼疾手快地抱住了他的大腿。

祁明信内心崩溃：“姓叶的，别拿你对付那些客户的手段对付我，祁小爷我不吃这一套，你放手，不然我真的踹你了。”

“你踹吧，最好把我直接踹死，这样我就不用切腹谢罪了，还能讹你一笔赔偿款当丧葬费。”

祁明信不耐烦地说：“叶长乐，你放手。”

叶长乐不放手，她还开始哭，她头疼，索性把额头抵在祁明信的腿上哭，鼻涕眼泪全擦在他的裤子上。

“叶长乐，你恶心不恶心啊？”

祁明信虽然没有洁癖这矫情的毛病，可也受不了这个女人这么糟蹋他的裤子，终于忍无可忍地抖了抖被她抱着的大长腿。

叶长乐本来就已经头痛欲裂，快要撑不住晕倒了，祁明信没怎么用力地一动腿，她整个人忽然毫无征兆地软倒下去。

祁明信连忙跳开三四步远，看着晕倒在地的叶长乐：“喂，你这个女人，你还真讹我啊？”

叶长乐躺在那里没有动静，祁明信拿脚尖试探性地碰了碰她，又稍微用力踢了踢她，可叶长乐一点儿反应都没有。

“叶长乐，你其实是科班出身的吧？你这个碰瓷技术要说没练过我还真不信。”

祁明信觉得她的演技真是太好了。

品仙楼的经理听说一个男人把一个弱女子拖走揍了，生怕出人命，连忙赶来，推开安全出口的门就看见那个“弱女子”躺在地上不知是死是活。

“先生，您怎么能动手打女人呢？”经理惊呼。

祁明信看见经理一点儿都不慌，还提醒他：“这女人碰瓷技术高，你看她在这么冰的地上躺这么久都不动，你要小心。”

“小姐？小姐？”

经理跑过去一探叶长乐滚烫的额头，又大声喊了几声，慌了：“快，快送医院！”

见祁明信还反应不过来的样子，经理忍不住大喊：“先生，这可是您干的好事，这位小姐真的被您打晕过去了，您还不赶紧给人送医院去？”

5.

一个小时之后，医院病房内。

叶长乐迷迷糊糊地躺在病床上打点滴，祁明信黑着脸坐在病床边，听医生絮絮叨叨地讲：“重感冒发烧还喝这么多酒，这患者是不要命了吧？先生，你身为人家的男朋友，这么不关心女朋友太不应该了吧？”

祁明信冷冷地看着医生：“你哪只眼睛看她像我的女朋友？”

女医生被噎，当场就想发作，可祁明信的脸色难看得仿佛要吃人，她愣了愣，忽然愤怒地抬高声音：“呵，不是女朋友了就不在乎了吗？追到手了就不珍惜了吗？你老婆摊上你这么个丈夫真是太可怜了！”

祁明信有点莫名其妙。

女医生气愤地离开，门口那几个偷看帅哥的小护士本来满眼都是小桃星，被女医生一嗓子吼完，看祁明信的目光顿时变了味道。

祁明信十分想立刻甩手走人，但不知道叶长乐什么时候拽住了他的外套，眼下这个拽着他外套的累赘大概是烧糊涂了，通红着脸，神志不清地说着梦话。

“妈……”她含糊地喊。

祁明信低咒一声：“姓叶的你瞎啊，我一个大老爷们儿，你管我叫妈？”

叶长乐哽咽了一声：“爸……”

祁明信有点儿无语。

叶长乐在高烧下不安地做着噩梦。

梦里有很多很多的人围住了心脏外科的科室，他们举着横幅，七嘴八舌地声讨着一个穿着白大褂的女人。

“没有医德，居然干出如此天怒人怨的事情来！”

“死亡又怎样，怎么能不经过同意就拿走人家的心脏啊，那是杀人啊！”

“你女儿的命是命，别人家的女儿就不是她爹妈的命根子了？”

祁明信瞪着叶长乐揪着他外套的手，正琢磨着如何暴力而有效地掰开她的手指让自己逃出生天，一抬头就见门口几个小护士虎视眈眈地瞪着他，大有他敢轻举妄动，她们就不客气的架势。

祁明信憋屈地用自己那只很想掰断叶长乐手指的手拍了拍叶长乐的手背，语气生硬地安抚她：“乖，爸爸在，这外套你这么喜欢抓，你就抓吧。”

病床上睡得极其不安稳的叶长乐却神奇地在他并不温柔的拍打下，渐渐舒展了眉头。

她朝着祁明信的方向无意识地翻了个身，将手里紧紧攥着的衣角贴在了脸颊上，眼泪飞快地从她的眼角滑落下去，打湿了一点点衣料。

祁明信看见，愣了愣。

叶长乐第二天醒来时，发现自己的手里多了一件男人的西装外套。

也不知她曾多用力地抓过这件外套，现在她左手的每一根手指都疼，而外套被她抓过的地方皱皱巴巴的。

一个护士推门进来，笑着跟叶长乐打招呼："叶小姐你醒了啊？来量一下体温。"

见叶长乐一脸疑惑地看着身边那件外套，护士笑着说："叶小姐，你老公嘴巴虽然毒了点儿，但对你还是不错的，昨天抱着你冲进急诊室时，那副焦急的样子可真吓人。"

"我老公？"叶长乐以为自己听错了，问，"我哪个老公？"

"呃，你还有别的老公？不就是祁先生嘛，昨晚他坚持照顾了你一夜没睡，拍着你的背哄你睡觉，给你盯着点滴瓶，中途接了好几个电话，也都是轻声细语唯恐吵醒你。"

护士打趣说："要不是天亮的时候他有急事离开，估计现在还坐在这里当'望妻石'呢。"

"祁先生……你说的该不会是祁明信吧？"叶长乐想起那个见过几次面就跟她结下几次仇的大灾星，不解地问护士，"他脑子抽风了还是被门夹了？对我好？还'望妻石'？"

年轻的护士装作什么都没有听到的样子，给叶长乐做了基本的检查，确定她已经没什么大事了，忽然语不惊人死不休地说道："对了叶小姐，一会儿你就可以出院了，记得去一楼结算一下医药费。"

叶长乐跳了起来："什么？我'老公'居然没有给我付医药费？不是还说对我特别好差点儿变成'望妻石'呢？"

她的反应太激烈，护士眨巴眨巴眼睛，茫然地说："是啊，但祁先生说他的工资卡都交给了老婆，现金也被你管得死死的。对了，他还说你的职业是保险业务员，五险一金样样不缺，让你记得找保险公司报销。"

叶长乐差点儿被气得再次晕过去——报销？

朱经理要是知道她搞砸了刘总这一个大单子，不杀了她就不错了，她哪里还敢去报销？

护士羡慕地说："叶小姐，你老公这么帅，挣钱还都交给你，又心疼老婆，天哪，你上辈子一定是拯救过地球才能嫁给这样的男人吧？"

"不。"叶长乐悲愤欲绝地说，"我上辈子一定是毁灭过银河系。"

第三章

祁明信你为什么在医院假装是我老公？

1.

祁明信的原则是从不因为个人原因迟到，所以从医院出来，他看了看时间，直接去了公司。

祁知诚看见自家弟弟的样子时，愣了一下。

周秘书笑眯眯地开口：“衣衫不整，形容憔悴，要不是我太了解你，都要怀疑你出去鬼混了。”

“鬼混，他？”祁知诚面无表情地说，“他这副样子，只会是彻夜加班导致的。”

祁明信深知自己这个哥哥对他充满了攻击力，当下也不跟他抬杠，一边走，一边招呼刘昊把自己留在公司备用的西装拿过来。

刘昊拿着西装小跑着跟祁明信一起进了办公室。

“副总，公司之前的代言人姜云的合同到期了，对方要求重新商谈代言费。这本来也没什么大问题，但就在前不久，姜云主演的一部偶像剧火了，他现在人气很高，身价也水涨船高。”刘昊将一份新合同放在办公桌上，又道，“这是姜云的经纪人发过来的最新代言费报价和一些修改的合同内容，简直就是狮子大开口，漫天要价，他以为姜云是秦风啊？秦风都不会在合同里加这些无礼的要求。”

刘昊愤愤不平地抱怨。

祁明信已经换好了衣服，他一边扣衬衫袖子的扣子，一边头也不回地说：“这种事情还要你巴巴地跑到我这儿来汇报？业务部门的人都是死的吗？”

刘昊立刻递上另一份合同，义正词严地说：“业务部门秉承祁副总您‘威武不能屈’的精神，坚决不受姜云方面的威胁，几次谈判无果之后，觉得既然合作不愉快，不如换人，于是拒绝了姜云。副总，您确认一下，没问题就签个字吧？”

祁明信坐了下来，目光落在办公桌上那份解约合同上，刘昊的脸上保持着微笑，但若仔细看，会发现那个微笑表情有点儿抽搐。

“刘昊，”祁明信幽幽地开口，“你是不是活腻了，敢跟我玩心眼？”

刘昊艰难维持的笑容立刻就垮掉了，举手抱头蹲下，一套动作做得那叫一个熟练，他把脑袋埋进膝间闷声闷气却语速飞快地说：“老大，我有罪！我罪不可恕！”

“讲人话。”

“我们本来是想欲擒故纵假意拒绝姜云，指望他减个价的，谁知道我们拒绝了姜云的要求之后，这家伙转身就改投到了……”刘昊把头抱得更紧了，呜咽一声，“改投到了世界旅游公司那个神经病富二代李言承的怀抱之中了。”

祁明信眯起了眼睛。

李言承，本省最大的两家旅游公司之一——世界旅游公司老板的儿子，富二代所有的毛病他都有，富二代没有的毛病他也有，是个奇葩中的奇葩。

这货从小就视祁明信为对头，却处处被祁明信比下去，吃过祁明信的亏比吃的盐还多，却屡战屡败，屡败屡战。

祁明信其实搞不懂李言承为什么对和他纠缠如此执着。

毕竟世界和 IG 虽然是对手公司，好巧不巧两家公司就隔了一座高架桥遥遥相望。但双方并没有结下什么血海深仇，李言承他爸甚至经常和祁知诚一起打高尔夫。

祁明信想了很久，把李言承对他的这种莫名其妙的敌意归结为对方脑子天生有毛病。

眼下刘昊悲愤欲绝地说："我们正在和日本方面谈的一项合作本来进展得十分顺利，但这个合作的公司偏偏投资了一部中日合作的电影，偏偏这部电影里姜云有重要角色，偏偏这没节操的姜云给李言承牵线搭桥，让日本方面知道了世界旅游公司也有合作意向……"

祁明信似笑非笑地看着他："所以呢？"

刘昊生无可恋地说："所以日本方面现在开始犹豫究竟跟谁合作，因着姜云的关系，我觉得除非我们这边能请到那部电影里的男主角秦风，否则我们前期投入的时间和金钱统统白搭了。"

空气中有片刻死寂。

刘昊小心翼翼地偷看祁明信的反应，后者正冷飕飕地盯着他呢。

刘昊心道一声"不好"，果然，祁明信抓起那本解约合同，眼疾手快地对准他的脸砸了过来。

"我让你瞒着我，让你给我耍小心眼。"合同正中目标，祁明信解气地拍拍手，"开会！"

十分钟后，业务部的人个个低着头坐在会议室里，祁明信像一只随时会炸掉的火球瞪着他们。

"都哑巴了？"

"副总，实在是姜云方面欺人太甚，他根本是打定主意不再续约的，否则怎么会提出那么离谱的代言费和那么无理的要求？"业务部主管安仁忍不住开口，但他对上祁明信的目光，立刻尿了，"我错了，祁副总。"

祁明信问他："你哪儿错了？"

安仁继续㞞："我不该自作主张直接拒绝姜云，导致公司损失这么大一个合作项目——"

话未完，祁明信就虎着脸打断他："我们损失这个合作项目了吗？"

安仁不解地看着他："日本方面是还在犹豫，可除非我们能请到影响力更大的秦风……"

他停住话头，继而恍然道："副总，你打算请秦风？"

祁明信黑着脸道："既然姜云另有选择，我们IG也不是非他不可，这种时候，你们应该考虑的是如何让姜云的威胁失去作用，一个个垂头丧气就知道后悔不该拒绝姜云，我平时是这么教你们做事的？安仁，你长脑子是用来干什么的？"

被点名的安仁一哆嗦，连忙说："副总，这回我真的知道哪儿错了。"

祁明信毫不客气地说："知道了就拿笔记下来，我怕你那脑子记不住事。"

安仁："哦。"

"秦风身为最年轻的影帝，人气非常高，最近又正好在参加一个和旅游有关的综艺节目，形象正适合。"

"可是祁副总，"刘昊举手，弱弱地道，"秦风虽然很适合，但因为他和姜云曾经属于同一家公司，又一同出道，两人总是被拿来比较，现在姜云不愿续约我们IG，秦风要是接了，估计不是被说故意和姜云作对，就是被说捡姜云不要的代言掉身价，无论从哪方面想，秦风应该都不会接这个代言……"

祁明信冷冷地斜他一眼："那就想出一个足以打动秦风，让他不在乎这些流言蜚语的办法来。"

他再看向安仁："安仁，这件事情交给你们部门，你要是再给我办砸了，你就切腹谢罪吧。"

安仁的眼泪都快掉下来了，内心疯狂呐喊——这件事真的比切腹谢罪还难办啊，祁副总！

可他们的祁副总没空理会他。

祁明信正对自己下意识地说出“切腹谢罪”四个字而感到愤愤不平，他低骂了一声：“该死的叶长乐……”

2.

被祁明信骂的叶长乐此时狠狠地打了一个喷嚏，朱经理已经骂了她半个小时了，骂得她狗血淋头，垂头丧气。

“叶长乐，你说侬还能指望你什么？到手的单子你给侬吹了，吹了就算了，你还把客户得罪了，你好了不起呀。叶长乐你说，你和那个得罪刘总的男人究竟是什么关系？”

朱明霞叉着腰，亏她个头比叶长乐矮，居然也能气场两米八，只是叶长乐搞不懂她今天为什么要扯个上海腔骂她，于是忍不住问：“经理，你老家不是重庆的吗，为什么用上海话骂我？”

朱明霞不耐烦地说：“最近不是在热播秦风主演的那部旧上海的民国剧吗，我……呸，这是重点吗？”

朱明霞恨铁不成钢地说：“现在的重点是刘总很生气，那些风言风语传到了他太太的耳朵里，他太太和他打了一架，脑壳子都打破了呀！刘总要求你男朋友和你必须一起去给他道歉，否则这事没完！”

“朱经理，那个刻薄男真的不是我男朋友——”

“怎么不是？他都在医院里自称是你丈夫啦！品仙楼的服务员也说那个男人抱着你一路狂奔去医院，那着急的样子哟……”

“他那是怕我死了他要担责任所以才着急的——”

“你不许犟嘴！”朱明霞生气地说，“总之，你带着你男人去给客户道歉，态度必须真诚。”

“朱经理，我可以去给刘总道歉，但是祁明信那边……阿嚏！”

叶长乐又打了一个喷嚏，好死不死那个喷嚏正对着朱明霞，后者发出一声尖叫：“叶长乐！你给我滚出去，我限你一天之内带着你男人去给刘总道歉，不然我就手撕了你。”

在朱明霞刺耳的尖叫声里，叶长乐灰溜溜地逃出了公司。

3.

叶长乐不得不再次去了 IG 公司。公司员工对叶长乐记忆深刻，毕竟这个女人可是让他们祁副总吃了大亏的神人，他们打心眼里崇拜她。

“但是叶小姐，很抱歉，我们祁副总交代了，绝对不允许你再踏进 IG，我们真的不方便给你联系他——周秘书也不行，不然副总肯定会很生气。”前台女职员礼貌而抱歉地说。

叶长乐正琢磨着要不要直接冲进去，身后就传来迟疑的喊声：“叶小姐？”

她回头就看见了周秘书。

“周叔叔，您好。”

“叶小姐今天怎么在这儿呢？”周秘书热情地走过来，“你是来找我谈那个理财保险的？怎么不提前打个电话？”

叶长乐给周秘书解释了一下情况，为难地说：“周叔叔，我的客户现在非要祁明信去道歉，我也不指望他跟我去道歉了，您能不能帮我告诉他一声，让他打个电话给我领导，澄清一下我们之间的关系啊？反正他肯定也不想跟我这种人扯上关系，这事儿他不吃亏的。”

“他真的跟医院的人说他和你是夫妻关系？”周秘书的关注重点显然与叶长乐不同，这老头开心得不得了，“他居然会这么说？”

叶长乐也不知道他开心个什么劲儿，丧气地解释：“他肯定是为了整我才这么胡说的，周叔叔，要不您帮我同他说一下吧？”

“这事我不好说，我就是个秘书，还不是他祁明信的秘书，他哪里会听我的话？”这老头一本正经地装为难。

叶长乐失望地低下了头：“原来是这样。”

周秘书神神秘秘地把叶长乐拉到一边说道：“孩子，你不要急，我跟你说，祁明信的办公室你是进不去了，但是你可以去车库堵他啊，他下班的时候不就会去车库开车回家吗，傻孩子。”

叶长乐恍然大悟，感动地握了握周秘书的手：“谢谢您周叔叔，改天我请您吃饭。”

她急匆匆地去了，身后的周秘书咧开嘴笑了，然后嘱咐那几个前台姑娘：“千万别告诉你们祁副总叶小姐在车库堵他，知道了吗？”

几个前台姑娘唯恐神仙打架，小鬼遭殃，当然不会主动去找祁明信的晦气，连忙拼命点头。

于是一无所知的祁明信就这么被他的员工们默契地出卖了……

下午四点钟时，叶长乐就来到车库蹲守，眼睛都不敢眨一下。傍晚六点左右，祁明信果然一身西装革履地从电梯里踏了出来，在地下车库穿行着找自己的车子。

叶长乐正准备上前去堵他，却没想到有人比她的速度还要快。

李言承特意掐着点把他那辆拉风的豪车从车位里倒了出来，横在祁明信的前面挡道。

“祁明信，好久不见啊？”

世界旅游公司老总这个不成器的儿子得意扬扬地拿下脸上的墨镜，朝祁明信露齿一笑：“和姜云解约之后，你最近过得还好吗？”

祁明信眯起了眼睛，没说话。

李言承见他居然不还嘴，顿时更开心了：“祁明信，对着我，你也有无话可说的一天啊？哈哈哈，老子总算扬眉吐气了一回，怎么样，没想到我这么聪明，把你的墙脚挖了吧？”

他得意扬扬地开始各种嘲讽祁明信，诡异的是，祁明信居然一句话都不说。

李言承见自己说了半天祁明信都不搭腔，觉得没意思，忍不住愤愤地问：“祁明信，你怎么不说话？你哑巴了啊？”

就见祁明信拿出手机拨通了一个号码，面无表情地说：“喂？刘昊，通知一下保安，就说地下车库里放进来一条趾高气扬的狗，一直冲我乱吠，让他们下来把这条狗解决了。”

祁明信转身绕道，扬长而去。

叶长乐十分同情地看着气傻了的李言承，听到不远处传来车辆启动的声音，她这才反应过来，连忙跳起来追过去：“祁明信！祁明信，你给我站住！”

她经过李言承的身边时，保安们正匆匆忙忙地从电梯里冲出来，一边冲还一边喊：“狗呢？狗在哪里呢？”

看见李言承，他们还问他：“先生，你有没有看到一条趾高气扬还乱吠的狗？”

李言承气炸了：“你们才是狗，你全家都是乱吠的狗！”

祁明信的车驶出车库就跑得飞快，叶长乐气喘吁吁地追出来，连忙拦了一辆出租车交代：“师傅，追上前面那辆车，要快。”

司机师傅一愣，继而恍然大悟：“姑娘，跟踪出轨男吗？这事儿我在行啊！”

叶长乐服了：“师傅您真是见多识广。”

师傅说到做到，不等叶长乐解释，换了个挡就飙了出去。此时正是下班高峰期，师傅一辆手动挡的车，居然没被祁明信的大排量车甩掉。

祁明信注意到身后有一辆出租车对他穷追不舍，看那架势好像还打算超他车。

祁明信很郁闷。

他费了很大精力谈的合作项目因为一个姜云代言快要被搞砸了，正憋了一肚子的气，又被李言承那白痴堵了，他满心都是不爽，这时候这出租车居然还敢来招惹他？

祁明信毫不客气地加大了油门，方向盘一转，堪堪堵了出租车超车的机会。

司机师傅险险地控制住车，骂了一句脏话，说：“姑娘，你这男人一看就不是个好东西啊，居然别我的车！”

叶长乐万分赞同："我也觉得他不是个好东西。"

出租车追着祁明信的车一路驶入了临湖别墅区，门卫不放出租车进去，叶长乐眼看着祁明信的车走远了，一着急直接推开车门，险险地在小区的安保大门紧闭之前溜了进去。

门卫从窗口探出半个身子连连喊："哎，哎，姑娘你不能进去啊！"

叶长乐听到身后的出租车司机连忙说："不能啥呀，人家是追着男朋友进去的，忙着捉出轨男呢……"

祁明信将车停进车库，正准备回屋，结果走到门口就看见了叶长乐。

"叶长乐，你怎么会在这里？发传单来的？保安居然放你进来了？"

他顿住脚步，皱起了眉，之前在品仙楼怕这女人真死了，他一时情急抱着她跑去了医院，形象都没了，他现在看见她就浑身不舒服。

叶长乐觉得新鲜，问："你今天怎么不说我是冲着你来的了？"

祁明信觉得自己今天真是绝了，不爽的人和事情一个接着一个地来折磨他。

"这是我家，发传单绕着我点儿。"

他绕过她打算开门，叶长乐却挡着门不动。

"我今天还真是来找你的。祁明信，你为什么在医院假装是我老公？还有，你在品仙楼对我客户说的话，已经对他的生活造成了严重的影响，人家现在要求你跟我一起去道歉。"

"开什么玩笑？我才不去道歉。"

祁明信掏出手帕包住手，然后嫌弃地拨她，叶长乐不动，他用力拨了一下，叶长乐索性整个人贴在了他的门上，仰起头愤愤地瞪着他。

祁明信难得耐着性子给她讲道理："第一，是那些医生护士自己乱猜我是你的老公，我从来没有承认过。第二，我在品仙楼说的话没有任何问题，所以道歉这件事情是不存在的。"

他挥挥手，不耐烦地示意她："让开，我不想看见你这张晦气的脸。"

"我也不想看见你这张刻薄的脸，反正我也没指望你会去道歉，只要你给我的领导解释我们两个没有任何关系就行了，道歉的事情我自己来。"

叶长乐不耐烦地抓住他在她眼前挥动的胳膊，没好气地甩开。

祁明信惊呆了："你对我做了什么？你居然甩开了我？"

"就甩开了，你有什么意见吗？"叶长乐没好气地道，"你哪天有空，我们一起去跟我领导解释清楚我们两个之间的关系。"

祁明信眯了眯眼睛："我们两个……"

叶长乐感觉到了一丝阴谋的味道，谨慎地问："我们两个怎么样？"

祁明信逼近她一步，吓得叶长乐往后一缩，一脸戒备地瞪着忽然靠近的男人："你干吗？"

祁明信本来就比她高一个头，忽然靠得这么近，压迫感十足。

清香的洗衣液味道拂过鼻梢，叶长乐的脸红了红，她清了清嗓子，底气不足地结巴起来："你……你干吗？"

祁明信冲她笑了一下，他长得英俊帅气，笑起来十分好看，但前提是他没有这样邪恶阴森地笑。

祁明信忽然伸出两条胳膊"壁咚"在叶长乐身体两侧。

面对突然在眼前放大的这张脸，叶长乐吓得"啊"地叫了一声，面红耳赤地弯腰从他的胳膊下面逃了出去。

"祁明信，你流氓！"

她狼狈地站稳脚，正准备发飙，就见祁明信飞快地用指纹解开门锁走了进去，还回身鄙视她："叶长乐，我们两个本来就没有任何关系，这么明显的事情还需要解释，你领导是白痴吗？"

"你——"

叶长乐想骂人，手机铃声却忽然响了起来，她拿出手机，来电显示是一串陌生的号码。

她唯恐是哪位客户，连忙接通："喂，您好……秦风？你怎么会有我的电话？不对，偶像你为什么会打电话给我？"

祁明信正准备关门，听到叶长乐喊出"秦风"两个字，微微一愣。

叶长乐没想到大明星秦风居然会主动给她打电话，这么难以想象的事情让她一时有点儿接受无能。

“上次我从你的包里拿了一张宣传单，上面有你的联系方式。”秦风轻快地说，“我可不能忘恩负义，你有没有空，我请你吃饭谢恩？”

大明星要请她吃饭？叶长乐觉得整个世界都不真实了。

这时，一边的祁明信忽然开了口：“秦风？哪个秦风？”

一听到祁明信的声音，叶长乐顿时清醒了。

“谢、谢谢你秦老师，不用了。”她结结巴巴地道谢，“秦老师，我现在有很重要的事情，我先挂了，再见。”

她说完就挂掉了手机，完全不知道电话那边的秦风已经目瞪口呆了——他是不是听错了？

他可是亿万少女梦寐以求能见一面的偶像男神，现在他这个男神主动请这个明显很喜欢他的粉丝吃饭，对方居然说有比见他更重要的事情。

她拒绝了他，还挂了他的电话？

“难道是因为连续熬夜拍戏，我的颜值和魅力大打折扣了？”

秦风觉得自己受到了深深的伤害，而给了国民男神深深伤害的叶长乐并不知道这些。

她挂掉电话，抬起手准备和祁明信打“拍门”的持久战，却发现祁明信并没有关上门，而是靠在门边眯着眼睛盯着她。

“咦？”叶长乐愣了一下。

这时，不远处传来保安杂乱的脚步声，有人在嚷嚷：“刚刚跑进来的那个女的，是追着祁先生的车跑进来的。”

“赶紧找一找，祁先生最讨厌被异性骚扰，万一她骚扰了祁先生，祁先生肯定要投诉我们。”

叶长乐感觉特别无语。

保安们很快就看到了叶长乐，她正不知如何是好，祁明信忽然上前拽住叶长乐的胳膊，在众目睽睽之下一把把她拖进了屋。

保安们目瞪口呆，视女人如洪水猛兽的祁先生，居然恋爱了？

还出轨了？！

4.

“祁明信，你干吗？”

叶长乐的后背贴上墙壁，祁明信隔着衣服捉住了她的两只手腕制止她乱动。

她尖叫：“非礼啊！”

“非礼你个头，”祁明信质问她，“刚刚给你打电话的秦风，该不会就是众所周知的那个秦风吧？”

“是又怎么样？”

“你认识他？你怎么可能会认识他？难道他也是你的客户？”祁明信有些不能接受地打量了一番叶长乐的身材，艰难地消化着这个结论。

他口中的“客户”自然味道不一样，叶长乐愤怒地打断他的想法：“你怎么满脑子龌龊的思想？我和秦风什么关系关你什么事情？”

“当然不关我的事情。”祁明信想了想，放开了对叶长乐的钳制。

后者立刻伸出双手用力地推开他要走，祁明信连忙追上几步再次抓住她的手腕，说道：“你先别走，你说了这么半天，不就是想签那个老头的单子吗？你签单子不就是想拿提成吗？”

叶长乐被他拉回身，甩了半天也没能甩掉手腕上那只“魔爪”，气呼呼地抬高了声音：“祁明信，你到底想干什么？你之前还装得一副生怕我骚扰你的样子，现在却对我动手动脚，是你对我有非分之想吧，你再这样我报警了！”

祁明信连忙松开手，耳根通红地反驳：“我对你有非分之想？你少自恋，谁跟你动手动脚了？我是有事情要跟你说，怕你跑了而已。”

“你跟我有什么事情好说的？”

“叶长乐，我们做个交易吧？你约秦风出来吃顿饭，告诉我吃饭的地方在哪里，价格你随便开。”

他说完，一副胸有成竹的样子，抱着胳膊微微一笑。

他这个态度让叶长乐简直要气炸了，她怒极反笑：“好啊，你给我一个亿，我就帮你约秦风出来吃饭。”

“你疯了吧，一个亿？”

“不是你说价格随便我开的吗？一个亿都没有，你也好意思学人家霸道总裁放大话？”

祁明信深深地吸了一口气，只要遇到这个女人，他就觉得自己的血管分分钟要爆掉。

“叶长乐，你正经点儿。你帮我约秦风出来，我可以给你十万，以你现在的工资状况，十万你不吃不喝也要攒好久吧？”

“我和秦风不熟！一点儿都不熟！”

祁明信：“二十万行不行？叶长乐，你别太贪心！”

叶长乐愤怒地拉开门就走，结果祁明信这个没底线的男人居然不要脸地追出来抢她的手机。

“你不熟也没关系，你把秦风的手机号码留下来。”

“祁明信，你臭不要脸！”

叶长乐惊慌地躲开，一男一女为了一部手机在门口扭打在一起，叶长乐没有祁明信个子高力气大，躲闪了几次就被他捉住了胳膊。

她情急之下直接把手机从衬衫领口塞进了胸衣，挺着胸吼道：“你拿啊！你拿啊！”

叶长乐心想，这招虽然贱了点儿，但好歹能让祁明信不敢再动手了。

可谁料她正这么想着，祁明信就毫不犹豫地拽着她的胳膊将她拉近，然后眼疾手快地探手从她的领口里拿到了手机，由于动作幅度太大，把叶长乐衬衫最上面的两颗纽扣都弄掉了。

那两颗透明的扣子滴溜溜地滚落在地面上……

空气一时死寂。

叶长乐整个人都蒙了。

祁明信也蒙了，他刚刚动作快过大脑，拿完了才反应过来自己干了什么……

“祁明信，你，你居然敢把手伸进我的，我的……”叶长乐护着胸口，瞪向他的眼睛都红了。

祁明信举着手机据理力争：“你不要血口喷人，我虽然把手伸进去了，但我发誓，我顶多摸到了你的锁骨，其他的我什么都没有碰到。”

“祁明信，我要杀了你！”

叶长乐愤怒地朝着祁明信扑了过去，祁明信清醒了一些，像受惊的兔子一样四下躲避，还不忘去解锁叶长乐的手机屏。

两人身高差太大，祁明信仗着身高优势左突右闪地躲避她，叶长乐气得不行，跳起来八爪鱼一样挂到了他的背上，想从他的肩头探手抢回自己的手机。

祁明信背着叶长乐甩来甩去，努力伸长了两条胳膊避开她的干扰，却无奈弄了半天也没有解开锁屏，他气急败坏地问背上的叶长乐：“解锁密码是多少？”

“还给我，你把手机还给我！”

叶长乐抢了半天没抢到手机，一气之下，她张开嘴就狠狠地一口咬在祁明信的脖子上。

“啊啊啊，叶长乐，你是属狗的吗？”

祁明信痛得伸手去抓背上的叶长乐，两人正扭打成一团，不远处忽然传来迟疑的一声：“祁……明信？”

祁明信猛地抬起头，就见自家一向没什么表情的高冷哥哥祁知诚正表情震撼地站在那里看着他。

彼时，祁明信正抓着叶长乐的一条胳膊想扯开她，而叶长乐趴在他的背上，双腿缠着他的腰，用另一条胳膊死死勒着他的脖子妄图勒死他。

画面太美，不忍直视。

祁知诚当机立断，冷静地说：“你先忙。”

祁明信连忙把背上的叶长乐揪了下来，叶长乐不肯，死死拽着他的外套。祁明信索性连人带外套一起揪了下来，叶长乐落地时没站稳，一屁股坐在了地上。

祁明信也没空管她，捂着被咬的脖子结结巴巴地向祁知诚解释：“哥，误会，你别乱想——嗷！”

愤怒地爬起来的叶长乐二话不说，上前一脚踹在了祁明信的两腿之间，那一脚力道之狠，祁知诚都本能地两腿一僵。

叶长乐趁祁明信吃痛弯腰，一把抢过自己的手机，十分解气地撩开汗湿的长发。

“臭流氓，活该！”

她喘着气，拿祁明信的外套挡住了绷掉扣子的胸口，杀气十足地离开，路过祁知诚身边时，她还狠狠地瞪了他一眼。

祁知诚愣了。

祁明信痛得脸都扭曲了，他弯着腰捂着两腿之间的某部位，颤抖着一只手指着叶长乐的背影说：“这个疯女人，她居然敢……”

祁知诚上前轻轻地拍了拍弟弟的肩膀，表情一言难尽：“你有了喜欢的人为什么不说，我难道会阻拦你们在一起吗？”

“哥，我没有。”

“身为男人，做了就要有担当。”

“我说了我没有！”

祁知诚根本不听他解释，语气轻快地换了个话题：“进来吧，我是来找你说秦风代言的事情。”

祁明信疼得要死，缓了半天才狼狈地直起身，姿势怪异地跟着祁知诚进了屋。

祁知诚表情怪异地看着他还捂着的某个部位，祁明信没好气地拿起一个抱枕挡住，愤愤不平道：“秦风的事情又怎么了？”

“下午的时候，业务部联系了秦风那边，对方的经纪人以秦风没有档期为由拒绝了合作，甚至连面谈的机会也不给。”

祁知诚说：“日本的那个合作方还在观望，眼下我们能不能请到秦风决定了我们这个合作的前期投入是否统统都是白费功夫，只是我们还没有打动秦风的筹码，即便有了这个筹码，首先也得能见到秦风才行。”

祁明信皱了皱眉：“我有把握拿下秦风，只要……能见到他。”

话说到这里，他自然又想到了叶长乐，顿时身体某处再次隐隐作痛起来。

“疯女人……”

第四章

他居然觉得这个晦气的、
张嘴就咬人的女人可爱？

1.

叶长乐骂骂咧咧地回了家，一脚踹在门上，结果门“哐当”一声被踹开又重重地砸在玄关上，发出巨大的声音。

“对不起对不起，我不是故意的，你没坏吧？”

叶长乐吓了个半死，连忙检查她那可怜的门，好在没有坏，省下一大笔修理费。

叶长乐绝望地扑进沙发里。

唉，白忙活一趟，她什么都没解决。

手指无意间触到身上的外套，叶长乐看见身上祁明信的外套就生气，头一偏，看见房间角落里还丢着两件他的外套，她整个人都不好了。

衣领处的肌肤还有些发红，她想起祁明信那只伸进来的邪恶之手，顿时恼羞成怒地红了脸。

“该死的祁明信。”

叶长乐七手八脚地将身上这一件外套脱下来，嫌弃地一抛，那件外套就和之前那两件一起可怜兮兮地落在角落里。

次日一大清早，朱经理就风风火火地闯进了叶长乐家。

“叶长乐，你还在睡呢？”

朱明霞伸手把叶长乐从沙发里捞起来，握着她的肩膀用力摇晃：“醒醒醒醒，别睡了！”

叶长乐睁开眼睛，顿时吓醒了，跟见了鬼一样结结巴巴地道：“经理，我，我一定，我保证会想到办法带祁明信一起去客户家道歉，求你再给我一次机会。”

“你去祁明信家了？”

朱明霞眼睛贼亮，看到了房间角落里的外套，立刻指着它们问：“这些男人的外套是谁的？祁明信的对不对？”

“你怎么知道？”叶长乐举着抱枕以防不测。

“全世界都知道了好不好？”

“啊？”

“这么大的事情你还不知道呢？”

朱明霞拽开她的抱枕，几乎将手机举到了她的鼻子底下，说道：“你和祁明信在品仙楼那晚的视频被人传到了短视频App上，弹幕都炸了，恭喜你，你和祁明信，你们俩可能要火。”

叶长乐一个激灵，连忙抓过手机，发视频的人大概是个妹子，全程以祁明信的脸为焦点，而以叶长乐的背为背景进行了拍摄。

她松了一口气——还好自己没露脸。

她在视频里看到了那晚的全部情形，从开始祁明信对她出言不逊到最后一脸担心地抱着晕倒的她匆忙往医院跑，叶长乐很自觉地把他这份担忧理解为害怕被她碰瓷。

可路人甲们不这么想，满屏飞快移动的都是如下内容——

“扒出来啦，这颜值逆天的帅哥不是什么明星演员，是IG旅游公司的副总！”

“啊，贵圈不熟，但我粉帅哥颜啊！”

“粉他颜？他外号‘天煞孤星’，相亲三十多次被三十多个名媛淑女不顾涵养兜头泼了酒！”

“我的天，这种言情剧般的存在居然是现实中的？”

“嘴上伤害着人家，身体却很诚实。”

“难怪相亲失败那么多次，原来人家心头有一颗朱砂痣呀！”

“傲娇一时爽，追妻火葬场，祁副总保重啊！”

“好羡慕好羡慕好羡慕……”

叶长乐无语极了。

脑洞大开的路人甲们坚信，祁明信之所以相亲三十多次都不成功，一定是因为他有一段无法忘怀的深情虐恋，具体内容参照网络各版本追前妻追前女友的霸道总裁文……

叶长乐觉得心好累，她指着自己问：“经理，你现在相信他不是我老公了吧？那你看我像是祁明信喜欢的那一款吗？”

“当然不像，你这样的废柴我分分钟都想手撕了你，祁明信那么挑他能看上你？”

叶长乐还没说话，朱明霞就艰难地接着道：“可我这个人有个大优点啊，我跟风，我大众，所以虽然不像，但我还是努力说服了我自己。”

叶长乐：“所以您是来干什么的？”

“我是奉上头领导的命令来的。他们觉得既然你和 IG 的副总关系匪浅，那么我们保险公司准备和他们IG合作旅游保险的事宜就全权交给你来接洽了。”

朱明霞拿出一份资料拍在叶长乐面前，还得意扬扬地邀功：“叶长乐，这可是我帮你跟领导提的，之前刘总不是让你去道歉吗，你不用去了，这事儿交给我，刘总的单子跟 IG 的单子比，简直弱爆了！你和祁明信既然是有故事的人，何不借着这次机会破镜重圆？偶像剧里都这么演的，你可得把握机会啊！”

叶长乐颤巍巍地问："经理，咱俩前世是有夺夫之恨还是有杀妻之仇啊，您这么报复我？"

"什么意思？"

"我跟祁明信没有故事，我们不熟，我们还有仇。"

"你觉得我看起来像很好骗的样子吗？"

叶长乐垂死挣扎地问："经理，如果我拒绝，会怎么样？"

朱明霞羡慕地说："如果你拒绝，你就再也不用上班了，可以一心一意地去做你祁家的二少奶奶了。"

"呃……"

2.

视频的事情，IG 那边自然也很快就知道了。

刘昊第一时间冲进祁明信的办公室，神情惊讶地说道："副总，你恋爱了吗？你什么时候喜欢上别人的，我居然都不知道？"

祁明信的脸黑了。

刘昊还在继续说："你不是一直觉得自己神仙颜值，凡间没有女人能配得上你吗？究竟是什么刺激了你，你居然恋爱了？你平时和异性礼仪性握手都恨不得戴只手套，你那天抱着一个女人，你是怎么坚强地撑到医院的——"

"三秒之内，"祁明信打断他，一字一句道，"你要是不给我消失，我就扣光你这个月的绩效。"

刘昊干脆利落地滚了。

祁明信一口气还没松完，周秘书就一脸喜色地闯了进来："明信，你看到视频了吗？"

祁明信一脸问号。

"不用担心，你不是明星，视频影响不大，公关部很快就能处理掉。哎，拍的角度真好，你抱着叶小姐跑的这个样子简直帅呆了……多少年了，我头一次看到你抱着女孩子跑。"

周秘书那表情，就差欣慰得老泪纵横了。

祁明信咬牙道："周秘书，现在是上班时间。"

周秘书连忙端正了表情，但还是忍不住问："要不要下载下来给你哥看一眼，我猜他看到一定比我还高兴——咯咯，上班时间，上班时间。"

祁明信狠狠地瞪了这老头一眼，忽然想起什么，问他："你有叶长乐的电话号码吗？给她打个电话。"

"打电话？你要带她回家见家里人了吗？这这这，你哥一个人也不经常在家吃饭，我要不要订个包厢——"

"周秘书，你再胡言乱语，我就扣你年终奖。"

周秘书很委屈："那你打电话给人家叶小姐干什么？"

祁明信没好气地说："这女人认识秦风，两人关系似乎还很亲密，秦风主动给她打过电话。"

"什么？"周秘书急了，"明信啊，你这恋爱还没开始谈就被人家撬墙脚了？那个秦风帅不帅啊？有没有你帅啊？"

祁明信的脸瞬间就黑了，他语气危险地从牙缝里挤出三个字："周秘书！"

周秘书秒尿："我这就给叶小姐打电话。"

他拿出手机翻出叶长乐的电话号码，拨过去时，还特意开了免提。三声"嘟"后，叶长乐接通了电话："周叔叔？"

"叶小姐你好。"

"周叔叔，上次的事情谢谢您，我——"

周秘书唯恐她暴露自己"出卖"祁明信的事情，连忙打断她："啊，那个叶小姐，是这样的，之前我要跟你买理财保险，不是没买成嘛，我就想让你再来一次，谈谈那个保险的事情。"

"这个当然可以，但是周叔叔，咱们能不能约外面啊？我怕那位祁副总见到我，又想太多。"

祁明信立刻瞪向周秘书的手机。

周秘书假装没有看到的样子，继续和蔼可亲地说："叶小姐你放心，之前都是误会，这次你过来，我保证不让他欺负你了。”

叶长乐的声音从手机里传出来，她甜甜地说：“周叔叔，不是我吐槽，您这么好的员工怎么摊上祁明信这么个副总？就他那完全不讲道理的一张嘴，谁受得了他？”

周秘书乐了，立刻表示赞同：“我也是这么觉得。”

眼看话题朝着无法控制的方向发展，祁明信忍无可忍地探起身抢过周秘书手里的手机，恶声恶气地接过话头：“姓叶的，是我。”

叶长乐愣了一下，下意识地问：“你是谁？”

祁明信没好气地说：“我是祁明信，找你有两件事。第一，网络上流传的那些不实言论和视频，我会让公关部门处理干净，请你不要想太多。”

叶长乐立刻回敬道：“谢谢，我就算是对拍视频的人想太多，都不会对您这种人想太多。”

“第二，你们大州保险公司想做我们IG的保险业务，我可以答应，但你必须帮我约秦风见面，否则免谈，并且我还会把责任都推到你的身上。”

片刻安静之后，叶长乐忽然问：“祁明信，你是变态吧？”

“什么？”祁明信愣了。

叶长乐火了：“你一个大男人，天天觊觎秦风这个大男人，你是不是有病啊？”

“你说什么？”

“我说你是变态！”

手机“嘟嘟嘟”发出忙音，明显被对方挂断了。祁明信看了看手机，又看了看周秘书，那样子显然是被气蒙了。

周秘书张了张嘴，似乎有些爱莫能助：“我本来循序渐进和叶小姐聊得挺好的，是祁副总您谈崩了，不关我的事。”

祁明信一脸无语。

“副总，你最近怎么这么冲动？这不太像你的作风啊，尤其是涉及公司利益的事情，你是绝对不会为了任何事情弃公司的利益于不顾的。”周秘书一本正经地说，“可你为了送叶小姐去医院，把合作方丢在了品仙楼没管，要不是业务部的人太能喝，把合作方都喝趴下了，完全顾不上你去哪儿了，那单子肯定飞了。现在也是，我和叶小姐才说你几句坏话，你就受不了了，你就这么在乎叶小姐对你的评价啊？”

祁明信的脸黑得几乎能挤出墨汁来，他起身摔门便要走。

周秘书在后面扯着嗓子问：“祁副总，叶小姐这电话还继续打吗？”

“打。”

“那你往哪儿跑呢？”

祁明信头也不回，愤愤地说：“等我出完气回来再打。”

3.

另一边，叶长乐一挂电话就后悔了，上面还有领导们压着她必须搞定和IG公司的保险业务呢，她怎么就没忍住，只是被祁明信威胁了一下，就把这通电话挂了？

“现在我得要有多厚的脸皮才能主动把这个电话拨回去啊！啊啊啊！”

她抱着手机绝望得想满地打滚，然后手机铃声再次响了起来，叶长乐连忙翻身举起手机，却发现这次呼叫她的是纪煦。

纪煦几乎是在她一接通电话的刹那就开始哀号：“长乐啊，我又失恋了。”

叶长乐松了一口气，淡淡地说：“这对换男朋友如换衣服的纪女神来说，算事儿吗？”

纪煦其人，人如其名，失恋之后没几天又能继续下一场恋爱，所谓的宣告失恋完全就是无病呻吟。

“算！我的每一段恋情虽然都无疾而终，但我每一次都是全情投入，把恋爱谈得轰轰烈烈，所以失去时也会很心痛。现在我约你下班之后去老地方喝一杯以宣泄我失恋的悲痛情绪，你来不来？”

“来呀，为什么不来？有饭不蹭是傻瓜。”

“那好，下午五点半见。”

纪煦重重地叹了一口气，挂了电话。

下午五点半，叶长乐颠颠儿地去了常和纪煦去的那家酒吧“拾荒记”，店面位置有点儿偏，但环境特别舒服，重点是不吵不闹还有情调，很有丽江古城那种文艺酒吧的味道。

纪煦见到她就张开双臂抱住她哭：“长乐，我好难过……”

她哭得一副可怜样，眼线晕开，涕泗横流，叶长乐简直想装作不认识她。

果然饭都不是那么好蹭的，她敷衍地拍拍纪煦：“大姐，你差不多就行了啊，要是你们部门的员工看到，他们平时雷厉风行的女强人总监私下里是这么一副鬼德行，你说他们内心得多幻灭啊？”

“我管他们幻灭不幻灭？”纪煦抚摸着自己漂亮的脸，长吁短叹，“我在哭我逐渐逝去的青春。”

“你不是说你在哭你轰轰烈烈、全情投入、刻骨铭心，却再次失败的恋情吗？”

“有你这么拆台的吗？”

纪煦瞪着眼打了叶长乐一下，叶长乐举手投降：“大姐，你别瞪我，你看看你那个眼妆，不知道的还以为闹鬼呢。”

纪煦没好气地拿出小镜子，一看自己的眼睛，顿时发出难以置信的惊呼，二话不说抓起包包冲进了洗手间。

叶长乐哭笑不得地等纪煦处理好自己那张脸走出来。

半晌后，纪煦托着重新打理过的脸抑郁不平地端起酒杯说：“我不懂这个世界，为什么恋爱谈到最后，就一定要结婚生孩子，只恋爱不结婚不好吗？”

“不以结婚为目的的恋爱都是耍流氓。您纪女神那是还没有遇到真爱，所以只能天天耍流氓，您还指望世界懂你？”

叶长乐跟她干杯，纪煦不屑一顾地说：“叶长乐，你都多大了，还相信真爱？”

“本来还挺相信的，可最近我遇到了一个巨浑蛋的男人，所以我现在对所有的男人都有偏见。”叶长乐郁闷地再次倒了一杯酒，说道，“这个浑蛋一定是我的克星，遇到他，我干什么什么不顺。”

“你说的是谁？”

“就那段让我差点儿成网红的视频，你看到没？那个绯闻男主角，祁明信。”

“没注意，我这两天正和我男朋友……呸，前男友吵架，哪儿有时间关注别人的八卦？”

纪煦悲愤欲绝：“苍天不公，竟不肯给我这样的大美女一场永恒的恋爱。”

叶长乐也悲愤欲绝：“天妒英才，我叶长乐立志成为保险销售女王，却一腔壮志掉进祁明信那个臭水沟里。”

这两人果然臭味相投，都觉得自己壮志难酬，于是你来我往，没一会儿就喝得酩酊大醉。

这家酒吧的老板认识她们两个，到了点儿就会帮忙叫代驾把她俩送回去，所以两人一点儿也不担心喝醉了没人认领。

可偏偏今日巧了，秦风剧组收工早，他乔装打扮躲开经纪人，也溜进了这家位置偏僻的酒吧，并且一眼就认出了叶长乐。

秦风压低帽子，捂紧口罩蹭到叶长乐身边坐下，敲了敲桌面喊道：“嘿，长乐，你还记得我吗？”

叶长乐醉眼惺忪，勉强睁开眼睛看了看坐在面前的这个笑得春暖花开的帅哥。

秦风已经将口罩拉了下来，正笑眯眯地看着叶长乐。

叶长乐看了他一会儿，转向纪煦道：“煦儿，你看看旁边这个男人，长得好像那个当红的大明星秦风哦。”

“秦风？哪里？”

纪煦迷迷糊糊被叶长乐推搡醒，懵懂得连焦距都找不准。

叶长乐抱着酒瓶语不惊人死不休：“就是没有电视上看起来那么帅，可见高仿的就是不如正版的。”

秦风仿佛听到了自己心碎的声音，他的颜值魅力真的已经下降到“高仿”的地步了吗？

上次叶长乐拒绝跟他吃饭，他已经惨遭打击，于是连续几天都在主动坚持做面部护理，给他经纪人省了多少心啊，怎么还是这么不受叶长乐待见？

叶长乐显然没能意识到自己再一次给国民男神带来的伤害。

她还很遗憾地撑着头说："我见过活的秦风，可惜忘记跟他合影了，太亏了，那可是我第一次见到活的明星啊！煦儿，说出来你都不信，他还打电话要请我吃饭呢，可惜那天因为该死的祁明信，我错失了一个和大明星近距离接触的机会，现在想起来，还是好心痛。"

她捂着心口的位置好像真的很痛苦，这很明显是开玩笑，却没有想到秦风脸色一变，捉住她的手腕急忙问："你的心脏怎么了，我带你去医院。"

叶长乐被他弄得有些蒙，迷茫地看着秦风："嗯？为什么要去医院？"

秦风怔了怔。

叶长乐拍开他想触碰她心口的手，酡红着脸一本正经地警告他："别想占我便宜，你不要以为你长得像秦风，你就是秦风了，他那样的大明星，肯定不会来这种小酒吧，除非他是特意跟踪我来的！"

秦风面色一僵。

叶长乐却傻笑着拍拍他："开个玩笑嘛，他那么帅那么前途无量一大明星，跟踪我一个路人甲干吗啊，他……哈哈哈……"

她醉醺醺的样子实在好玩，秦风"扑哧"一声笑了，伸出修长干净的手指揉了揉她的头顶说："我说叶长乐，你喝成这个样子等会儿怎么回家啊？"

"我和纪煦走回家。"

叶长乐伸出两根手指在桌面上"走"了一圈，两根手指长度不一样，"走"得歪歪倒倒，倒是挺贴合她现在这副醉酒的样子。

秦风看了看外面已经黑下来的天色，起身搀起叶长乐："这么晚了，你们两个喝醉的女人走在大街上多危险，我送你们回家吧？"

"我不要，我要我的纪煦。"叶长乐死死地拽着纪煦。

秦风无奈，一只手扶着她，一只手搀着纪煦，艰难地在路人频频的注目之下往外走。纪煦整个人都压在秦风身上，还不安分地伸手去扯他的口罩和帽子，问道：“你到底是谁？”

叶长乐比纪煦好不到哪里去，猛地举手回答：“我知道，他是假秦风！”

那手臂正好拍在秦风的脸上，痛得他泪眼汪汪的：“二位女壮士，我是靠脸吃饭的，手下留情啊。”

秦风艰难地把两个醉鬼拖上车，叶长乐靠在车内傻笑着捧住他的脸建议：“秦风，你给你的脸买份巨额保险吧？”

“好好好，就在你的手上买好不好？”

“说话算话！你保证！”

“我保证，你先放开我的脸，别揉了，我得开车……”

秦风好不容易才救回自己的脸，将纪煦也塞进了后座，两个女人抱在一起倒在了后座上，他长舒一口气，问叶长乐：“你家住哪里？”

叶长乐已经迷迷糊糊在做梦了，梦里她正催促司机紧紧地跟上祁明信的车，听到司机问她祁明信的地址，她下意识地报出：“临湖别墅区六号。”

秦风愣了一下，问道：“临湖别墅区？本市最高档的那个临湖别墅区吗？”

叶长乐没说话，早就睡死过去的纪煦更是无话可说。

4.

祁明信刚刚睡着，屋外就传来门铃声，他不耐烦地翻了个身用枕头堵住耳朵，结果门铃声此起彼伏，大有他不开门就誓不罢休的架势。

秦风按了半天门铃都没见有人来开门，他正犹豫着准备离开时，门忽然被人从里面拉开，祁明信顶着乱糟糟的头发脾气很差地问：“谁啊？”

秦风目瞪口呆地看着这个大男人，反问：“你是谁啊？”

“你不知道我是谁？”

祁明信被吵醒，一脸起床气，结果这个扰人清梦的家伙居然还不知道他是谁？

停在不远处的车忽然被人推开了门，伴随着咳嗽声，祁明信定睛一看，那正从车里钻出来的女人不是叶长乐是谁？

祁明信觉得眼下这个场面真是要多晦气有多晦气，他手一动就想拍上门，不远处的叶长乐突然喊了一声：“假秦风，喀喀喀……你过来！”

秦风?

祁明信关门的动作一滞，他仔细地看了看眼前这个戴着棒球帽和大口罩的男人，可不就是秦风嘛!

秦风听到叶长乐喊自己，连忙转身往她那儿走，结果祁明信的动作比他还要快，三步并作两步超过他扶住了叶长乐，要多亲切有多亲切地关心道：“你怎么样，怎么喝这么多酒，没事吧？”

叶长乐努力睁大眼睛看了看祁明信，又看了看祁明信：“你——”

她话还没说完，祁明信就干脆利落地按住她的头：“你继续吐。”

“你和长乐是什么关系？”

秦风面带疑惑地走过来，顺手扶住了紧随叶长乐钻出来的纪煦：“小心。”

祁明信脸不红心不跳地说：“我和长乐是亲戚，我是她表哥，我姓祁，谢谢你送她回家，你真的是……秦风？”

秦风笑一笑，答非所问：“我和长乐是朋友，祁先生你好。”

“真没想到长乐居然能和秦先生做朋友。”祁明信松开按着叶长乐头的手，面不改色地把那只手伸向了秦风。

秦风握了握，祁明信还想说什么，被他按下去的叶长乐歪歪倒倒地直起身，毫无征兆地抬手捏住了祁明信的脸!

祁明信蒙了。

“秦风，你快跑，他、他是个变态，”她指着手里捏着的祁明信，认真地告诉秦风，“他喜欢你，他觊觎你很久了。”

祁明信和秦风面面相觑，气氛顿时变得尴尬起来。

“叶长乐！”

祁明信想推开她，结果叶长乐以为他要逃，手脚并用地缠住了他。她树袋熊一样挂在祁明信的身上，仗义地冲秦风嚷嚷：“你快走，我来拦住这个变态。”

"叶长乐，你放开我——呸呸呸……"

叶长乐抬手捂住祁明信他的嘴，力道有点儿大，几乎把手指塞进了祁明信的嘴巴。

祁明信用力扒拉下她作乱的手，她不依不饶地再次捂住。

祁明信不得不腾出一只手攥着她的手，艰难地向秦风说："秦先生，你别听她胡说八道，谢谢你送长乐回家，你留个联系方式，改天我请你吃饭吧？"

秦风目光微闪，笑眯眯地说："祁先生太客气了，这都是我应该做的。对了，我还有急事，先走了。"

秦风将扶着的纪煦也塞到祁明信那边，祁明信毫不给面子地后退一大步，可怜的纪煦被秦风一推，踉跄着差点儿摔倒，茫然地站在了原地。

秦风惊讶地看了一眼避纪煦如蛇蝎的祁明信，然后拍了拍叶长乐的肩膀："长乐，下次我再请你吃饭。"

"秦先生——"祁明信还想再说什么，无奈怀里抱着的叶长乐缠着他，他抽不出身。

秦风已经上了车，微笑着向他挥手作别，开着车扬长而去。

秦风一走，祁明信立刻嫌弃地去推叶长乐，无奈叶长乐缠他缠得太紧，一时居然没能推开。

祁明信气愤地握着叶长乐的肩膀晃："姓叶的，你别耍酒疯，回你自己家里去，听到没有？"

叶长乐的胃里翻江倒海，被他这么一晃，顿时没忍住，低头吐了祁明信一身。

祁明信身子僵硬地站在原地，握着叶长乐肩膀的手颤了颤，又颤了颤，而叶长乐晕晕乎乎地将头抵在了他的肩头。

祁明信觉得自己想杀人的心都有了！

"祁先生？"夜间巡逻的保安远远地举着电筒询问，"祁先生？是您和您的女朋友吗？要帮忙吗？"

祁明信回过神来，没好气地说："是我，没事，你们忙，我进去了。"

他可不想成为这些保安茶余饭后的八卦谈资，愤愤地将叶长乐扛进门丢在地上。纪煦歪歪倒倒地尾随了进来，见叶长乐躺在地上，她“扑通”一声，也倒在了地上。

“死醉鬼。”祁明信扯着身上被叶长乐吐脏的衣服急匆匆地去了洗手间。

地上很凉，纪煦躺了一会儿，醉醺醺地爬起身，茫然地问：“长乐，你家怎么变了样？房间在哪里？”

她歪歪倒倒地去找房间睡觉，偏巧祁明信的房间门开着，纪煦理所当然地走了进去。

祁明信换好浴袍出来时，正看见纪煦走进他的房间，并用力地关上了门！

“喂，你往哪儿进呢？”祁明信追上去开门，却发现房门被纪煦从里面反锁了，他暴躁地捶着门喊，“那个谁，这是我的房间，你给我开门！”

“吵死了！”

房间里的纪煦大喊一声，似乎将什么东西砸了过来，撞在门上“哐当”一声，吓了祁明信一跳。

他目瞪口呆地愣在原地。

“呕……”

身后这不祥的声音让祁明信全身的细胞都警戒起来，他反应极快地回身抓住垃圾桶塞入叶长乐的怀中，后者抱住垃圾桶就开始吐。

祁明信气蒙了：“叶长乐……我要杀了你们。”

浑然不知的叶长乐擦了擦嘴巴，放下垃圾桶就想往沙发上爬。祁明信的房间已经被纪煦玷污了，他怎么能再容忍一个浑身散发着酒气的女人玷污他的沙发？

“你给我过来！”

祁明信忍无可忍地揪住叶长乐的后衣领将她拖进了洗手间，叶长乐不情愿地抗议：“纪煦，你勒死我了。”

“我何止要勒死你，我简直想直接掐死你。”

祁明信将她整个人塞进浴缸，颤抖着声音说：“可怜的浴缸，等你洗完这个脏兮兮的女人，我一定会好好给你消毒的。”

他拿起花洒对着叶长乐就是一通乱冲，叶长乐晕晕乎乎的，忽然的被水兜头冲淋，立刻像被踩了尾巴的猫一样跳起来，尖叫着躲闪。

“你干什么？你别乱动……姓叶的……喂！”

叶长乐忽然跳起来，吓了祁明信一跳，手里的花洒一抖，对准她的脸就是一顿乱冲。

叶长乐被花洒喷出的水冲得胡乱躲闪，没头没脑地朝着祁明信扑过去：“祁明信，又是你！”

“叶长乐！”

祁明信骂出一个脏字，就被叶长乐扑倒在铺着大理石的地面上，花洒“哐当”一声落地，尽职尽责地对准地上的两人喷水。

祁明信被水淋得几乎睁不开眼睛，想要起身，偏偏身上还压着个叶长乐。

叶长乐被花洒冲得四肢乱舞，祁明信白白被她打了好几下，手忙脚乱地挥开花洒，抓住她挥舞的双手，“呸呸呸”地吐着嘴里的水，气得声音都变了调子：“疯女人，你有完没完？”

叶长乐呛咳出一口水，总算趴在他身上不动了，她湿漉漉的眼睛有些迷糊地瞪着气喘吁吁的祁明信，忽然一口咬在了他抓着她的手上。

“叶长乐，你疯了？”

祁明信哪里肯吃这个亏，正要还手，叶长乐就红了眼圈哽咽着说：“祁明信，你这个坏人。”

祁明信愣住了，张了张嘴：“我，我怎么就是坏人了？”

好像他才是那个被咬了的人吧？

可叶长乐已经闭上眼睛睡着了，眉头蹙着，像是没有什么安全感一样揪着他湿淋淋的浴袍。

她醉酒后脸蛋红扑扑的，滚烫地贴在他的肩头，小猫一样老实。

祁明信的心跳无端漏了一拍，脑子里下意识地涌起一个念头——这疯丫头还挺可爱的。

等一下，可爱？

他居然觉得这个晦气的、张嘴就咬人的女人可爱？

“祁明信，你疯了吧？”

祁明信连忙用力地摇摇头甩开这个可怕的念头，握着叶长乐的肩头小心翼翼地翻过身，正准备把浑身湿透的自己从地上弄起来，不料沾了水的大理石十分滑，又没有铺地毯，他脚一蹬一滑，人没起来就算了，反冲力带得他直直地摔向地上的叶长乐，慌乱之下他伸手去撑。

空气里一片死寂，冰冷的水珠带了人体的温度“滴答”落下，正好落在叶长乐的眉心，她蹙着的眉头似乎蹙得更紧了。

祁明信的大脑一片空白，手下的触感很柔软，即使隔着衣服也能感觉到它的温暖。

“痛……”叶长乐忽然低低地哽咽一声，祁明信抓在她胸上的手立刻像触电了一样松开，却没想到叶长乐眉头一皱，下一刻就不耐烦地伸手掀翻了他。

祁明信狼狈地在地面上滚了一圈，他艰难地起身，想要表达一下愤怒，然而掀翻他的叶长乐已经翻了个身蜷缩成一团，捂着被他抓疼的胸口再次睡了过去。

“算你狠。”

祁明信憋屈得不行，闭着眼睛三下五除二扒光了浑身湿透的叶长乐，胡乱用热水冲了下，然后将她整个人用巨大的浴巾一裹，扛出去就丢进了沙发。

叶长乐不舒服地翻了个身，浴巾被挣开一点儿，露出一截形状优美的锁骨，再往下……

手中似乎还残留着叶长乐胸前柔软的触感，祁明信一下子跳了起来，蒙着眼睛像是避洪水猛兽一样冲进了洗手间。

不一会儿，洗手间里就传来花洒喷水的声音。

祁明信一边冲着冰冷的水让自己冷静，一边冻得瑟瑟发抖地嘴里念念有词：“色不异空、空不异色、色即是空、空即是色……呸，我念什么呢？”

呸，我念什么呢？”

第五章

你说谁是小白脸？

1.

“啊啊啊！”

一大清早，客厅沙发上就传来叶长乐撕心裂肺的尖叫声。

沙发不远处一个鼓鼓囊囊的睡袋动了动，祁明信顶着一头凌乱的短发不耐烦地坐起身：“吵什么吵？”

他的声音里带着浓浓的鼻音，显然是感冒了。

叶长乐被忽然坐起来的男人吓了一跳，待看清楚这个男人是祁明信，还是穿着浴袍露出大片大片胸肌和腹肌的祁明信时，她蒙住眼睛发出更加惨烈的尖叫。

“祁明信！你这个臭流氓！你昨天晚上对我做什么了啊？！”

祁明信被她高亢的海豚音吵得耳膜都快裂了，忍不住吼了出来：“你给我闭嘴！”

他太凶，吓得那尖叫声戛然而止。

叶长乐受惊地睁大眼睛看着他，然后打了个嗝儿，继而那嗝像是控制不住一样连续不断地冒出来。

把人吓成这样，祁明信有些尴尬。

他挠了挠自己乱糟糟的头发，刚张了张嘴，还没来得及说话，叶长乐就抓起抱枕砸了过去："你别动！你站住！"

她跳了起来，却没注意到自己是裹在一条毫无安全效果的浴巾里，而那条本就不安全的浴巾经过她一夜不淑女的睡姿蹂躏，早就摇摇欲坠。

叶长乐猛然一起身，松散裹着她的浴巾猝不及防掉了下来。

叶长乐石化了。

祁明信也石化了。

画面太美，叶长乐右边胸口上被祁明信不小心抓出来的几道瘀青刺眼地出现在她堆雪般的肌肤上。

现场死寂如地狱。

"啊！啊啊！啊啊啊！"

祁明信发出比叶长乐刚才还要可怕的惨叫声，撒腿就想逃跑，无奈睡袋困着他，他一连摔倒了三四次，狼狈地满地打滚，最后扯着睡袋一起连滚带爬地逃进了洗手间。

"吵什么吵啊，大清早的！长乐，这谁家啊？咱们什么时候认识能住在这种地方的土豪了？"

纪煦打着哈欠睡眼惺忪地从祁明信的房间里走出来，伸了个懒腰："昨晚真是喝多了，我头疼得厉害。"

叶长乐猛地回过神来，顿时面红耳赤，手脚都不听使唤地费了好几次劲儿才重新捡起浴巾裹住自己，结结巴巴语无伦次地说："我我我……"

"你什么你？"

纪煦眼睛都懒得睁开，摸索着往洗手间走："失恋使人憔悴，我昨晚居然没有卸妆就睡了，不行……我得赶紧去处理一下我的脸……"

叶长乐大惊失色，祁明信逃进了洗手间，她怎么能让纪煦进去？

“不行！”叶长乐大喊一声，吓了纪煦一跳。

纪煦睁开眼睛茫然地看了看洗手间，再看了看惊慌失措的叶长乐：“乐儿，你这大清早的干吗呢，一惊一乍的？”

“我我我……”

叶长乐心虚心慌心跳加速，她紧张得要死，哪里知道怎么回答，混乱之下她喊道：“纪煦，其实我们昨天晚上喝多了，是私闯民宅的，你别洗漱了，我们得趁主人还没回来赶紧逃，对，赶紧逃跑！”

她赤着脚跳下沙发，揪着身上的浴巾就想拉着纪煦逃跑，反被纪煦拽着拉了回来。

纪煦震惊地指指叶长乐：“你就算要逃跑，好歹把衣服穿上吧，你裸奔出去，我们两个明天肯定上社会新闻头条啊！对了，你衣服呢？”

“对对，啊，我衣服呢？我衣服在——”

叶长乐绝望地看向洗手间，顿时整个人都不好了。

2.

纪煦完全不懂她的痛，见她一副没出息的样子绝望地看着洗手间的门，嘀咕一句：“不就是私闯民宅嘛，瞧把你吓的那样儿……衣服在洗手间对吗？我去帮你拿。”

“不用不用！”

叶长乐一个激灵回过神来，连忙拦住纪煦，自己赤着脚飞快地跑到洗手间，洗手间的门被祁明信从里面锁住了，她打不开。

眼看纪煦探头探脑，目光狐疑地看着她摆弄门把手，她急得压低声音咬牙切齿地说：“祁明信，你给我开门啊……你不开门我怎么换衣服，不换衣服我怎么滚蛋？”

门锁“咔嗒”一声松动，叶长乐连忙推开门，纪煦在后面说：“你换衣服这空当让我洗个脸吧？你看我的脸脏的——”

纪煦话未完，叶长乐就当着她的面飞快地关上了门并且反锁了门。

纪煦傻住了。

“祁明信，我衣服呢？”叶长乐压低声音着急地问。

祁明信双手环胸，靠着内衣柜站着，顶着一头乱糟糟的头发，黑着脸示意她看垃圾桶。

“你居然把我的衣服丢进了垃圾桶？”叶长乐压低了声音愤怒地质问他，“你这个臭流氓，你昨晚到底对我做什么了，你为什么扒光了我的衣服？”

“少自恋，你这平板身材穿着衣服都还不如我呢，我品位再差也不会看上你，我可是全程闭着眼睛，一下都没看你。”祁明信反问她，“我还想问你呢，你昨晚为什么让秦风把你和你那个没教养的女伴一起送到我家里来？借机耍酒疯，我是不是应该怀疑你对我存有什么不纯洁的心思？”

“放屁，我才没有，秦风把我们送你家来那是意外，可我应该没对你怎么样吧，你脱我衣服也是我逼你的吗？”

“你吐了我一身，还吐了你自己一身，你浑身脏兮兮的，我不把你洗刷一下，我能允许你往我家沙发上爬？”祁明信鄙视她。

叶长乐一针见血道：“你可以直接把我丢在门外不管！”

祁明信噎了噎，说道：“你这个女人有没有良心啊？我收留了你，你朋友还霸占了我的房间，害我睡了一夜的地板，现在你是在指责我不该收留你们吗？”

“我——”

两人吵个没完，看架势下一步就是掐架了，关键时刻，门外传来纪煦拍门的声音：“乐儿，你好了没有，你在里面生根发芽呢，还不出来？”

叶长乐又气又紧张，问祁明信：“现在怎么办？我穿什么？”

祁明信比她还要气：“我怎么知道？”

叶长乐瞪着他，他毫不客气地瞪了回去。

叶长乐转身要去翻垃圾桶，祁明信看得头皮发麻，一把扯住她的浴巾说：“你恶不恶心啊？”

“祁明信！”

叶长乐的浴巾差点儿被他扯掉，她大怒，抬高了声音，吓得祁明信连忙松手。

门外传来纪煦拍门的声音："喂，死丫头，你在里面干吗呢？刚刚你喊谁？"

"没，没喊谁，我刚刚差点儿摔倒了，你再等我一会儿。"

叶长乐恨恨地瞪向祁明信，祁明信看着她身上摇摇欲坠的浴巾，心虚地咳了咳，走到内衣摆放柜前开始翻起来。

他翻了半天，翻出一条新内裤，头也不回地丢给了身后探头探脑的叶长乐，并警告她："看什么看，男人的内裤很好看吗？"

叶长乐险险地接住他丢给自己的新内裤，撇嘴："礼尚往来。"

祁明信脸发烫，骂了一句："臭丫头。"

叶长乐一边跟着他，一边狐疑地问："你手怎么了，谁咬你了？"

祁明信摸了一下自己昨晚被叶长乐咬的手，咬牙道："狗咬的。"

"是吗？那真应该给咬你的狗颁一个为民除害奖。"

"……"

祁明信拉开临时衣物柜，居然从一堆折叠整齐的干净毛巾后面翻出了一条女人的裙子。

叶长乐瞪圆了眼睛，继而冷笑："看来祁先生经常扒女人的衣服，家里随手都能找到女人的裙子。"

祁明信回击："怎么，羡慕？你一辈子恐怕也就只有这次借酒装疯的机会，才会被男人扒衣服了吧？"

叶长乐告诉自己要忍着，要不是她穿着浴巾打架吃亏，她现在简直想杀人。

祁明信将裙子丢给了她。

叶长乐愤愤地找地方换衣服，然而祁明信家的洗手间虽然很大，也分干湿区，但要命的是，所有隔离用的玻璃都是透明的。

纪煦在门外，她又不能把祁明信赶出去。

“你，你背过身去。”她红着脸，故作很凶地指挥他。

祁明信没反应过来，没好气地道：“干吗？”

叶长乐恼羞成怒地说：“你不背过去，难道要看着我脱衣服吗？你是流氓吗？”

祁明信的耳后浮起一片微红，他张了张嘴，居然一个字都没回击，默默地转过了身。

叶长乐飞快地换好衣服，面红耳赤的，只觉得异常尴尬。她咳了咳，整理身上腰围略显大的裙子，问：“你喜欢的女人身材都这么壮硕吗？品位也很老气。”

“这话要是让我奶奶听到了，她一定会把你打哭。”

叶长乐愣了愣，问道：“这是你奶奶的裙子？”

“不然你以为呢？”话一出口，祁明信就很懊恼，这裙子是谁的关叶长乐啥事儿啊，他冲她解释什么呢？

“赶紧滚蛋。”他不耐烦地道。

叶长乐对着他吐出舌头做了个鬼脸，愤愤地要走。祁明信忽然开口道：“你站住。”

“干什么？”

“秦风昨晚把你送来时，为了我的清誉，我说我们是兄妹。”

“你大可以说我们互相视对方为路人甲，我相信以秦大影帝的为人，肯定不会把我放心地交给你这种男人。”叶长乐气愤道。

顿了一下，叶长乐了然地哼道：“我看你分明是故意跟我拉关系，意图对秦风图谋不轨吧？”

“狼心狗肺的疯女人。”

“图谋不轨的臭男人。”

两人互相瞪了对方一眼，叶长乐这才转身拉开洗手间的门出去。

纪煦一脸狐疑地看着她：“你在里面干吗呢，这么久？”

叶长乐红着脸，勉强敷衍道：“我衣服太脏了，没法穿，我就翻了这家主人的衣服。”

“啧，你刚刚还为了私闯民宅的事儿吓得要死，这会儿就敢翻人家的衣服了？我看你这衣服是年纪不小的女人穿的，你就不怕这房子的主人是个刻薄的老奶奶，回头发现衣服丢了，报警抓你？”

“哎呀，你哪儿来那么多问题，我们赶紧跑吧。”

“我想洗个脸——”

“别洗了，走，快走！”

叶长乐推着还想卸个妆的纪煦，两人匆匆忙忙地逃出了祁明信家。

3.

直到回到家，关上门，叶长乐才觉得自己活过来了。她给自己倒了一大杯水，刚刚灌下一半，手机忽然热闹地响了起来。

她拿起来一看，一口水喷了出去，来电的人正是纪煦。

果然她一接通手机，纪煦就在对面表示自己的疑惑：“叶长乐，我回来后想了想，觉得这事儿不对啊，如果我们是私闯民宅，那我们都没有钥匙，究竟是怎么闯进去的？”

“还有啊，那个小区安保很牛的，门卫和保安都瞎了吗，任由我们闯进去？”

“更重要的是，我们刚刚跑出来时，保安也二话不说就放行了，这个事儿，它不科学呀！”

叶长乐沉默了片刻，然后一本正经地总结：“可不是嘛，这件事情告诉我们，安保系统再好，也有出纰漏的时候，可见给自己买一份财产保险有多重要。”

纪煦：“呃……”

好不容易打发了纪煦，叶长乐长舒了一口气，拍了拍胸口，却觉得左边胸部特别疼。

她连忙扯了扯裙子的领子一看，就发现自己的左胸上一片瘀青，仔细看，还有五指的形状，而身体的其他地方，也青一块紫一块。

“祁明信……你这个衣冠禽兽。”

因为太紧张而宕机的叶长乐终于完全反应了过来，她简直要气哭了，祁明信这个道貌岸然的伪君子，装作一副只可远观而不可亵玩的正经样，他还说他没占她的便宜，那她这一身青青紫紫究竟是谁干的？！

她昨天晚上，该不会是被祁明信这个禽兽……玷污了吧？！

“阿嚏！”

无辜被骂的祁副总打了个喷嚏，他揉了揉鼻子，想起那个害他受惊又受凉的女人，磨了磨牙：“疯女人……”

他恶声恶气地对进门的刘昊说：“你给我买盒感冒药去。”

4.

叶长乐一腔悲愤地去公司上班。

“叶长乐！”身后传来经理朱明霞的喊声，然后一只手毫不客气地揪住了她，“你往哪儿跑呢？跟我走。”

朱明霞拎着叶长乐走进办公室，然后将一沓资料拍在她面前，笑嘻嘻地说：“IG 的祁副总已经看过我们发过去的保险条款了，我们给他们公司的保障内容堪称业界良心，那绝对是独一无二的待遇，他虽然没说合不合作，但他指名道姓要你做双方公司接洽的业务员。”

朱明霞的眼神中充满了暧昧：“看来，你们两个很有猫腻哟——”

“没有！”叶长乐的反应十分激烈，“我们之间什么都没有！”

朱明霞吓了一跳：“叶长乐，你要死哦，你一惊一乍的干吗呢？”

叶长乐悲愤欲绝。

祁明信之前那么嫌弃她，现在居然主动要见到她，她觉得自己的清白果然是被这个禽兽毁了。这个禽兽，他占了自己一次便宜还不够，居然还想借着工作的名义占第二次便宜？

叶长乐：“我死都不会跟他见面的。”

朱明霞被她搞得蒙了半天，然后朝叶长乐笑了一下：“死都不见面？你是想离职之后安心地做你的祁家二少奶奶吗？”

隔日，叶长乐憋屈地站在了咖啡店门口。

祁明信那个贼心不死的禽兽，居然主动约她洽谈合作，还把洽谈地点约在了一个非常高级却也非常幽静的庄园包厢里。

叶长乐能给他不轨的机会吗？她坚决地拒绝了他，并且义正词严地表示，如果祁明信不肯和她约在人流量最大的咖啡店，她是绝对不会跟他见面的。

而从不吃亏又刻薄难搞的祁副总沉默片刻之后，居然答应了。

叶长乐顿觉心如死灰。

如果不是对她做了什么，以祁明信那个性格，他怎么可能突然对她这么迁就？

这个人面兽心的浑蛋、流氓、死变态！

而完全不知道自己已经被叶长乐脑补了一场大戏的祁明信，正不耐烦地绕着人流量巨大的广场找停车位。

他觉得叶长乐有病，放着环境好又安静的庄园不去，非要挑个连停车位都没有的咖啡店，也不知道脑子是怎么长的，要不是指望她帮忙约秦风，他一定翻脸。

等到祁明信好不容易找到一个停车位，又按照叶长乐发的定位走了十来分钟找到那个咖啡店时，距离他们约见的时间只剩一分钟，他本来以为叶长乐已经早早等在预约的位置上了，结果他在位置上又等了快半个小时，叶长乐才姗姗来迟。

祁明信的时间观念非常强，所以他愤怒地将脸上的墨镜拿了下来，看表情，是想发火，但也不知道想到了什么，他又忍住了。

叶长乐眼神中带着杀气，坐在他对面。

祁明信愣了愣，压着火气提醒她：“你迟到半个小时了你知道吗？”

“知道，我故意的。”叶长乐毫无愧疚感。

祁明信从没见过如此不给面子的人，看着她欲言又止：“你——”

叶长乐从大包里拿出厚厚一沓资料重重地拍在桌面上，吓得祁明信一愣。

她剜了祁明信一眼，心想：你一个流氓，借着工作的名义欲行不轨之事，还想要我守时？

叶长乐将那份资料用力推向他。

祁明信莫名其妙地觉得她推资料那架势，像是打算拿这份厚厚的资料拍死他一样。

“这是我们保险公司就 IG 公司的业务特别定制的意外险条款承保内容，以及各项理赔细节，祁副总自己看看吧。”叶长乐的语气非常恶劣。

祁明信这人挑剔，对待工作更是严谨又高标准，跟他对接工作的人恨不得连标点符号都检查三遍，哪敢像叶长乐这样？

他没忍住，将那份资料用力推了回去：“叶长乐，你这是什么态度？你要是我的员工，我一定立刻马上把你开除，你信不信？”

祁明信气得提高了声音：“就你这样的工作态度，还能在大州保险公司混到优秀员工的位置，究竟靠的是什么？难道你觉得所有的客户都只需要你陪着多喝几杯酒，就会买你推荐的保险吗？”

叶长乐黑了脸：“祁明信，你说什么？你敢说我是靠着陪客户多喝几杯酒才签下的合同？你凭什么这么说？”

“至少你对待我的态度，就显示出你有多么不专业不礼貌，私人情绪不能带入工作，这么基本的原则，你还要我来教你吗？”

祁明信显然没发现叶长乐的表情越来越难看，义正词严地教育她：“保险行业是一个非常有前景的正规行业，是得到国家大力支持的一个行业，却被你们这些不学习不正规的业务员搞得乌烟瘴气，好像传销一样让人避而远之。”

“祁明信，你想死吗？”叶长乐握紧了拳头。

祁明信本来还想继续教育她，但看她放在桌面上的拳头感觉杀气非常之重，他不由得往后靠了靠，唯恐她没忍住会动手。

"叶长乐，你冷静点儿，这里可是公共场合，有监控的，打人是犯法的。"祁明信盯着她的拳头，警告她。

叶长乐端起杯子喝咖啡，结果因为太生气，呛到了，于是捂着嘴闷闷地咳嗽，咳得脸上泛出一片绯色。

祁明信感冒了，被她带得也咳嗽起来，两人面面相觑地咳了一会儿，叶长乐都被咳得没脾气了。

祁明信见状，正准备说话，一个身材略显臃肿的妇女忽然走到他们这一桌旁边，并且敲了敲他们的桌子。

叶长乐一愣，抬起头，脸色微变："姑姑？"

叶红梅不知为什么会在这家咖啡店，眼下还站在了她的面前，看了看她，又看了看祁明信，一开口就控制不住音量："叶长乐，我说你怎么看不上我给你介绍的相亲对象呢，原来是有人了？"

周围的人被叶红梅的声音吸引，不由得朝他们的方向看过来。

叶长乐抬头，就看见表弟小伟正坐在不远处和一个女孩聊得火热，显然是在相亲。

她扶额，只觉得今日出门没有看皇历，不得不起身，笑容灿烂地说："姑姑，好巧啊，我们有话回家说吧？"

叶红梅不动："你弟弟这几天在这边相亲，说不定就要在青城结婚，房子也要买在这边，这边房价可不像老家，你说怎么办？"

"姑姑，这不才给你十万吗，那是我全部的存款了！"

"你少骗我，我打听过了，你这行可赚钱了，像你这样的优秀员工，一个月提成至少两万，你干了三四年才给我十万，打发叫花子呢？"

"姑姑，小伟在相亲呢，别打扰他们，这事儿我们回家讨论。"叶长乐讨好地笑着去扶叶红梅。

"你少嬉皮笑脸，那女孩也就一般般，无所谓，你弟弟房子的事情怎么办？"

叶红梅说着推了叶长乐一把，力道很大，叶长乐没站稳，一下子跌向祁明信。后者下意识地往后一靠，她就整个人倒在了他的腿上。

叶长乐慌乱之下本能地抓住了祁明信的衣服，一抬头，祁明信正垂眸瞪着她的手道：“放开。”

她愣了愣，发现自己把他的衣服抓皱了，她连忙松手，挣扎着想起身，哪知人没起来就算了，还撞到了桌子，桌子上的杯子晃了晃，半温的咖啡泼了祁明信一袖子。

完了！叶长乐面如死灰地喃喃道：“我要被叶红梅和祁明信联手干掉了……”

祁明信看了看自己被咖啡浸染的袖子，黑了脸，将目光落在了叶红梅的身上。

“你看什么看，长得像个小白脸一样，叶长乐天天说没钱，她的钱是不是都拿去倒贴你了？”叶红梅被祁明信的目光激怒了，叉着腰就骂。

“姑姑，你说话注意点儿，你说我就说我，麻烦对别人尊重点儿！”叶长乐终于有些恼火了，她艰难地想坐起身，却被卡在祁明信和桌子之间。

祁明信看了她一眼，忽然抬手扶起了她，叶长乐受宠若惊地看着他。

叶红梅冷笑：“哟，你还挺维护这个小白脸的啊？你妈一死你就跑了，连你爸病了你都不管，丢给我家，我伺候你爸，我儿子替你爸养老送终，结果呢，你弟结婚买房让你拿点儿钱你都不肯，都拿去养小白脸了，你的良心被狗吃了吧？”

叶长乐气得不行，一拍桌子，说道：“你有完没完？”

叶红梅吓得一哆嗦，正要发飙，被误会成小白脸的祁副总眯起了眼睛，缓缓地开口道：“你说谁是小白脸？”

身为IG的副总，他一旦严肃起来，气场着实有些震慑人。叶红梅却毫无所觉，立刻把矛头对向他，气势汹汹地问：“说你，怎么了，敢做不敢当啊？”

叶长乐立刻说：“那您可真没眼光，他是本省最大的两家旅游公司之一IG公司的副总祁明信，我们公司的大客户。”

“哟，一秒就变成了大老板啊？”叶红梅嗤笑一声，“你俩别唱双簧唬我，当我没看过电视剧？这种有钱的富豪公子哥儿都是去高级会所、法式餐厅，一顿消费几千块，会来这种小地方喝二十块钱一杯的咖啡？”

祁明信愣了愣。

叶长乐讪讪的，她要是知道会在这里遇到叶红梅，她宁愿跟祁明信去庄园的包厢！

“怎么，编不下去了？叶长乐，你——”

不等叶红梅说完，叶长乐就将一张名片伸了过去，打断了她的滔滔不绝：“这是祁副总的名片，你要是还不信，可以去 IG 打听一下。我跟你讲，他可不好惹，惹恼了，后果你自负。”

叶红梅瞪着几乎伸到自己眼皮子底下的名片，往后退了一步，待看清楚上面的内容后，叶红梅瞠目结舌，叉着腰的手下意识地放了下来，声音都弱了，看了看叶长乐，又看了看祁明信，问道：“那他和你是什么关系？”

这回不等叶长乐开口，祁明信挑眉，反问：“你们是亲戚关系？”

叶红梅一秒变脸，眉开眼笑：“是啊是啊，祁大老板，我是长乐的姑姑，刚刚不好意思，都是一家人，大水冲了龙王庙了。”

她飞快地抽了几张餐巾纸，想帮祁明信擦袖子上的咖啡，却被祁明信皱着眉避开，叶红梅讪讪的。

祁副总一点儿不给面子地说：“谁和你们是一家人？”

叶红梅：“啊？”

“你刚说叶长乐有很多钱？”祁明信问。

叶红梅愣了愣，点了点头，犹豫一下，又摇摇头，然后茫然地看向叶长乐。

叶长乐也不知道祁明信搞什么鬼。

“叶长乐，既然你这么有钱，那你先把我的钱还了吧。”祁明信说。

“我什么时候欠你钱了？”叶长乐一脸戒备地问，心想这人该不会想趁火打劫吧。

“我身上这套衣服是手工定制的，今天第一次穿，不过几万块钱就算了，但是这块表好像挺贵的，要一百多万。”

祁明信卷了卷湿透的袖子，将表取下来丢在桌子上，好整以暇地看向叶红梅："还有，你们在这里吵吵闹闹，不仅有损我的颜面，更耽误了我的工作，知道我的时间有多宝贵吗？知道我一个小时挣多少钱吗？不过好在你们是亲戚，也不必分责，你们两个一起凑凑，赶紧赔偿我的损失，否则我就起诉你们。"

叶长乐莫名觉得他这段台词很耳熟，似乎在某霸道总裁剧里出现过N次……

叶红梅傻了眼："你不是叶长乐的男朋友吗？"

祁明信冷冷一笑："这位叶女士，我这种家世和长相，要什么样的美女没有，你好好打量一下你的侄女，我能看得上她？你是偶像剧看多了，才会觉得叶长乐能嫁进我家吧？"

叶长乐瞪向祁明信，虽然她理智上知道他是在给自己解围，但本能上还是恼羞成怒：这个禽兽，你看不上我，你还对我做那种事情？

祁明信莫名其妙，心想：这臭丫头，狗咬吕洞宾不识好人心，瞪我干什么？

叶红梅有些慌："你那手表，你说要一百万就一百万啊？"

祁明信拿出手机拨通了刘昊的电话，开了外音，说道："刘助理，我今天戴的手表被人弄坏了，人家得赔。"

"老板，那是限量版的，一百二十万，要我送发票过来吗？"刘昊跟着祁明信干多了这类鬼事，瞬间就懂了，不带一丝磕巴地答得飞快。

"嗯，你带着发票来世贸广场，让对方当面确认，别让人家说我们讹她们。"祁明信和气地说。

"好的，副总，那我把您的私人律师也带上，方便随时通过法律手段解决问题。"

"嗯，不错，周到。"

"好的，老板，半个小时就到。"

叶红梅被唬得一愣一愣的。

祁明信放下手机，说道："二位，我的助理和律师半个小时后才到，坐一会儿吧。"

然后他端起那杯泼了一大半的咖啡尝了尝，点评道："二十块钱的咖啡味道确实不怎么样，叶长乐，你们公司跟我谈合作就给你这么点儿经费吗？该不会是被你私吞了吧，贪污这么多，看来你果然很有钱。”

叶长乐：“呃……”

叶红梅后退了几步，彻底慌了：“那个，我、我就推了叶长乐一下，推倒的时候可没撞到咖啡，咖啡是她后来撞洒的，和我没有关系的，大老板你要讨债，怎么也讨不到我身上来啊……我、我就不打扰大老板你宝贵的时间了，先走了！”

叶红梅跑去拉起儿子就飞快地离开了咖啡店。

周围的客人还在朝着他们这边张望，祁明信抬起手示意那些人不必再看，说道：“不好意思各位，打扰了。”

吃瓜群众识趣地将目光收了回去。

“祁明信，谢谢你。”叶长乐语气生硬地道谢。

“不必，别感动，别想歪，我一点儿也不喜欢你，你把秦风给我约出来，这事儿就算两清了。”祁明信立刻说。

叶长乐心中的那么一点儿感激之情瞬间荡然无存，一字一字往外蹦：“不可能。”

“那就赔钱。”祁明信指着自己的手表说。

“赔钱？”

“废话，我跟你什么关系，当然要让你赔钱了。”

叶长乐惊呆了：“真的一百多万？”

“不然呢？”

“叶长乐，你为了签单都愿意让姓刘的那老头子占便宜，我只是让你把秦风约出来，还愿意给你比签单提成更多的报酬，你为什么要拒绝我？”祁明信很费解。

“你说什么？”叶长乐的表情不太对。

祁明信猜测道：“难道你喜欢秦风，对他有别的意思，所以才不肯跟我合作，怕他知道了不高兴？”

叶长乐没说话，只看着他。

祁明信善意地提醒她："你不要痴心妄想了，他那种人是绝对不会娶你的。"

叶长乐起身就走。

祁明信一愣，起身捉住她的手腕道："你去哪儿，我们还没谈完呢。"

叶长乐愤怒地说："祁副总，我是什么人啊，哪有资格跟您谈工作。我就说这种和保险业务员接洽的工作怎么会轮到您这种级别的副总出马，原来在你眼里，我是个为了签单都愿意让老头子占便宜的人？不过很抱歉，谁都能占我便宜，就你我看不上——手表我会赔，再见！"

她挣了挣自己的手腕："放手。"

祁明信皱眉："叶长乐，你别不识好人心，我是怕你误入歧途，吃亏上当，劝你迷途知返。"

叶长乐挣脱不开，怒极反笑："祁副总，你是我什么人啊，你这么关心我，就不怕我也看上你了啊？毕竟祁副总长得这么帅，家里还那么有钱，跟有一堆女粉丝的秦风一比，好像更适合我下手。"

她明明在戏谑地笑，眼里却起了水汽，仿佛笑着就能哭出来。

祁明信怔了怔，却没有抽回手。

叶长乐干脆伸出另一只手反握住了他的手，还拿大拇指暧昧地蹭了蹭他手背的肌肤。

祁明信下意识地抽回了手。

叶长乐嗤笑了一声，转身就走，却在推开咖啡店玻璃门的刹那，眼泪不受控制地涌了出来。她拿手背去擦眼泪，却发现眼泪越擦越多。

路过的陌生人都不由自主地看她，小声议论，她狼狈地哭着喊："看什么看，没看过别人哭啊？"

她低着头，哭着跑了。

祁明信追了出来，僵立在她刚刚站过的地方，又惊又蒙，被叶长乐的坏脾气惊到了，也被她哭蒙了。

他觉得心里乱糟糟的。

“副总！”不远处传来刘昊的声音。

祁明信回头，刘昊正好跑了过来，疑惑地指着叶长乐的背影问：“副总，您怎么把人弄哭了？”

“是我弄哭的吗？”祁明信没好气地反问刘昊。

“啊？”刘昊一头雾水。

“这破手表到底多少钱？”祁明信将沾满咖啡的手表丢给刘昊。

刘昊手忙脚乱地接住，一脸肉疼地说：“真是一百二十万，就两块，祁总特意给您和周秘书一人带了一块，这就坏了？”

他拿出发票，递给祁明信看。

祁明信想起自己让叶长乐赔钱的事情，烦躁地说：“祁知诚闲着没事买这么贵的破表干什么？”

刘昊在心里吐槽：现在的有钱人真难伺候，有人给送贵重礼物，居然还不开心，还生气？

第六章

这不是你的颜值问题，是我的人品问题

1.

叶长乐回了家，将自己埋进被子里号啕大哭，哭得楼上楼下的人都忍不住来敲她的门，担心地问这家主人到底是怎么了。

叶长乐没有理，自暴自弃地哭了足足半个小时，哭得都吐了，靠着洗手间的马桶就迷迷糊糊地睡着了，又可怜又凄惨，直到被经理朱明霞的来电吵醒。

得罪了祁明信，叶长乐已经预料到朱明霞会发多大的脾气，她刚冲动地想干脆辞职不干算了，理智就提醒她还欠着祁明信一百二十万呢。

她哭着接通了电话："祁明信告我状了对不对？你告诉他，我不会屈服，也不会妥协的。"

当然，如果他拿一百二十万威胁她，她可能还是会妥协的。

"叶长乐，你发什么疯呢，哭成这样？"朱明霞有些迷茫的声音传来，"人家祁副总的助理亲自打电话过来说了，你介绍得很好，我们公司的险种听起来也不错，祁副总有兴趣，会安排进一步的沟通。老大觉得咱们跟 IG 合作很

有希望，这不让我打电话来夸你嘛，怎么听你这个意思……你跟祁副总闹不愉快了？”

“你说……你说什么？”叶长乐有些呆呆的，她吸了吸鼻子，眼泪还在不受控制地往外涌，哭声倒是收住了。

“我说，祁副总和咱老板都夸你了。”朱明霞提高了声音。

“祁明信不黑我，还夸我？”叶长乐抽噎着，发出了质疑，“他脑子被门板夹了吗？”

IG 公司内，祁明信心情非常不好地将几份文件打了回去，让手底下的人重做。

刘昊握着手机，小心翼翼地汇报：“副总，已经给大州保险公司打过电话了。”

“嗯。”祁明信头也不抬地回应。

“可是副总，您出门之前不是打算威胁叶长乐给你约秦风吗？你不是说，要是她不同意，咱就不跟大州保险合作，还诬赖是叶长乐的业务能力不好吗？”刘昊提醒他。

“出了点儿意外，没来得及开口。”

“副总，现在叶长乐欠您一百二十万，您都不用拿合作威胁她了，咱直接让她约人，不约就讨债。”

祁明信将笔记本电脑转过去，给他看屏幕。

刘昊满脸疑惑地看去，只见显示屏上的新闻全部是“Z 某被 M 公司逼还欠款，走投无路于 M 公司跳楼自杀，孤儿寡母泣泪成河”这样的标题。

刘昊：“呃……”

“你觉得叶长乐的脾气如何？”祁明信问。

不等刘昊开口，他就又说：“太差了，还倔，我要是逼她太狠，万一她跑到 IG 来跳楼自杀怎么办？”

刘昊：“所以？”

“最近别找她，先让她冷静冷静，然后你去买块手表，不要太贵，也不能太便宜，二十几万……算了，三四万就行，然后让营业员开张发票，反正叶长乐也不知道那块表到底多少钱，我说我骗她的，她大概会信。”

“副总，您什么时候学得这么会替别人着想了？”刘昊疑惑地开口。

祁明信闻言顿了顿，将手中的钢笔放了下来，十指指尖相触，惆怅地说：“我最近确实很有良心，这是个不好的现象，得改。”

刘昊漠然。

2.

周五的时候，叶长乐他们公司搞了个产品说明会，会后不少有意向的客户留下了联系方式和地址。

叶长乐被分了几个C类客户，她表示介意：“为什么A类意向客户一个都不给我？再不济给个B啊！”

朱明霞振振有词：“一般企业客户是老大出面签的，IG这么大一块蛋糕现在在你一个人的手上，你签成了就能拿一笔巨额提成，你还在乎这点儿蛋糕屑？”

“那我不要这块蛋糕，我跟人家换蛋糕屑行不行？”

她心想，IG的单子才不是蛋糕呢，分明就是石头，啃不动的那种。

朱明霞拿文件夹拍她：“想都别想，你给我好好把IG的单子签下来，让开，别挡道。”

叶长乐可怜兮兮地让开路，捧着她那几个C类意向客户的资料走了。

意向客户一共六个人，其中一个没接电话，三个不等她说完就挂了，还有一个说暂时没空，剩下一个姓刘的女士倒是跟她聊了几句，两人相谈甚欢，约了第二天早上九点半面谈。

叶长乐心满意足，C类客户里居然能有一个意向度这么高的客户，要不是分类分错了，那她简直就是运气爆棚！

隔日，叶长乐精心准备好了资料，按照地址来到了客户所在的小区玉潭府，然而玉潭府的安保非常严格，她被拦在了外面。

“姑娘，你别骗我了，我都看到你包里那一大堆宣传单了，你别想来这种高档小区发传单。有钱人的脾气可大了，我跟你讲，你要是被业主抓到，我肯定要挨骂；你要是没被业主抓到，我肯定要被投诉。你说我怎么可能放你进去？”

门卫坚决不信叶长乐的话，让她打电话叫业主放行。

叶长乐无奈，只好给客户打电话，打第一个被挂掉了，打第二个也被挂了，一连打了三个，客户才接通，叶长乐刚说了个“喂”字，刘女士就不耐烦地说：“你谁啊，你等一下，我孩子正哭呢。”说完就挂断了。

叶长乐对门卫露出一抹甜美的笑容：“大叔，我客户在忙着照顾孩子，我能在你这儿等一会儿吗？”

门卫摇头，态度坚决地道：“门卫室内有监控，我之前看了个新闻，有个杀人犯在物业这里记下了监控的范围，避开监控跑进一个小区去杀了个人。”

不得不说，这位大叔很有风险意识，她心服口服。

叶长乐拎着自己沉重的大包在小区外面等，她给客户发了消息，但客户没有理。

正好是周六，小区门口来来往往都是车和人，门卫盯着她，生怕她骚扰业主，让叶长乐自己都怀疑自己是不是真的打算进小区干什么违法的事情了。

她如芒在背地等了快一个钟头，客户似乎终于想起了她，给她打了电话。

“喂，刘女士。”

“你是大州保险的业务员叶长乐吧，你这个人怎么这么没有时间观念，这都几点了，不是让你九点半过来吗，你人呢？”

叶长乐有点儿无语，委婉地提醒她：“刘女士，刚刚给您打电话的就是我。”

“行了，你快点儿来吧，我等着呢，你这个态度我可要找你公司投诉你了。”

对方又飞快地挂断了电话，叶长乐甚至没来得及提门卫不让进这句话，她再给刘女士打电话，对方就一直不接，态度跟昨天截然相反。

要不是确定自己跟这位刘女士不认识，她都要怀疑对方是不是故意为难她了。

“生活不易，全靠忍。”

叶长乐抚了抚胸口，得亏自己不是玻璃心。她只好去找门卫，试图说服对方让自己进去。

3.

祁明信的奶奶也住在玉潭府，老人家打电话让他和祁知诚过来吃饭，他正好就在附近办事，看时间快中午了，直接让刘昊把车开了过来。

周六的小区门口一如既往堵车，祁明信索性坐在车里闭目养神，刘昊顺着车流缓慢行进，忽然说：“副总，那不是叶小姐吗？”

祁明信睁开眼睛，顺着他指的方向看过去，果然看见叶长乐站在门卫处。

“她好像想进去，但被门卫拦住了。”刘昊说。

“跟我有什么关系？”祁明信没好气地说。

刘昊“哦”了一声，收回了视线。

前方车辆在缓慢行驶，慢得如同蜗牛行进，祁明信等得无聊，不由得又看向窗外的叶长乐。

叶长乐还在跟门卫求通融。

“你就别为难我了，我是绝对不会放你进去的，你快点儿走开吧。”门卫不耐烦了，挥手驱赶她，声音略大，引得路过的人纷纷注目。

叶长乐无奈。

算了，她放弃了，投诉就投诉吧。

她正准备离开，门卫处的电话忽然响了，那位坚守原则的门卫接了电话后，连连应了几声，然后喊住叶长乐：“姑娘，你叫叶长乐吧？你早点儿让业主打电话过来，我不就放你进去了吗？”

“刘小姐特别忙，我给她发了消息她没来得及看，估计是这会儿才看到了。”叶长乐松了一口气。

“刘小姐？”门卫倒是愣了愣，“不是赵阿姨啊？”

叶长乐也愣了愣：“啊？赵阿姨？”

门卫说：“给我打电话的是业主赵阿姨啊，你是不是叶长乐啊？身份证给我看看。”

“我是，我是。”叶长乐连忙拿出身份证，心想，赵阿姨可能是刘小姐的妈妈吧。

她无意识地看向周围，不远处车辆太多，她似乎看到了祁明信的车，但看不清车牌，想着祁明信的家在临湖区，他应该不会出现在这里。

“你进去吧，我给你开了门禁。”门卫提醒她。

叶长乐忙应了一声，跑着进去了。

她按照刘小姐给的地址找到了九栋，然而想上楼还需要再过一道门禁，叶长乐扶额：“这小区的安全措施是大内皇宫等级的吧？”

不过她似乎运气不错，电梯门开了，她要找的刘小姐正好走了出来，身后一个阿姨还抱着一个孩子，两人一起走出来。

叶长乐迎了上去，露出职业微笑打招呼：“刘小姐，你怎么还亲自下来了？”

刘小姐见到她，却愣住了，问道：“你是怎么进来的？”

“不是刘小姐让赵阿姨给门卫打电话的吗？”叶长乐看向那个阿姨，怔了怔。

刘小姐瞪向保姆，保姆慌了：“我没有，而且我姓潘。”

叶长乐觉得哪里好像不对，她张了张嘴，支支吾吾道：“刘小姐，你该不会是……故意不让我进来的吧？我似乎没得罪过你。”

“我就是故意的，”刘小姐倏忽变脸，“叶小姐，你年纪轻轻的做什么不好，非要做破坏别人家庭的事情？”

“我都不认识你，你胡说什么？”叶长乐也变了脸色。

“你别不承认，你还记得在品仙楼跟你拉拉扯扯的那个刘总吗？那是我爸！”

“那是个误会！”

“别人都把视频发给我妈了，你还狡辩什么？”刘小姐露出厌恶的表情，“你滚吧，我家孩子在这里，我今天不想跟你聊这个。”

她伸手去推叶长乐，叶长乐不让，说道：“你可以问你爸，还有你爸的司机也在，也可以问他。”

“你们三个当然口径一致，可视频里那个骂我爸的陌生人总没必要撒谎吧？”

“那个陌生人他什么都不知道，他对我有偏见！”

路过的人都看向了她们，保姆忍不住开口：“二位都冷静点儿，你们别在这儿吵了。”

“她不怕丢人，我怕什么？”刘小姐火了。

“我什么都没做，为什么怕丢人？”叶长乐也火了。

“你什么都没做，别人为什么那么骂你？”

“我说了他什么都不知道！”

“那他为什么坚持不肯来给我爸道歉？说明他很肯定自己说的话，有本事你让他来解释！”

叶长乐张了张嘴，忽然气势全无，她喃喃道：“他不可能来的……”

不可能来解释，不可能来说出真相，就像当年她母亲所遭遇的那样……

本以为刘小姐会嗤笑她，然而刘小姐一言不发地看着她身后，叶长乐疑惑地顺着她的目光回头，就见祁明信站在五步开外的一棵香樟树下，正看着她们。

“祁……明信？”恍惚间，她以为自己出现幻觉了。

祁明信走了过来，说：“你好，刘小姐，我是祁明信，就是你们口中的那个‘他’。”

刘小姐愣了愣。

叶长乐心如死灰，她完了，就凭她在祁明信眼中的形象，再加上他们两个之间的矛盾，她今天怕是要坐实这个“罪名”了。

“祁先生您好，您也住这个小区？”刘小姐的表情非常尴尬。

大庭广众之下说家丑已经够丢人了，偏偏目击者也加入进来，怎么想都够尴尬。

“我奶奶住在这里，”祁明信说，“路过时，听到刘小姐提品仙楼的事情，所以就过来了。”

“让祁先生见笑了。”刘小姐看了叶长乐一眼，满目鄙夷。

叶长乐二话不说，转身就走。

“你别走啊，怎么，现在怕了？”刘小姐嘲讽道，“做贼心虚。”

“叶长乐，你跑什么？”祁明信也开了口。

叶长乐的脚步顿住了，她没有回头，咬牙冷笑：“我不走，等着听你们两个一起污蔑我吗？”

“不至于污蔑，你说得对，我确实什么都不知道，我只看到你们拉拉扯扯地从包厢里出来，所以本能地觉得你在用不体面的手段谈单，后来在咖啡店见到你姑姑，我又觉得你是有苦衷才这样做，所以才对你说了过分的话。”

叶长乐僵了僵，不满地道：“祁明信，你什么意思？”

“我的意思是，既然你没有这么做，那就应该理直气壮地解释清楚，就像你刚才对刘小姐那样，而不是一见到我就跑，搞得跟真的做贼心虚似的。”

祁明信上前拉着她转过身，说道：“把事情说清楚，该谁道歉，谁就道歉。”

叶长乐和他四目相对，目光倔强而脆弱。

他示意她看刘小姐，又道：“叶长乐，说不说是你的态度，信不信是她的事情。”

叶长乐和他对视，眼底竟隐隐有水汽浮动，祁明信怔了怔。

“刘小姐，”叶长乐沙哑着嗓子开口，“刘总是我经理的朋友介绍的，我经理对我很好，之所以让我去见这个客户，就是因为她的朋友强调刘总的为人非常正派。”

刘小姐的表情有些动容，但没有说话。

“那天我感冒了，喝了点儿酒，结果想吐，却头昏脑涨地摔倒在地，刘总和他的司机只是好心地扶我去洗手间，却被祁副总误会。”

叶长乐尽量控制自己因为情绪太过激愤而显得颤抖的声音。

她说完，看向刘小姐道：“这就是真相。我想你父亲和司机小陈应该跟你和刘太太解释过，我不明白，为什么你连你自己的父亲都不相信？”

刘小姐的眼圈红了：“我妈没什么文化，年纪也大了，我爸创业成功后一直对我妈特别好，大家都说男人有钱了就会变坏，说我爸不可能经受得住诱惑，说的人多了，我和我妈就怪难过的，所以看到你和他的视频，我和我妈都觉得，我爸爸他不是没变，他只是装得太好了。”

叶长乐的眼圈也红了，她轻声说：“抱歉，刘小姐，让你和刘太太误会了，我应该主动来解释清楚的。”

“我也要向你道歉，对不起，”刘小姐哭了，“还有，我不应该不相信我爸……”

她一哭，叶长乐也哭了，于是两个女人毫无形象地抱在一起哭了起来。

叶长乐哽咽：“就是啊，我这么年轻，身边单身的青年才俊那么多，我怎么也得找个年轻帅气的喜欢啊……”

刘小姐哭着表示不服：“我爸保养那么好，大叔魅力也很招人喜欢的好吧？”

叶长乐也不服，下意识地看向祁明信，后者瞪着她，她缩了缩脖子，不敢打他的主意，改口说：“你不知道吧，大明星秦风都是我朋友呢，你爸能比得上秦风吗？”

祁明信黑了脸：“你们两个差不多行了，再说下去三观都要毁了。”

“总之都怪祁明信，我找过他，但他就是不肯跟我一起去给刘总道歉。”

“真的吗？祁先生，你怎么是这种人？”

两个哭得稀里哗啦的女人，这下矛头一致朝向了祁明信。

祁明信想，女人真是莫名其妙，明明刚刚还势同水火，这会儿就建立统一战线了？

他郁闷地转身要走。

刘小姐哭着问："祁先生，你去哪儿？你要逃吗？你不是说该谁道歉，谁就应该道歉吗？"

叶长乐哭着连连点头。

叶长乐伸手要来抓他，她那手刚擦过眼泪，祁明信觉得头皮发麻，说："我知道了，我会去给刘总和刘太太道歉的，你别碰我！"

他拔腿就跑了，再不想和这两个哭哭啼啼的女人待在一起丢人。

4.

刘昊的车就等在不远处，祁明信跳上车便催促他赶紧走。

"副总，您特意绕道跟着叶小姐，还亲自跑去给她解围，您对她有点儿好你知道吗？"刘昊幽幽地开口。

"谁对她好了，我跟着她是怕她到处发传单，骚扰了业主，害我奶奶背锅。"祁明信没好气地道。

"那您一开始就别用老太太的名义把叶小姐放进来啊……"刘昊不怕死地拆台。

祁明信抓起餐巾纸盒砸向刘昊："你话怎么这么多？"

刘昊跟脑袋后面长眼睛了似的偏头躲过了，"啧"了一声："恼羞成怒了。"

祁明信皱起了眉头，开始仔细思考刘昊说的话，他好像确实对叶长乐太好了点儿。

而她不过就是救了他一次，给他做了个人工呼吸，这些事情警察也能做，医生也会干，她有什么可让他另眼相看的？

总不可能是因为她醉酒后在他家住了一晚上，发生了点儿意外，他就色令智昏了呀……

车停到车库里，刘昊拉开了车门，说道："老板，到了，快上去吃饭吧，不然老太太要催了。"

"刘昊……"祁明信缓缓地开口，"周秘书最近有没有给我安排相亲对象？”

“啊？”刘昊愣了愣。

祁明信不耐烦地重复：“相亲对象，最近有没有？”

“没有，因为祁总和周秘书都觉得您在和叶小姐谈恋爱，所以周秘书最近就没有再给我安排这项任务。”

刘昊一头雾水，自家副总最近的心如海底的针，想到一出是一出，他有些不确定这会儿副总又是什么意思。

“想办法给我安排个相亲对象，下周五晚上安排我们见面。”祁明信说。

刘昊惊呆了，张了张嘴，还以为自己幻听了，问道：“副总，您要我给你安排相亲对象？你要相亲？主动的那种？”

祁明信瞥他一眼：“你耳背吗？每句话都要我重复一遍？”

“那，那副总您对女方有什么要求？”

“会游泳，会醉酒，长相一般，身材一般，性格不好，私闯民宅，口出恶言，总之……”祁明信恶声恶气地道，“要多糟糕有多糟糕。”

“副总，您这神仙颜值，不是说连凡间第一美女都配不上你吗？怎么这忽然，口味就变得……这么重啊？”刘昊的表情一言难尽。

祁明信的脸色非常不善。

刘昊咽了口口水，赔着笑脸说：“好的，副总，我明白了。”

5.

祁明信这小助理办事儿的效率在他的苛刻老板的威逼下，非常快狠准，周四下班之前，他就把女方的资料发到了祁明信的邮箱。

周五晚上，祁明信在预先约好的餐厅等来了刘昊给他精挑细选的相亲对象，果然长相一般，身材一般，性格尤其奇葩。

相亲女坐到祁明信的对面之后，不等祁明信开口，就直截了当地告诉他：“我听过你的传言，你相亲三十多次，次次都被女方甩了。”

祁明信翻了个白眼：“纠正一下，我从来没被人甩过。”

“这不重要，重要的是，我可以嫁给你，我们这种富二代，婚姻基本是商业联姻，利益比一切都重要，与其说是相亲，不如说是相家世。你长得帅，家世和我家也挺配，我们可以选择形婚，婚后各过各的。”

女方骄傲地说完，看了看他的脸，又加了一句：“当然，如果你想要个孩子继承家业也不是不可以，看你表现，你觉得怎么样？”

祁明信沉默片刻，腾出一只手托着腮，答非所问：“有首歌你听过没有？”

“什么歌？”

“长亭外，古道边，芳草碧……什么天？”

女方愣了愣，反应过来这是个网络流行的骂人段子，顿时一拍桌子站起身，怒道：“你骂我不要脸？”

祁明信勾了勾嘴角：“低估了你的知识储备量，你居然听懂了。”

“你、你说脏话！你长这么好看，素质怎么这么差啊，我——哎哟，我肚子好痛啊！”

相亲女气得发抖，忽然按住肚子，脸都绿了，语不惊人死不休：“我的孩子，我肚子里的孩子……我好痛。”

祁明信惊呆了：“你怀着孕，居然还来跟我相亲？！”

刘昊到底给他找了个什么妖魔鬼怪？

相亲女身子弯成了虾米，喊着：“我肚子痛，快，快送我去医院。”

祁明信火气之大，恨不得手撕了刘昊，但他还是愤怒地开车将奇葩相亲女送去了医院。

那奇葩女叫得特别惨，倒霉的祁明信人生头一次来妇产科，还被当成了围观对象，只觉得这辈子的脸都丢完了。

他好不容易才摆脱死死抓着他的相亲女，狼狈地喘了一口气，正准备离开，一转身却看见个熟悉的身影鬼鬼祟祟地从电梯里溜了出来。

“叶长乐？”他顿住了脚步。

那个戴着帽子和口罩的身影虽然遮遮掩掩，但他太熟悉这货了，所以一眼就认出了她，正准备喊她，却愕然地发现叶长乐左右看了看，然后贼一样溜进了妇产科的科室。

祁明信仔仔细细，认认真真，反反复复地看了看那个科室门口的牌子，确定自己没有看错，叶长乐，她一个单身女青年，居然进了妇产科？！

祁明信僵在原地，表情之难看，如果刘昊在，一定会刷新心理承受能力：他家表情管理胜明星的副总，居然会露出如此复杂的表情，真是世界大了，什么奇迹都有啊……

叶长乐可不知道自己在妇产科都能够遇到祁明信，更不知道自己如此精心地进行了伪装，居然还能被祁明信认出来。

她抱着咸鱼的心态，心如死灰地问面前这个看起来挺和蔼可亲的女医生："我之前哭吐过一次，后来吃东西又吐了一次，今晚还是不舒服，想吐，我……我是不是怀孕了啊？"

医生问："你结婚了吗？或者有男朋友吗？自己去药店买验孕棒检验过了吗？"

"都没有，我……也没有自己检验过。"叶长乐口罩下的脸通红，她怎么可能好意思去药店买这种东西？

医生见多识广，顿时了然，平静地问："一夜情？"

"我不是……"叶长乐想死的心都有了，要不要这么直接啊？

她只觉脸颊滚烫，结结巴巴地说："其实我、我都不确定我有没有和他……那个，当时我喝醉了，但我醒来……就是，哎，我不知道那晚发生了什么。"

医生拉开后面的帘子，示意叶长乐过来："你过来，脱裤子。"

叶长乐惊得跳了起来，揪着裤子问："干什么？"

女医生哭笑不得："我给你检查一下。"

没多久，叶长乐就郁闷地低着头从医生办公室里出来了，结果还没走到电梯口，便一头撞上了一个人。

"不好意思。"她头也不抬地道歉，想绕过面前这人。

结果对方却堵着她的路不让，她疑惑地抬头，正好和祁明信四目相对，顿时觉得晦气不已。

“祁明信，怎么哪儿都有你啊？”她头疼地说，“手表的钱我会还的，但是我没有那么多钱，只能每个月还一部分，你要是急，我只能去卖肾。”

“你怀孕了？孩子是谁的？”祁明信才懒得跟她讨论什么手表的事，他的脸色非常难看。

叶长乐觉得他有毛病，莫名其妙地说：“关你什么事？”

她伸手推他，祁明信反拽住她的手腕，气愤地问：“孩子是秦风的吧？”

叶长乐惊呆了：“啊？！”

“叶长乐，你真的疯了吧？”

“我又怎么着你了？”

“我有没有告诉过你，秦风不会娶你？”

祁明信恨铁不成钢地教育她：“秦风在娱乐圈是什么身份？当红影帝，经纪公司花大价钱包装出来的男神！他这种人，为了自己的星途，是绝对不会娶你的！你这个笨蛋，你跟他纠缠，你智障啊？”

“祁明信，你不要把所有人都想得跟你一样。”叶长乐生气了。

“跟我一样？我才不会让你未婚先孕，更不会让你一个人偷偷来医院打胎！”祁明信愤怒地提高了声音。

叶长乐被他吓了一跳，慌忙踮起脚捂住他的嘴巴，左右看看，气急败坏地压低了声音说：“祁明信，你有病吧？”

“别摸我的脸——你才有病，你居然喜欢秦风这种渣男，你连脑子都没有。”祁明信扒拉下她的手，可以说是非常愤怒了。

叶长乐火了：“谁摸你的脸了——是，我没脑子，在你眼里，我就是个为了钱什么都能出卖的人，所以你才敢随便占我便宜，对不对？”

“你在我眼里才不是这样的，你别自己脑补过度，还有，我什么时候占你便宜了？”祁明信更火大。

“那天我喝醉了，秦风把我和纪煦送到你家，你敢说你没趁我醉了对我做什么？”

“我……我没有。”祁明信蒙了。

“我的衣服是你脱的吧，那我胸口的指印是不是你的？”叶长乐愤怒地说完，顿了顿，脸上发烫。

祁明信的耳朵红了：“是我干的没错——”

“果然是你！你居然趁我喝醉了占我便宜，你还假装怕被我觊觎！你这个流氓！”叶长乐炸了。

“那是意外，”祁明信整张脸都红了，气急败坏地说，“当时你发酒疯，我们在浴室里摔倒了……”

他又气又急，解释得颠三倒四，哪里还有祁副总平时盛气凌人，嚣张跋扈，说话不带一点儿磕巴的样子？

叶长乐看得都愣住了。

虽然他解释得乱七八糟，但她好歹是听懂了，没好气地说：“你不早说，害我想太多，每天担惊受怕，还以为怀了你的孩子。”

想到刚刚医生给她检查后告诉她结果时那看智障儿童的眼神，她内心的尴尬已经无法用语言来表达了。

“你以为你怀了我的孩子？”祁明信傻了眼，“我的孩子？”

叶长乐不想跟他继续讨论这个乌龙，含糊地敷衍：“是是是，我颜值低、身材差，祁副总看美女都如洪水猛兽，怎么可能会对我下手，是我侮辱了您行不？”

祁明信气死了：“不行，这不是你的颜值问题，是我的人品问题，我们两个没结婚之前，我是绝对不会让你未婚先孕的。”

叶长乐觉得这话好像哪里不对劲，还没想出个所以然来，就听到一声“好”。

不远处路过的人毫无征兆地喝了个彩，吓了两人一跳。

那个好事的路人没听前言，就搭后语，还给祁明信竖大拇指：“小伙子好样的，但人家闺女这么想要个孩子拴住你，还不是看你太帅不安心嘛，你真喜欢人家，就赶紧娶回家，别让人家闺女胡思乱想啊。”

祁明信蒙了。

叶长乐的脸红了，恼羞成怒地踹开祁明信：“滚开！”

她飞快地按开电梯，逃一样跑了进去。祁明信故作淡定地跟了进去，咳了声准备说话。

“不准再提这件事，总之医生跟我说清楚了，说我之所以吐，是因为之前心情太抑郁，影响了肠胃，让我调整心态。”她瞪了他一眼，“要不是因为你，我怎么可能想歪？”

“是你笨，关我什么事？”祁明信瞥了她一眼，问，“那秦风呢？”

“秦老师只是和我偶遇过两次，因为我帮他从粉丝手里逃了出来，所以他想感谢我，一直要请我吃饭，但我们其实连话都没说过几句！”

见祁明信一副不信的样子，叶长乐火大地提高了声音：“我单身，我没男人，祁副总，你能不能不要乱开脑洞，偶像剧真的不要看太多好吗？”

祁明信被人吼了，冲她眨了眨眼睛。

叶长乐以为他在酝酿着吼回来，结果他哼了一声，傲娇地说：“你解释什么，我又没有很想听。”

6.

从医院出来，外面不知道什么时候开始下起了小雨。

叶长乐捂着头就要往雨里冲，祁明信眼疾手快地一把拽回她，力道大了点儿，她被惯性带得没控制住重心，整个人撞进他的怀里，祁明信还下意识地抬手接住了她。

雨下得大了些，“噼里啪啦”地在台阶下溅起无数水花。

男人身上干净的味道萦绕在叶长乐的鼻端，祁明信僵硬地抱着她，下颌动了动，蹭到了她头顶柔软的发丝，他觉得心跳似乎漏了一拍。

叶长乐推开他，面红耳赤地问：“你拽我干吗？”

她想故作镇定些，可语气并未达到想要的效果，反而透露出她此刻有多么紧张。祁明信也没好到哪里去，白痴一样地说：“下雨了，我送你回家。”

叶长乐一口回绝："不用，咱俩不熟，而且你好像也不是什么绅士。"

"我不是绅士，和你也不熟，"祁明信有些气，指着她的肚子脱口而出，"我关心你肚子里的我儿子行不行？"

叶长乐无语。

片刻之后，叶长乐坐进了祁明信的车，因为别扭和尴尬，两人一路都没有说话。

路过一条美食街时，叶长乐终于忍不住开口喊停："祁明信，我住的地方离这里很近，就停这里吧。"

"下雨呢，你祁小爷我心好，送你到楼下。"冷血的祁副总今天非常有良心。

"我饿，"叶长乐不得不说实话，"我晚饭吃了一口就吐了，吓得立马去了医院，现在饿得快要胃出血了。"

她一开口，祁明信也觉得饿，他晚上跟个奇葩女相亲，一口饭菜都没吃就送奇葩女去了医院，饿得只会比叶长乐更惨，绝不会比她好。

于是他靠边停车，在叶长乐跳下来之后，跟着下来了，还撑起了伞。

"你干吗？"叶长乐狐疑地看了看头顶的伞，又看了看不像要离开的祁明信。

祁明信环顾四周，说道："我也没吃晚饭，有什么好吃的推荐？我请你。"

"你要请我吃晚饭？你今晚对我这么好，就不怕我想太多，觉得自己很有希望，然后缠着你，想嫁给你啊？"叶长乐学他从前的口气气他。

"你尽管来缠，看我怕不怕你。"祁明信的语气中带着不屑。

"你有进步了嘛，以前我还没说缠你呢，就把你吓得禁止我进入 IG，现在居然不怕我缠你了，还准备跟我斗斗法？"叶长乐觉得新鲜。

祁明信嗤笑了一声："那是因为我绝对不会因为你吃饭不优雅，举止不得体，不喜欢高档美食喜欢路边摊而觉得你与众不同，并且深深地爱上你……你祁小爷我一定手把手教你知道什么叫'绝望'。"

叶长乐"呵呵"一笑："我知道，你要不是指望我给你约秦风老师——哦，对，现在还怕我欠你那一百二十万不还给你，估计恨不得我从你的世界里消失吧？”

她拍拍他的肩膀：“放心，欠你的巨款我肯定会还，你这个人我是真的消受不起，世界之大，男人之多，我是绝不会想不开去觊觎您这位小爷的。”

祁明信被气饱了，他忽然一点儿也不想把口袋里的那张发票拿出来了，就让这臭丫头以为欠他一百二十万，担心得饭都吃不下算了。

他面无表情地拍开她的手，说：“我想了想，我凭什么要请你吃晚饭，你坐了我的车，我还是你的债主，你请我吧。”

“雨太大，听不见啊，”叶长乐厚颜无耻地一边带路，一边说，“那边有家店，煎饺和老鸭汤真的非常正宗——你伞打低点儿，我都淋到雨了。”

祁明信有心想刻薄两句，却瞥见叶长乐的衣服果然被斜风细雨打湿了不少，他无语了片刻，默默地将伞偏向她的方向，往下压了压。

第七章

春天到了，而我家老板还没过冬

1.

自从上次祁明信把叶红梅吓唬住了之后，叶红梅连电话都没再给叶长乐打过。

刘小姐跟叶长乐成了好朋友，特意带着她爸还有她妈亲自来大州保险公司，指名道姓找叶长乐买了之前刘总谈的那份保险。

而叶长乐又跟祁明信解开了怀孕误会，祁明信更是良心发现地告诉她，其实她弄坏的那款表价格是三万多，给她看了发票金额后，还告诉她，弄坏的手表刘昊拿去修理了，修理费只花了一千元。

叶长乐当即给祁明信转了一千元修理费，瞬间从身陷巨额债务的阴影中走了出来，最近整个人都心情舒畅，神清气爽，还签了好几个大单子。

她感觉似乎哪哪都好！

周三的时候，叶长乐收到了一大笔工资，彼时，她正好和一个签单的客户约在大型商场里面的一家甜品店。

叶长乐签完单，坐电梯下楼时，远远地看见三楼有几家卖手表的专柜。

她下意识地下了电梯，跑到专柜去看那些表。

“小姐眼光真好，这些都是今年的新款，小姐你看的都是男款，是要给男朋友买吗？”专柜的服务员热情地询问。

“不是男朋友，就一个异性朋友，有没有适合商务精英的款式？”叶长乐问。

“这款，低调简约却不失大气，如果小姐您的朋友皮肤偏白，还可以考虑这款。”女服务员打开玻璃柜，拿出其中两款给叶长乐看。

“那就这款吧。”叶长乐指了指其中一款。

“好的小姐，您朋友手腕的尺寸是多少？”

“还要尺寸啊？”

叶长乐愣了愣，回忆了一下之前抓祁明信手腕时的手感，比画了一下：“大概比我的手腕粗这么多。”

“好的小姐，请问您是刷卡还是手机支付？”

叶长乐看了看标价，肉疼地说：“刷卡。”

叶长乐拿着手表走出了商场的大门时，手机响了起来，她拿出来一看，是纪煦。

“喂，纪煦，怎么了？”

今天是周末，纪煦在带她侄子余乐玩，打电话的是余乐，一接通就在那儿喊：“叶长乐，我小姑姑今天请吃冰激凌，你来不来？”

“我谢谢你被请客的时候才会想到我，你小姑姑呢？”

“我小姑姑在排队帮我买冰激凌啊，我想到你今天发工资，所以问候一下你。”余乐人小鬼大地说。

“我就知道你小子没安好心，不好意思，你电话打晚了，我刚到手的工资已经飞了，重新成为一个彻头彻尾的穷鬼了。”

“你的钱呢，你被电信诈骗了吗？”

“你才被诈骗了，我给一个特别让人讨厌的家伙买了件礼物。”

"小姑姑，叶长乐被人骗财骗色了！"

余乐扭头就跑到纪煦那儿，将叶长乐的话添油加醋说了一遍，并强调一定是个长得帅的男人欺骗了叶长乐，否则以叶长乐的抠门程度，绝对不会轻易掏出她口袋里的钱。

叶长乐愣了愣。

"叶长乐，余乐说你把所有的钱都拿去给人买礼物了，谁啊？"

"你别听余乐瞎说，就一个朋友，之前我对他有些误会，但他帮了我很大的忙，所以送他件礼物。"

"男的女的？"

"男的。"

"年轻吗？帅不帅？"

叶长乐有点儿无语。

余乐鄙视她们："两个女流氓！"

"一边去，"纪煦嫌弃地拨开侄子，说，"乐儿，你的桃花运是不是来了呀，对方什么情况，你详细说一下，我好去打听一下他的人品。"

眼看纪煦的八卦之魂即将破除封印，无法控制，正好一个陌生电话打了进来，叶长乐连忙打断纪煦的废话："打住打住，我有电话进来了，八成是客户，回聊回聊。"

挂断了纪煦的电话，叶长乐连忙给那个陌生号码回了个电话，响铃三声之后，对方接通，叶长乐都没来得及说个"喂"字，对方就毫不客气地说："叶长乐，我是祁明信。"

叶长乐只想挂电话。

"还记得之前我跟你说过，你帮我约秦风，我就给你二十万的事情吗？"祁明信的语速很快。

"你还不死心？"叶长乐有些蒙。

祁明信仿佛没听见她说话，背书一样飞快地道："你帮我把秦风约出来，我可以加价到五十万，还保证 IG 和你们大州的合作顺利，你考虑一下。"

叶长乐惊呆了，气炸了："祁明信，我刚还觉得你人其实不错，我还特意去给你挑了礼物想跟你和解，结果你就给我来这招，我真是太傻了！"

祁明信愣了愣："你给我挑礼物？"

他身边的助理刘昊急了，连忙朝他使劲儿打手势，无声地呐喊："副总，看台词，看台词，别临场发挥啊……"

祁明信没理他。

叶长乐怒了："挑你个头，我跟你势不两立。"

"跟我势不两立？"祁明信的脸黑了，"叶长乐，你不是说你跟秦风不熟吗？那你还这么保护他，你是不是暗恋他？"

刘昊绝望地捂住了脸，完了，又跑偏了。

他家老板真是越来越没有原则了，明明在打这通电话之前，他非常冷静地确定自己这次绝对不会再被叶长乐带偏了，这连台词都仔仔细细修改了三遍，结果一开口还没到半分钟……就谈崩了！

叶长乐哪里知道祁明信发什么疯，她快要气死了，说道："我就暗恋他怎么了，秦风比你帅，性格比你温柔，傻子都喜欢他讨厌你。"

祁明信"砰"的一声丢了手机，非常不服且愤怒地跟刘昊理论："叶长乐说我不像秦风那么娘，我承认，但她居然说我没有秦风帅，她是不是瞎啊？"

"副总，叶小姐说的是秦风性格温柔，没说人家娘，您别乱改词啊。"刘昊跟他讲道理。

祁明信看向他的目光变得非常有压迫力，刘昊吓坏了，立马没有底线地附和："不过叶小姐确实瞎，副总您这种神仙颜值，您那是不屑去娱乐圈混，您要是出道，还有秦风、姜云什么事儿啊，全天下的女孩子都要为您倾倒，非您不嫁了……"

祁明信的脸色总算好看了些，觉得刘昊说得非常客观公正，叶长乐真是瞎得够彻底。

刘昊默默地泪奔：昧着良心的话说太多了，怕遭雷劈啊……

"副总，您跟叶小姐的这谈话又谈崩了，接下来该怎么办？"刘昊小心翼翼地问。

“你是助理还是我是助理？你自己看着办吧。”祁明信起身就走。

可怜刘昊莫名其妙被迁怒，还挨了一顿骂，也不敢继续再问。

他看着祁明信离开的方向，想了想，给叶长乐又打了个电话，义正词严且不容拒绝地表示：“叶小姐，我是祁副总的助理刘昊，关于我们副总的建议，如果你选择拒绝，大州和IG的合作肯定告吹，责任也会被推到你的头上，希望你好好考虑，在此之前，IG与大州的合作暂时就不必再继续了，再见。”

大概是觉得叶长乐还不够憋屈，朱明霞适时地发来条消息，谄媚又没有底线地给她施压：“亲爱的，和IG的合作记得继续跟进哟，姐姐我今年的奖金能不能翻倍就靠你了，所以你要是拿不下这一单……嘻嘻。”

这包含了无数暗示意味的“嘻嘻”，让叶长乐打了个哆嗦。

2.

叶长乐昧着良心拨通了秦风的号码。

电话很快就被接通了，她正犹豫着该怎么开口，对方就先开口了：“长乐？你找我？”

他的语气温柔而亲切，让别有用心的叶长乐越发觉得心虚，她顿时失去了勇气，讪讪地道：“没事了，我就是谢谢你之前把我和我朋友送回家。”

秦风：“长乐你真的假的，这都多久之前的事情了？”

好在秦风并没有为难她的意思，反而问她：“你现在有时间吗？”

“啊？有。”

“能帮我一个忙吗？”

“什么忙？”

“我发给你一个地址，你打车过来。”

秦风很快发了一个地址过来，叶长乐按照地址打车到了一个高档小区的门口，秦风戴着帽子口罩等在一处比较隐蔽的绿化区，身后不远处跟着个略胖的圆脸男人，盯贼一样地盯着他。

“秦老师！”叶长乐朝他挥挥手。那个略胖的圆脸男人立刻戒备地瞪向她。

秦风朝她跑了过来。叶长乐刚推开车门，秦风就冲了进来，她没防备，顿时被秦风撞得倒向后座，秦风连忙捉住她的手腕拉住她。

叶长乐发出一声低呼，因为秦风飞快地抱起她往里面的座位塞了塞，对司机说：“快开车。”

司机不明所以，但还是一脚油门踩了下去。

“秦风，秦风你站住！”那个圆脸的男人腿短，追不了几步就急得只能原地跺脚了。

叶长乐满脸通红，狼狈地坐稳身体，问：“秦老师，你为什么又要跑啊？那个人也是你的粉丝吗？”

“抱歉，一时情急，”秦风解释，“那是我的老板兼经纪人蒋科，他一直跟着我，我甩不掉他，只好请你帮忙。”

“你为什么要甩掉你的经纪人啊？”

“他不让我一个人出门，怕我又被粉丝堵了，我只好出此下策。”秦风露出招牌笑容。

叶长乐一言难尽地看着笑得一脸灿烂的秦风，郁闷地发现自己好像被坑了。

秦风问叶长乐：“你能吃海鲜吗？”

“啊？”

“我带你去个别人都不知道的好地方。”秦风的心情看起来非常好，愉快地跟司机说了一个地点。

出租车停在了沿海公路边，秦风目标明确地带着叶长乐登上临海山顶，这么好的天然观景台居然没有一个游客，秦风取下帽子和口罩，孩子一样快活地朝着大海喊了两声。

“秦老师，你既然已经出来了，那我就先走了。”

叶长乐不安地环顾四周，唯恐哪个狗仔拍这位大明星时不小心拍到了自己，她可不想出名。

“你别走啊，之前我一直说要请你吃饭，结果你总是忙，我可是好不容易才请到你啊，还有，这儿的海鲜非常正宗。”

“秦老师，这不合适。”

“你又拒绝了我，”秦风捧心，难以置信，“明明第一次你见到我的时候，反应还很符合粉丝的形象，为什么现在这么冷静，我的魅力值已经降低到让人如此冷静的地步了？”

咸湿的海风迎面吹来，将他的额发掀开，露出他白皙的额头，俊美的五官被稀薄的阳光勾勒得半明半灭，好看得像童话里的王子。

但他看起来非常受伤，表情简直算得上夸张。

叶长乐哭笑不得：“秦老师真会开玩笑，你可是众星捧月一样的大明星，主要是我没有跟大明星接触的经验，我怕我跟你玩不到一块儿去。”

“早说啊，离开镜头，我其实非常接地气的。”秦风又露出他的招牌笑容。

“可是——”

“没有可是，这顿饭我一定要请你，说话不能不算话呀。”

秦风换了个话题：“对了长乐，你打电话给我到底有什么事情？”

“我……”叶长乐噎了噎。

“不要说谎，论演技，你肯定不如我。”

叶长乐放弃了隐瞒。

“你还记得那天我喝醉了，你送我和我朋友去的地方吗？那其实不是我家，祁明信也不是我的表哥……”

叶长乐将事情的来龙去脉都告诉了秦风。

秦风听完，恍然道：“原来是 IG 的祁副总，我的经纪人确实拒绝了他，但是我没想到会给你造成困扰，抱歉。”

“我能冒昧地问一下，为什么你的经纪人要拒绝 IG 吗？”叶长乐疑惑地问，“IG 这样费心，可见是非常有诚意的，他都不听一下 IG 开出的条件就直接拒绝，好像有点儿草率。”

秦风迟疑了一下，问道："长乐你是在帮 IG 说话吗？"

叶长乐后知后觉地发现，自己好像真的是在帮 IG 说话，她讪讪一笑，心想：我真是被祁明信烦昏头了……

秦风说："这些事情涉及经纪公司的商业利益，我没有管过，不过长乐你放心，我会想办法解决你的困扰，祁明信也太卑鄙了。"

"没有没有，他谈不上卑鄙，就是性格不太好。"叶长乐下意识地解释。

秦风失笑："我怎么觉得你和那位祁副总其实是朋友？"

叶长乐立马否认："才不是，我们势不两立。"

"既然如此，这件事情就交给我来解决，今天你就放心关机，我带你去痛快地吃，痛快地玩。"

叶长乐还想拒绝，但秦风拉着她就往海滩跑，片刻后，两人一前一后地冲进了大海……

四月初的天气还不够暖，这片沙滩又比较偏僻，放眼望去，只有一两个散步的人，更遑论像他们这样不怕冷地脱掉鞋袜冲进海里踩水的。

两人在海边痛快地玩了一天，掏螃蟹，挖贝壳，堆沙子，中午还在一家看似不起眼，但海鲜真的非常新鲜又好吃的渔家餐厅吃了海鲜。

秦风果然如他所说，非常接地气，如果不是有那张引人注目的脸，他完全就是个脾气好又温暖的邻家小哥哥。

日暮夕阳斜的时候，叶长乐瞧着他的脸，提醒他："大明星，你的脸好像都晒黑了，你亏大了。"

"那我还帅吗？"秦风自恋地指着自己的脸问，样子挺逗。

叶长乐和他玩了一天，混熟了，说："帅，你怎样在我们粉丝的眼里都帅，我经理每天对着你的照片叫老公，把她真老公都快气死了。"

想想朱明霞犯花痴的样子，她忍不住笑出了声。

"那你呢，也这样？"秦风问。

叶长乐没想太多，乐得跟他分享："我还行，但追你剧的时候特喜欢你的角色，幻想有你这么专情的男朋友。"

“这么幻想呀，不如干脆跟我交往试试？”秦风忽然认真地说。

“什么？！”

叶长乐吓得脚下一滑，一下子跌进海水里，她扑腾着想起身，但海浪一波一波地冲刷过来，她又被秦风吓到了，明明会游泳，却像个旱鸭子一样乱扑腾，弄得水花四溅。

秦风幸灾乐祸地笑弯了腰，用力地捉住她的手腕将她从水里捞了起来。

“叶长乐，你也太打击人了，”秦风笑得眉眼弯弯，还故作生气，“跟我交往有这么吓人吗？”

叶长乐冻得瑟瑟发抖，她抹了一把脸，“呸呸”吐掉嘴里咸涩的海水，说道：“偶像，这样的玩笑以后能不能别开了，太吓人了。”

“你觉得我是在开玩笑？”秦风严肃地问。

叶长乐愣了愣。

秦风哈哈大笑：“吓死你！”

叶长乐全身都湿透了，秦风带她去住在海边的渔民家里，轻车熟路地跑去买了两套衣服换上。

叶长乐扯了扯身上的碎花衬衫，穿得像个小老太婆，疑惑地问：“你怎么知道这儿还有渔民卖衣服？”

“我朋友带我来过。”

秦风也换了一身老气横秋的T恤和布裤，但人家气质好，长得帅，不仅没穿成个小老头，还穿出了时尚的新高度。

人与人之间的差距，果然很大。

她从湿衣服里翻出自己的手机，还好现在的手机防水功能都不错，吹风机吹干，开机时居然活得非常好。

只是她一开机，短信就提醒她，祁明信已经给她打了将近三十通电话，她还没想好要不要回电，手机就响了起来。

她一接通，祁明信就劈头盖脸地问：“叶长乐，你到底怎么了，为什么关机，为什么不接我电话？”

“我又不是你们IG的员工，你也不是我的领导，我关机还要跟你报备吗？”

“你知不知道我以为……算了，你去哪儿了？”

“我和秦风出来玩了，怎么了？”

“你和秦风一起玩？你不是跟他不熟吗？”祁明信的声音陡然提高了。

“不是你给我打电话，和你的助理两个威逼利诱，非让我去找他的吗？”叶长乐气道。

祁明信噎了噎，问：“我让你约他跟我见面，谁让你自己跟他玩了？你在哪儿？”

叶长乐正要回答，秦风忽然靠过来插话：“为什么要告诉你？”

叶长乐愣了愣，对面的祁明信也愣了愣，问道：“你谁啊，你说什么？”

“我是长乐的男朋友，你吵死了。”

“叶长乐！”祁明信喊出了声。

叶长乐被这声喊震得耳朵疼，眼见这二位壮士准备就着她的手机开始吵架，她连忙掐断了通话。

“抱歉，冒充了你的男朋友，但是他太吵了，对不对？”秦风无辜地说。

叶长乐傻傻地点了点头。

秦风就坐到门口，开始逗渔民家养的猫，玩得不亦乐乎的。

3.

IG副总办公室内。

被挂了电话的祁副总气蒙了，握着手机半天没反应过来。

周秘书进来时，看见他拿着部手机坐在那儿，气得脸都绿了，好奇地问他：“怎么了？”

祁明信似乎还一副完全反应不过来的样子，看着周秘书，问：“她是不是疯了？”

周秘书不知道他说谁，还以为又是哪个员工的工作让他不满意了，挥了挥手里的资料提醒他："十分钟后要开会，你资料都落在我那里了，这可不是你办事的态度啊。"

祁明信的脸色非常难看。

这周六是他安排的加班，但他一整天都打不通叶长乐的电话，根本没心思工作。

他还以为她是因为刘昊的那番话为难，说不定关了机在哭，他为此批评了刘昊，怪他不该自作主张乱给叶长乐施压。

结果呢，那个女人居然和秦风一起出去玩了，等于他这一天的坐立不安，以及破天荒的自我反省，全是自作多情。

祁副总生气了，非常不开心！

他带着煞气去了会议室，刻薄程度超过从前几十倍，倒霉的业务部主管安仁完全不知道发生了什么，就被祁副总挑着刺地骂了个狗血淋头。

会议结束，安仁出来时都要哭了。

周秘书一头雾水地问刘昊："你家副总什么情况，吃枪子了啊？"

刘昊心虚，这一天都躲着祁明信，闻言讪笑了两声："大概是……春天到了，而我家老板，还没过冬吧……"

祁明信越想越不爽，"啪"的一声合上了面前的笔记本电脑，说道："刘昊，你给我滚进来。"

刘昊连忙应了一声，飞快地"滚"到了祁明信的面前，生怕慢一秒就会被明显火气旺盛的老板骂。

"你联系一下大州保险公司的人，问一下叶长乐家在哪里。"祁明信说完，就发现刘昊目光诡异地看着他。

他一怔，恼羞成怒："你听见了没有？"

"听，听见了，"刘昊不怕死地问，"副总，您该不会是听说叶长乐和秦风在一起，吃醋了吧？"

祁明信冷冷地说："你再多说一个字，我扣光你这个季度的奖金。"

刘昊二话不说，转身就往外跑了。

晚上六点。

祁明信将车停在了叶长乐家小区的楼下，然后蹑手蹑脚地上了叶长乐居住的那栋楼，站在了她的家门口。

叶长乐很明显不在家，他皱着眉，正研究她家门锁时，身后传来狐疑的声音："你是谁啊？"

祁明信回头，和纪煦面面相觑。

他认出了纪煦就是和叶长乐一起醉酒后闯进他家里，还霸占了他房间，害他将整张床从头洗到尾的女人，忍不住嫌弃地嘀咕："死醉鬼。"

纪煦没听清，问："你说什么？"

祁明信抬脚要走。

"你站住。"纪煦拦住他的路，"你刚刚在干什么，你是不是想撬锁，是不是想偷东西？"

"让开，别挡路。"祁明信觉得她无理取闹，懒得再废话。

他这个态度，纪煦立刻认定此人就是个贼，她二话不说，卸下肩头的包包抓在手里，在祁明信一愣之间，下手快狠准，亮片闪烁的包包毫不客气地向他招呼过去。

祁明信下意识地伸手抓住差点儿打到他的包，皱眉："喂，你差不多行了，我没空跟你闹。"

"小偷，你还挺嚣张啊？"

纪煦觉得被挑衅了，见他还举着她的包，一气之下用力一抽包带，结果力道太猛，祁明信手一滑，那包脱手而出，上面的金属亮片擦过祁明信的脖颈，留下一道淡淡的血痕。

纪煦愣了愣，完了，好像伤人了。

等一下，伤的是个贼，她有什么好害怕的？

祁明信看向了她，纪煦心一虚，然后底气不足地挺了挺腰杆，问道："看，看什么？"

祁明信面无表情地拿出手机，当着纪煦的面拨通了110电话："喂，警察吗？有人诬陷我，还故意伤人，地址是……”

纪煦傻眼了。

4.

叶长乐来不及回家冲个澡换身衣服，就和秦风直接从海边赶到了派出所。

纪煦一脸心虚地看着她：“那个，乐儿啊，误会，都是误会，他大晚上的在你家门口研究你家的锁，我又不认识他，我肯定以为他是个贼啊，我真不是故意打他的。”

叶长乐扶额，看向坐在另一边的祁明信，那个傲娇自恋的男人抿着唇，一句话都不说，左边的脖颈处挂着彩，伤得虽然不重，但他本来就白，那道微微肿起的伤处显得特别刺眼，配着他要多难看有多难看的表情，叶长乐心里“咯噔”了一下。

“纪煦，你打的？你打他了？”她迟疑地问。

纪煦讪讪地点了点头。

“他就这么被你打了……没反应？”叶长乐想起当初祁明信才和自己认识那会儿，这货可完全不讲什么绅士风度，他一向不吃亏的。

纪煦心有余悸地说：“刚刚他是问警察叔叔能不能打回来的，但我提了一句我是你唯一的最好的朋友，他就不说话了，但是他也不肯签和解书，非要找你过来。”

“祁明信，你大晚上的去我家干吗？”叶长乐只好硬着头皮找他说话。

祁明信瞥了她一眼，注意到她和秦风穿着一样的衣服，再想到她说和秦风在一起玩……

他冷冷地“哼”了一声，别开脸，脸色铁青。

秦风非常温和地说：“祁先生，纪煦小姐解释过了，她不是故意的，这都是误会，大家都认识，您和纪小姐把和解书签了，有什么事情我们可以出了派出所再慢慢说。”

“是啊是啊……”纪煦连连点头附和。她吓得六神无主的，所以都没有注意到这位近在咫尺替她说话的帅哥就是家喻户晓的偶像男神秦风。

“你被姓姜的追在屁股后面打习惯了，习惯忍气吞声，那是你的事情，我偏不。”祁明信冷笑一声。

秦风怔了怔。

祁明信知道面前这个戴着帽子和口罩的男人就是秦风，眼下这个情况，其实正适合趁机让秦风跟他坐下来谈谈代言的事情。

但眼下祁副总的心里有股子邪气，这邪气让他不大冷静，让他不想顾全大局就想搞事情……

他将和解书一把推开，抱起了胳膊。

秦风没见过这阵仗，愣了愣，问：“那你想怎么样？”

祁明信瞥了他一眼，话却是对叶长乐说的：“叶长乐，这人谁啊，和解书是找他签还是找我签？为什么一直是他在这里说话？”

纪煦脾气上来了，忍不住插嘴：“祁明信，你一个大男人怎么这么矫情，是我打了你，你要怎么样你说就是了，至于这么难沟通吗？”

祁明信不说话，纪煦身为一个女强人做事向来风风火火，当场就想发作，叶长乐连忙一把拉住了她：“冷静冷静，这里是派出所。”

她了解自己这个脾气火暴的好朋友，更清楚祁明信有多难伺候，要是看着他俩杠上不管，搞不好会见血。

叶长乐把纪煦推向秦风，说道：“不好意思啊秦老师，你帮我安抚一下我朋友，我来跟祁明信谈谈吧。”

秦风点了点头：“有什么事情叫我，我就在门外等你。”

叶长乐应了，秦风就带着纪煦出去了。

门关上，祁明信的脸色依旧很难看。

“祁明信，你脸还疼不疼？”叶长乐坐了下来，打量了他一番。

“你离我远点儿，一身的海腥味，衣服也丑，不知道的还以为你是条咸鱼。”祁明信不看她，还嫌弃她。

叶长乐要不是怕赔他一大笔医药费，说不定会现场揍他一顿，这小爷还好意思嫌弃她，她是因为谁才不得不满身海盐都来不及洗，就急匆匆跑来派出所的啊？

她按捺着性子说：“你伤口都肿了，我带你去买药，你这么在这儿耽搁着，图什么？”

“图开心，就准你玩得开心，不准我图个开心吗？”

祁明信猛地看向她，表情很凶，目光却有些委屈的意思，莫名让叶长乐想到了上次和纪煦去猫咖见到的小奶猫，龇着细嫩的乳牙自以为好凶，却一点儿也不吓人。

她愣了愣，没忍住，笑了。

祁明信立刻瞪起了眼睛，气得准备起身走人，叶长乐连忙按住他的肩膀，硬把他按回了座位上。

“你别碰我。”祁明信抖了抖肩，火大地提高了声音。

“好好，我错了，我认错好吧？”叶长乐真是怕了他了。

祁明信立刻追问：“你哪里错了？”

“我不该关机，不该挂你电话，害你来我家被纪煦打了——话说，你到底为什么会在我家门口？”叶长乐狐疑地看着他。

祁明信心虚了一下，很快又理直气壮地说：“我说了，我找你有事——这不是重点，重点是你完全没有认识到你错在哪里。”

叶长乐心想：我真是见了鬼了，打你的是纪煦又不是我，怎么这位小爷非逮着我要我认错？

她洗耳恭听，求饶：“祁副总，您说我哪儿错了，我改。”

“秦风说他是你的男朋友！”

“他开玩笑的，故意气你的——”

“那你想做秦风的女朋友吗？”祁明信问。

不等叶长乐开口，他就恨铁不成钢地教育她：“既然你不想，为什么不听我的话？先不说秦风本质如何，他这个身份，哪怕你走在他身边的频率高了点儿，都有可能被拍到拿出来做文章，你还敢和他单独出去玩，你脑子进水啦？”

叶长乐见鬼一样看了他一眼，忽然说：“你怎么知道我不想？那可是亿万少女心目中的男神秦风，谁不想跟他谈恋爱？”

祁明信一噎，呆住了。

叶长乐见他这样，觉得特别解气，这小爷脾气这么差，就是被惯的。

她将和解书推向祁明信，放软了声音道：“好了，你签字吧，别在这里丢人现眼，要怎么样我们出去私了。”

祁明信奓毛了：“我丢人现眼？”

“我说错了，我只是想让你签和解书。”叶长乐深感头疼。

祁明信“啪”的一声把钢笔丢了出去，说：“不签。”

叶长乐捡起笔，忍无可忍，用力一拍桌子，吼他：“你敢不签试试，给我签！”

她忽然发飙，吓得祁明信一愣一愣的。

叶长乐反应过来，暗悔自己没沉住气，这下完了，这小爷性子这么拧，搞不好今晚大家都回不了家了。她正想找补两句，结果祁明信大概是被吓狠了，他愣愣地接过她手里的笔，老老实实地签了。

门外传来骚动，纪煦发出惊讶的大喊：“你真的是秦风啊？！”

叶长乐暗道不好，连忙跑了出去。

祁明信被冷落在原地，摸了摸自己一碰就疼的伤处，面无表情地将手里的笔又丢了出去。

片刻后，派出所门口。

秦风狼狈地坐上出租车跑了，连“再见”都没来得及说，车后面还跟着一群依依不舍的粉丝，足足追了百米远。

纪煦魂儿都还没回来，做梦一样恍惚地说：“我的天哪……男神秦风，我居然见着活的了，我还跟他互加了微信好友。”

祁明信冷笑一声：“花痴。”

纪煦立刻瞪向他，还嘴：“没品男。”

然后祁明信又问叶长乐："这货是谁啊？你怎么会认识这种人？"

叶长乐生怕两人又杠上，做起和事佬，给他们互相介绍："这是我闺密纪煦，上市公司高管，女强人。"说完，她又指了指祁明信，"IG的副总祁明信，我们公司的大客户。"

"IG的副总？！"纪煦惊讶地重复了一遍，然后就像是小猫爹了毛一样提高了声音，"你就是IG的那个祁副总？我问你，上个月你是不是跟我表妹程小白相过亲，我表妹多淑女啊，跟你相个亲，都差点儿拿切牛排的刀子直接切你了，你到底对她说什么了，你知道她回来哭了多久吗？"

"觊觎我的异性多了去了，我可不记得什么程小白、程小黑的。"祁明信一脸不屑。

"你这个没品男，今天我要是不教训你，我就不姓纪！"

纪煦脱掉高跟鞋就准备和祁明信掐架，身后的派出所内传来喝止的声音："喂，你俩刚签的和解书啊，别又打起来了。"

叶长乐连忙拽住纪煦："好了好了，很晚了，你赶紧回家吧，还要睡你的美容觉呢。"

"我不睡，我跟他没完。"纪煦被叶长乐拉住了，气得拼命想踢祁明信。

祁明信站在叶长乐的身后，抱着胳膊，嘴上一点儿也不饶人："这里可是派出所，你敢再打我一下，我告死你。"

叶长乐回头凶他："你少说两句。"

祁明信冷哼一声，老实地闭嘴了。

叶长乐拦停了一辆出租车，费了九牛二虎之力才把爹毛的纪煦塞进车里，气喘吁吁地跟她挥手告别："到家了给我发消息。"

"你给我等着。"纪煦狠狠地瞪了祁明信一眼。

祁明信不屑一顾。

等纪煦坐的出租车看不见了，叶长乐才收回目光，然后幽幽地盯着祁明信。

"你看什么看？"他没好气地问。

叶长乐无语地看了他一会儿，说："跟我来吧。"

她带他去药店买了药膏，祁明信问：“你就拿这个打发我？”

“这个消肿祛瘀效果很好的，你擦一下试试看。”叶长乐把药膏递给他。

祁明信不动，还问她：“我眼睛长在你脸上了吗，你让我自己来？”

行，你是受害者你有理。

看在他签了和解书的分上，叶长乐忍气吞声地收回手，挤了一点儿药膏在手上，示意他：“低头。”

祁明信犹疑地看着她手里黏糊糊的药膏，他还有意见：“叶长乐，你这药要是——”

他话太多，叶长乐被他念叨烦了，伸出另一只手揪住他的领带就把他的海拔拉低了。祁明信没防备，被拉得往前一冲，下意识地伸手撑住叶长乐的肩膀稳住了身形，愤怒地抬头，正和面前的女人四目相对。

他愣了愣。

叶长乐抬手给他脖颈的伤处抹药，手法非常专业，涂抹得非常均匀，她觉得非常满意，弯起嘴角露出了笑容。

祁明信看见了，只觉得呼吸蓦地一滞，心脏“咚咚咚”地开始加速跳，一股热流顺着叶长乐指尖触碰到的地方开始蔓延。

他忽然推开她后退了一步。

“祁明信，你有病啊？”叶长乐被推得一个踉跄，差点儿摔跤。

祁明信居然没还嘴，他看了她一眼，一声不吭地转身就走。

第八章

她扬起脸看了他一会儿，然后张开胳膊说：“要抱。”

1.

祁明信等了没两天，秦风果然主动约他见面了。

周三上午九点，他在一家环境清幽的咖啡馆等到了秦风。

“IG 给贵经纪公司的蒋总发了不知道多少封邮件，约见了他不知道多少次，他都以各种各样的理由推托，秦先生主动约我见面，不知道你的老板兼经纪人知不知道？”祁明信边说边搅了搅面前的咖啡。

“祁副总在派出所对我说的那句话，不就是为了让我主动来找你吗？代言的事情只要我同意了，他就不得不同意。”秦风坐了下来，点了一杯美式咖啡。

祁明信笑了：“也对，以你如今的发展，其实早该和蒋总解约去更有格局的公司，如今还肯留在他们那儿，他们哪敢得罪你。”

他将几份资料推向秦风，说道：“这是我们 IG 专门对你开出的条件，不管你同不同意代言，至少我的员工没有白熬夜加班做这些东西。”

秦风没有看，而是笑着说：“祁副总说这个话，其实就是知道，不管你们开出的条件有多诱人，我都没有兴趣接你们的代言。”

“第一，接替姜云不再代言的公司会引来负面舆论，有损你的形象。第二，懒得得罪姜云这种小人。”祁明信直截了当地说道，“这是你对待姜云一贯的态度。”

“嗯。”秦风点了点头。

“姜云解约之前给我们递过一份新合约。那份合约上提出的代言费和拥有影帝头衔的你是一个身价的，而在世界旅游公司的李言承给了他这个身价之后，他最近的人气就在一路水涨船高。”祁明信淡淡地道，“无关乎作品，无关乎成绩，只因为他和你的身价一样高了，秦影帝努力了这么多年，就甘心被这样轻易地追平？”

“所以呢？”

“IG 可以帮助你让大众重新看到姜云离你的距离有多远，当然，也能够重新让姜云审视一下自身水平，提高一下自身价值。”

秦风顿了顿，低笑：“那可彻底坐实了我与姜云不和的传言。”

“姜云和你从同一个公司出来，又差不多同时出道，所有人都拿你们作比，就连姜云自己也是，这不是你避让就不会得罪的。从你比他人气高的那一刻起，你就已经得罪了他，你就是他的目标，他就是要超越你，这点你清楚得很，大家也都清楚得很。所以，应该没有任何一家公司愿意像 IG 这样站队，花钱去彻底地得罪另一个，他们更乐意直接挑得胜的一方，这样没有任何损失。”

秦风顿了顿，忽然笑着说：“祁副总，代言人有的是，你为什么一定要在我的身上如此费心？”

祁明信挑眉。

“我听说 IG 最近在和日本方面谈一个合作，如果没猜错，祁副总应该是因此才非我不可的吧？”

“这也不是什么秘密，我们互帮互助，互惠互利。”

秦风放下搅拌咖啡的勺子，说道：“我可以答应你代言的事情，但是你还要答应我一件事。”

祁明信示意他说。

秦风看着他，淡淡一笑：“不要再找叶长乐的麻烦，不，你最好再也不要和她见面。”

祁明信脸上的笑意凝固了：“你和叶长乐好像不熟吧？”

“托祁副总的福，我们现在挺熟，”秦风露齿一笑，“我提出的这个要求对IG百利而无一害，以祁副总一贯的作风，我想你应该会毫不犹豫地答应吧？”

“你很了解我吗？”祁明信却答非所问。

“我来之前特意了解了一下祁副总，一般这种无关痛痒的要求你肯定会答应，而且绝对不会多问一句废话，所以只要你现在点头，明天我们就可以谈合同。”秦风说道。

祁明信没说话。

正好服务员送了美式咖啡上来，秦风挪开面前的那堆资料，示意服务员将咖啡放在那个位置。

祁明信见状，拿勺子指了指窗外，示意秦风看。秦风顺着他的目光看过去，只见几个狗仔鬼鬼祟祟地在角落徘徊。

秦风无奈地笑了。

“相信过不了几分钟，秦风与IG副总见面的消息就会被刷上各大网站热搜榜首，不管你和IG合不合作，这条热搜都免不了了，到时候姜云也会看到这条新闻……秦影帝是喜欢被人教育，还是更喜欢教育人？”

秦风从善如流地伸出手：“祁副总，合作愉快。”

祁明信握住了那只手，两人心照不宣地假笑了两声。

秦风看了看时间，说道：“不早了，我中午要请长乐吃饭，先走一步。”

祁明信怔了怔，抬眸看着他道：“你别招惹叶长乐，她和你不是一个圈子的，万一被人拍到她和你在一起，再被加个乱七八糟的标题，惹了麻烦怎么办？”

“我当然不会让她有麻烦，不然今天也不会来见祁副总，还被祁副总摆了一道。”秦风轻笑道。

“你最好别这么做，她脾气可不好，惹恼了当心她揍你。”祁明信没好气地道。

秦风瞧着他脖子上的伤处，笑着说：“那是对祁副总你，长乐对我又仗义又亲切，还为了保护我而承受你的为难，投桃报李嘛，我对她也是一样的维护，她绝对不会揍我的，多谢祁副总关心。”

祁明信嗤笑：“少自恋了，她滥好人，换了姜云她一样不会给我联系方式。”

“哦，是吗？那我先走了。”秦风戴上口罩，告辞而去。

秦风前脚一走，祁明信脸上的笑容就消失了，他搅了一会儿咖啡，开始使劲回忆叶长乐有没有对自己又仗义又亲切过。

然后他发现：一次都没有！

祁副总的脸黑了。

手机适时响了起来，祁明信接通。

“副总，秦风那边怎么样？”刘昊关心地问。

祁明信沉默了片刻，忽然说：“你给叶长乐打电话。”

“啊？”刘昊蒙了，话题怎么跑到叶长乐身上去了？

“你给叶长乐打电话，让她现在立刻过来 IG 谈合作事宜，我只等她十五分钟，过时不候，听到没有？”

“啊？”

“啊什么啊，还不快打电话！”

“副总，您还没挂，我打不成——”

刘昊话未说完，祁明信就飞快地挂断了电话。

刘昊傻眼：这什么情况？！

2.

叶长乐也不知道祁明信抽的什么风，她正带着徒弟小夏和一个客户谈单，结果 IG 那边就打电话让她过去，说祁副总只给十五分钟的时间，让她过去将上次没能完成的合作事宜重新当面确认。

叶长乐忍不住问："不是说我要是没给祁明信约秦风，合作就告吹吗？"

"那是我跟你开玩笑的，叶小姐你赶紧过来吧，过时不候。"刘昊飞快地挂了电话。

叶长乐瞪着手机看了半天，有些无可奈何。

她交代了小夏几句，匆匆忙忙赶去IG，半路接到秦风的电话，约她吃饭。

她叹了一口气，说："吃不了，劳碌命。"

"那家餐厅的菜非常不错，我好不容易订到了位子，现在还早，你可以先忙，反正中午总是要吃饭的，并且离得也不远。"

"我琢磨我八成要放你鸽子，IG的人好不容易肯跟我谈合作，这都这个点儿了，中午肯定来不及。"

"IG？"秦风愣了愣。

"对，我们公司很想和IG长期合作，所以IG现在就是我的上帝，我得捧着哄着供着求着。"叶长乐并未察觉他的疑惑。

"放心吧，祁副总应该不会再为难你了。"秦风笑着说。

"嗯？为什么？"

"你都把IG当上帝了，他再为难你，像话吗？"

叶长乐笑了。

"你先去忙吧，中午再说。"秦风说。

"好。"

叶长乐急匆匆赶到IG，刘昊却把她带进了一间空会议室。

"叶小姐，你先坐一会儿，副总办公室有人，这会儿不方便进去。"

"那你还打电话催我催得十万火急？"叶长乐疑惑地问。

"那会儿还没人去找副总汇报工作啊，谁知道叶小姐你来得这么慢。"刘昊坚强地把锅甩给了叶长乐。

她明明立刻就赶过来了好吧……

叶长乐扶额："我等着就是了。"

刘昊松了一口气，带上门出去了。

小夏那边挺顺利，和叶长乐通过微信沟通了几次，然后成功地签到了单。叶长乐松了一口气。

其间，刘昊进来给她送了一次咖啡和零食，又续了一次咖啡。

叶长乐看了看时间，十一点十三分，她忍不住问："刘助理，马上就要下班了，你们祁副总还没好吗？"

"快了快了。"刘昊抹了把汗。

"你们祁副总该不会是又在耍我吧？"叶长乐狐疑地问。

"怎么会？可能是有很重要的事情拖住了。叶小姐，反正也快中午了，一起吃个午饭吧。"刘昊心虚得要命。

"不用了，我下午再来吧。"叶长乐起身要走。

"叶小姐，你等一下，我去跟副总打个招呼，不然一会儿他问起你，我不好交代。"

刘昊飞快地跑去了祁明信的办公室，自家副总果然还在发呆，手拿着钢笔有一下没一下地敲着办公桌。

这完全不是他的正常工作状态，刘昊都怀疑他最近是不是被什么东西附身了！

"副总，你再不见叶小姐，她就要走了。"刘昊敲了敲门。

"你没说中午请她吃饭吗？"祁明信皱眉。

"她不吃，要走。"

"……那你叫她过来吧。"

"副总，老实说，秦风都答应咱们代言的事情了，你应该没理由再针对叶小姐了，您……您今天该不会是不想让她跟秦风吃饭，所以才把人诓来又晾着人家吧？"刘昊试探着问。

他本以为祁明信会否认，结果他家副总认真地想了想，语不惊人死不休："好像是这个原因。"

深知祁明信什么德行的刘昊怀疑自己幻听了，心想：不会啊，不可能啊，这情况搁谁身上都是暗恋了，可我家副总这种人，他喜欢一个人的可能性比六月飞雪的可能性还要低，更何况还是单方面暗恋？

刘昊战战兢兢地问道：“副总，您能说具体点儿吗？”

“我不想让叶长乐跟秦风一起吃饭，一想到他们两个关系好，我就很不开心，”祁明信问刘昊，“我这到底是怎么了？”

刘昊的内心一片波涛汹涌，仿佛有千万匹野马奔腾而过。

他努力掐着自己的大腿给自己压惊，让自己的语气显得镇定而平静：“副总，回答你您个问题之前，我有几个问题得先问您才行。”

“你问。”祁明信强自打起点儿精神。

“您最近如果长时间看不到叶小姐，是不是就会不由自主地想到她？”

“最近我短时间看不到她，也会想到她。”祁明信说。

刘昊一口老血还没喷出来，祁明信又道：“因为要想办法，让她帮我约秦风。”

刘昊默默地把血又吞了回去，继续问：“那您要是见到她，心情是不是就会变得很好？”

“怎么可能，她每次见到我都要给我脸色看，你要看人家脸色你心情会好？”祁明信白了他一眼。

“那，那如果叶小姐和别的男人一起吃饭呢，您会不会不开心？”刘昊问道。

祁明信回想了一下之前周秘书让叶长乐和他一起吃午饭的事情，摇了摇头：“没有，无所谓。”

刘昊委婉地问：“那副总，如果秦风和我一起吃饭，还和我是朋友，您会不会不开心？”

祁明信凉飕飕地看了他一眼，修长的手指在颈前比了个“抹脖子”的动作：“我会开除你。”

刘昊受到了惊吓：“副总，您可能喜欢上了秦风。”

“你问了一大堆乱七八糟的问题，就总结出这个？”祁明信指着大门道，“滚。”

刘昊狼狈地滚，一边滚一边说：“我倒是觉得您喜欢叶长乐比较好，可您完全不按套路出牌啊。”

“明明是你的办法很荒谬，问的什么破问题，你也好意思开口？”祁明信在后面鄙视他。

刘昊不服气，回头愤愤道：“我还有更直接的办法，您敢试吗？”

祁明信眯起了眼睛，杀气很重。

刘昊缩了缩脖子，不怕死地说：“您亲叶长乐一口，您要是不排斥还很喜欢，就说明您心动了，您喜欢她！”

他“砰”的一声关上了门，生怕晚一步就被自家副总灭口了。

刘昊跑去找叶长乐，告诉她：“太好了，叶小姐，副总那边正好有空了，您现在可以过去了。”

叶长乐给秦风发了条消息，确定自己是要放他的鸽子了。

3.

祁明信如秦风所言，没有再为难她，甚至提都没提帮他约见秦风的事情，叶长乐心想这人莫非是挨了纪煦一顿打，长良心了？

她看了看他脖子上还有点儿瘀青的伤，心虚地咳了一声，拿出资料开始给他讲解大州为IG设计的几款适用的保险产品。

然而不知道是不是她的错觉，她总觉得祁明信有些心不在焉，而且好像还一直在盯着她的……唇？

办公室里只有他们两个，祁明信一直这么盯着她，盯得叶长乐莫名其妙，话都说不利索了。

“祁明信，你是不是身体不舒服啊？”她忍不住停下来问。

祁明信怔了怔，倒真像是不太舒服的样子，抬手摸了摸自己的额头。

叶长乐从办公桌这边探身过去，非常自然地伸手摸了摸他的额头，又摸了摸他颈部的动脉，触手的肌肤一开始是温润的，渐渐地就有些发烫。

祁明信面不改色地开口道：“叶长乐，你最近对我动手动脚得很是随意。”

叶长乐愣了愣，发现祁明信的脸上浮起一层绯色。

她脸一红，暗道自己还是医生时，在儿科科室培养的那该死的习惯怎么还没改过来，正要撤回手，却被祁明信一把捉住了手腕。

“我就试一下你有没有发烧，你思想单纯一点儿，我对你没意思的。”叶长乐故作镇定地解释。

祁明信生气地瞪着她。

叶长乐心虚，想收回手坐回去，这人却捉着她的手不放，她试着挣了挣，提醒他：“祁副总，你傻了？”

“别动。”祁明信开口，嗓音有些低哑。

“怎么了？”叶长乐一头雾水，她这么探着身，和他离得就有些近。

祁明信抬头和她的目光相撞，眸色越发幽深，他顿了顿，忽然缓缓地凑了过来。

叶长乐吓了一跳：“你干吗？”

祁明信的另一只手扶住了她的后脑勺，阻止了她逃避的可能。

叶长乐有些慌：“祁明信，你……你冷静，现在是工作时间，你别乱来啊。”

“那不是工作时间，就可以乱来了吗？”祁明信问。

叶长乐有点儿无语：这是什么鬼逻辑？！

祁明信认真地说：“现在是十一点四十五分，十五分钟前就下班了。”

叶长乐满脸通红地试图跟他讲道理：“祁明信，你不舒服，你都不正常了，你现在的这个行为，我会误会你对我有意思，我会想太多，搞不好就会缠着你了，你忘记你当初有多怕我缠着你了吗？”

祁明信顿住了，他白皙的脸上一片通红，似乎被问住了，喃喃自语：“你说得对，我明明担心你会缠着我，怕你对我有非分之想……”

叶长乐松了一口气：“对呀，所以你——”

“但我还是想确认一下。”

叶长乐的脸成了猪肝色，彼此的呼吸声越来越清晰，祁明信纤长的睫毛轻轻一颤，她几乎能看清楚他每一根睫毛之间的距离，心跳的速度越来越快，她屏住了呼吸，眼看着彼此的唇瓣就要相触。

“叶长乐，你闭眼睛干什么？”

耳畔传来祁明信的询问，叶长乐猛地睁开眼睛，发现这浑蛋正不怀好意地看着她。

叶长乐愣了愣。

祁明信眯起了眼睛，说道：“你不拒绝，你还闭眼睛了，叶长乐，你果然觊觎我，你果然对我有非分之想。”

“我……你……祁明信你要我！”叶长乐想打他，祁明信忙将她两只手都抓住了。

她挣脱不开，气得脸都白了。

两人之间隔着不到十厘米的暧昧距离，一个满脸愤怒，一个露出正气凛然的眼神，互瞪着。

办公室的门忽然被人推开。

两人猛地回过神来，动作整齐划一地偏头看过去。

祁知诚顿了顿，说：“抱歉。”

叶长乐连忙推开祁明信，面红耳赤，结结巴巴地说道：“祁副总，你脸上有脏东西，我正指给你呢。”

祁明信跌坐回椅子上，慌乱地拿手蹭了蹭脸，不小心用大了力气，疼得龇牙咧嘴。

“这个，这个是我们公司针对IG特别设计的一些附加险，祁副总，你再确认一下。”叶长乐慌得翻着桌面上的资料，也不知道翻开哪一页，胡乱指着说。

祁明信连忙点头，也不知道该看哪里，甚至没有发现那份资料是倒着对着他的。

祁知诚愣了半晌，然后默默地又关上了门。

室内的两人面面相觑片刻，叶长乐抓起桌子上的资料丢在祁明信的脸上：“臭流氓。”

她起身就逃，逃到门口时，祁知诚居然伸手拦住了她。

叶长乐都要哭了，问道：“祁总，您有什么事情吗？”

祁知诚温和地说：“有空让祁明信带你回家吃饭。”

叶长乐只求逃生，连连点头。祁知诚让开路，她拔腿就跑了，眨眼没了踪影。

祁明信从脸上扒拉下资料，面红耳赤，故作镇定地问：“哥，你找我什么事？”

祁知诚冷峻的脸上露出似笑非笑的表情：“你在公司一向叫我‘祁总’。”

祁明信咬牙，问道：“祁总，你找我有什么事情？”

“叫你吃饭，”祁知诚顺手关上了门，问，“你什么时候娶叶小姐？”

“你乱说什么？”祁明信扶额。

“撩而不娶，是渣男。”祁知诚坐了下来。

祁明信一看他坐下来，摆出个十指指尖相对的坐姿，就觉得头疼——这个姿势经常出现在他相完亲后，他都看出心理阴影了。

“祁知诚，你一个爱情白痴，到底是从哪里学来的这句话？”祁明信无语。

祁知诚说：“不久之前，我和世界旅游公司的李总一起打高尔夫，遇到了一个叫纪煦的女孩，挺有意思的一个人，她教我的。”

“纪煦？哪个纪煦？”祁明信愣住。

祁知诚将手机屏朝向他，屏幕上那个笑得明媚的女孩，不是叶长乐那个闺密是谁？

祁明信惊呆了：“哥，你居然存着她的照片，你们进展到什么地步了？”

“一面之缘。她的手机快没电了，借了我的手机拍照，然后加了我的微信发给她自己。”

祁明信扶额——自家哥哥可真行，这么明显的搭讪套路，他居然都看不出来？

不等祁明信再说什么，祁知诚打断他：“别给我转移话题，我都看到了。”

祁明信结巴了：“哥，你别误会，我就是想确认一下叶长乐是不是觊觎我。”

“不是你觊觎她？”祁知诚问。

祁明信被自家哥哥直接问住了。

祁知诚不放过他，问：“问你话呢，你对叶小姐什么感觉？”

“我对她肯定没什么感觉，她又没什么特别的。”祁明信敷衍他。

他太了解自己哥哥了，他敢说一句给祁知诚希望的话，祁知诚绝对敢天天在他耳边逼婚，搞不好还会逼叶长乐。

祁知诚眯起了眼睛。

办公室的门再次被推开，叶长乐面无表情地走了进来：“打扰了，我的包落下了。”

祁明信张了张嘴，叶长乐看都没看他一眼，拿起自己的包就走了，背影杀气很重。

祁知诚面无表情地说道：“你最好没有说谎，不然你死定了。”

祁明信的脸都黑了，怒道：“你怎么连这个都懂，这也是那纪煦教出来的？”

祁知诚点了点头：“认识纪煦之后，受益匪浅。”

4.

纪煦匆匆忙忙赶到“拾荒记”，在角落里找到已经喝多了的叶长乐。

她惊讶地看着自家闺密说道：“我去，以前都是我失恋了约你过来，这次什么情况，你还没恋爱呢，怎么就学会借酒消愁了？”

“我要杀了他。”叶长乐趴在桌子上打了个小小的酒嗝。

“谁啊？谁惹你了？”纪煦向侍从要了一杯白开水，把叶长乐面前的酒杯推开，换成了白开水。

“渣男！”叶长乐愤愤地抓起白开水一饮而尽，然后皱起了脸。

纪煦听出了八卦的味道，颇感新奇地问：“哪个渣男？你什么时候谈恋爱了我怎么不知道？”

“没有谈恋爱。”叶长乐委屈得都要哭了。

她指了指自己：“我都没有说要跟他谈恋爱，他凭什么说对我没感觉？”

“谁？谁说对你没感觉？”纪煦一脸惊讶，自己这个沉迷赚钱无法自拔的闺密居然也有了桃花运？不过看起来，好像是朵烂桃花。

“就是那个，仗着自己长得帅，自恋、刻薄、自以为是，觉得全天下女人都觊觎他的渣男啊！”

“到底是哪个渣男啊？”

“祁明信啊！”

“谁？！”纪煦的表情一秒从八卦变震惊加嫌弃。

“响什么响，吵死了。”叶长乐从包里抓出正在响的手机“啪”的一声拍在了桌子上，吓了纪煦一跳。

纪煦连忙拿起她的手机说道：“小祖宗，你现在喝多了砸得痛快，回头酒醒了，发现手机坏了，非得哭死不可。”

叶长乐的手机锲而不舍地响铃，纪煦翻过来看了看，来电显示是“被害妄想症”，也不知道是叶长乐给谁起的外号。

纪煦接通了，还没说话，祁明信就飞快地问：“叶长乐，你在哪里？”

“你好，哪位？”纪煦觉得对方声音有点儿耳熟，但一时又想不起来是谁。

祁明信怔了怔，问道：“这不是叶长乐的手机吗？”

“是她的没错，但她喝醉了，我是长乐的朋友纪煦，你是哪位？”

对方沉默了片刻，答非所问：“她喝醉了？她在哪里？”

“我们在‘拾荒记’，你到底是谁啊？”纪煦疑惑地问。

然而对方没再回答，他说了一句“我马上过来”就挂断了电话。

纪煦拿着手机愣神半晌，恍然大悟：“被害妄想症……这货就是祁明信吧？”

半个小时不到，纪煦果然等到了祁明信。

“祁明信，你这个没品男，你到底对叶长乐说什么了？”纪煦气愤地问。

祁明信还没回答，结果醉醺醺的叶长乐听到了祁明信的名字，立刻抬起头道："祁明信？他在哪里？"

纪煦愣了一下，叶长乐已经摇摇晃晃地站了起来，她站得不太稳当，转眼看到祁明信，顿时像见到了仇人一样，生怕他跑了，跌跌撞撞地过去一把抱住了他。

祁明信被她抱得死死的，张着双臂，觉得很是头疼："你怎么又喝醉了？"

"喂，祁明信，你别占长乐的便宜。"

纪煦想拉开祁明信，手都还没有碰到，叶长乐就拨开了她的手，还揪住了祁明信外套的领子，拉得他不得不低下头来。

纪煦吓了一跳："叶长乐，你傻了吧？"

"祁明信，你对我没感觉吗？"叶长乐仰起脸问他，表情非常凶。

清冽的酒香扑面而来，祁明信嗅到了淡淡的迷迭香的味道。

纪煦瞠目结舌。

"我有那么差吗？我读书时追我的男生也不少啊，你凭什么对我一点儿感觉都没有？"

她是真的喝醉了，问着这么大胆的话，还提高了声音，引得周围人的视线都投了过来，看起了热闹。

祁明信觉得有些尴尬，他握着叶长乐的双手想拉开，说道："叶长乐，你喝多了，我先送你回家。"

叶长乐不配合，还用力将他又往下拉了拉，祁明信高挺的鼻梁差点儿碰到了她的脸。

"现在呢？你离我这么近，也没有感觉？一点儿也没有？"她用眼神示意了他们之间的距离。

叶长乐的面颊绯红一片，睫毛下的明眸有些氤氲，她鼓着腮帮子，是在生气，祁明信却觉得呼吸一滞，心跳漏了半拍。

他愣愣地没动，也没有说话。

纪煦觉得脑子里有什么东西在"轰隆隆"地坍塌着，她忍不住开口道："乐儿，你冷静点儿，我知道你只是想证明一下你还是有魅力的，但咱们能不能换个人证明，你这是在——”

纪煦话未说完，自尊心被彻底伤害到的叶长乐生气了，借着酒劲，她的脑子甚至没有反应过来，身体已经先一步做出了行动，她踮起脚，吻住了祁明信。

纪煦傻了。

祁明信也僵住了。他的脑子里一片乱糟糟的，唯有唇上那人的温度越来越热，越来越灼人，灼得他整张脸都发烫起来……

他应该推开她，然后愤怒地指责她果然对他别有用心，然后按照自己一贯的认知与作风，嫌弃她，远离她。

但眼下，他什么都没有做，他甚至下意识地握紧了她揪着他衣领的双手，然后在一种强烈的陌生情绪的驱使下，尝试着回应了她。

风将马路边的香樟树的叶子扫落几片，淡淡的花香扑面而来，沁人心脾，昭示着今年的春天已经进入了尾声，初夏即将来临……

祁明信的唇瓣上有个不大不小的伤口，肿得高高的，他黑着脸抱着睡熟的叶长乐走出了酒吧，身后跟着浑浑噩噩的纪煦。

“那个，纪小姐，我先送你回家吧？”走到车旁边，祁明信转身问纪煦。

纪煦离他们远远的，闻言拼命摇头：“不用了，我……我男朋友等会儿来接我。”

“祁知诚已经被你追到手了？”祁明信惊讶地问。

纪煦傻了眼，问道：“你、你怎么知道的？”

“他是我哥，我早晚都会知道。”

“好吧，我承认，没有什么男朋友来接我，我只是不想跟你们两个一起走。”纪煦瞥了一眼祁明信怀里的叶长乐，表情一言难尽。

祁明信有点儿无语。

纪煦准备要走，想了想，又停下来问：“祁明信，你到底对我家乐儿有没有感觉？”

祁明信顿了顿。

纪煦说："和你相亲的好几个名媛我都认识，听了她们对你的描述，我们都怀疑你其实喜欢男人，所以，你要是对我家乐儿没意思，你就别欺骗她的感情。"

"我欺骗她的感情？"祁明信没好气地道，"你怎么不说是你的好闺密欺骗我的感情？"

"她怎么可能会欺骗你的感情？"

"她说她喜欢秦风，可她刚刚对我做了什么？"祁明信生气地说道。

纪煦立刻看向他唇瓣上的伤，蒙了，心里还挺震惊：我去，我家这单纯的小白菜居然脚踩两条船？

她被祁明信带偏了，下意识地顺着他的思路为他想了想，顿觉自家姐妹确实不太是东西，但嘴上不能这么说："不可能，要真是这样，她早就嫁出去了，肯定是你误会了，也许她说的喜欢，只是粉丝对偶像的那种喜欢呢？你跟她确认过是哪种喜欢吗？"

祁明信拉开车门，小心翼翼地将怀里的叶长乐放到后座上，叶长乐翻身找了个舒服的位置，继续酣睡不醒。

"我会确认的——等她酒醒了。"

他用力地关上了车门，下意识地摸了摸自己的唇瓣，疼得倒吸一口凉气。

这个死丫头，占他便宜就算了，居然还咬他。

"狗……"他低骂了一句，绕到了驾驶室启动了车。

纪煦下意识地让了路。

等车开走了，她忽然反应了过来，说道："不对呀，什么叫我家乐儿欺骗了他的感情？他又不喜欢我家乐儿，我真是被他带偏了……完了，我家乐儿占了祁明信的便宜，以他锱铢必较的性格，我家乐儿会不会死无全尸啊。"

5.

祁明信一路开车将叶长乐带到了临湖别墅区，快到小区门口时，这货不知道什么时候醒了，还把车窗户打开了，傻笑着冲保安们打招呼：“嗨，这边的朋友们，你们好啊。”

祁明信吓了一跳，回头看见叶长乐醉醺醺的，半个身子几乎探出车窗，吓得连忙停了车。跑下车时，他刚好赶上接住这货，差点儿被活活吓死。

“叶长乐，你疯了吧？”他心有余悸地吼她。

叶长乐闻言，眼睛里立刻蓄满了水汽，委屈地说道：“你吼我？”

她伸手捏住他两边的脸颊说道：“你敢吼我？”

“我爸爸说了，小姑娘要宠，不能吼，做错了事情也不能吼。”

祁明信不得不放软了态度：“我错了……”

喝醉了的叶长乐觉得自己现在特别玻璃心，她推开面前这个吼她的人，要找纪煦，却脚下一个踉跄差点儿摔倒。

“你小心点儿。”祁明信头疼地扶住她。

保安们也吓得不轻，其中一个说：“祁先生，你女朋友这是……又喝醉了？”

祁明信愣了愣：“女朋友？”

“啊，她第一次来——就是追着你进来那次——说是你的女朋友来着……”保安小哥的脸红了，不敢说当时她是追着“出轨男”来的……

祁明信的眼神都变了，心里暗道：“好你个叶长乐，原来那会儿就想当我女朋友了？”

保安小哥继续说：“上次她也喝醉了，和另一个姑娘一起，是个戴帽子戴口罩的人送她们进来的。”

保安说的应该是秦风。

祁明信没好气地说：“下次再见到戴帽子戴口罩的人和我女朋友在一起，赶走那个人，把我女朋友送进来，必有重谢。”

保安小哥连连答应，问：“那祁先生，你还要帮忙吗？”

叶长乐不安分地要摆脱祁明信，嘴里哼唧着：“你别拉我，我难受，我想喝水。”

"你先上车，到家了就给你喝水。"

"我不，我不想坐车，我晕车，我快要吐了……"叶长乐死活不肯进车里。

"就你这样，不坐车你怎么走？"祁明信头疼。

叶长乐没骨头一样东倒西歪的，她扬起脸看了他一会儿，然后对他张开了胳膊，娇憨地说："要抱。"

祁明信傻眼了。

旁边的保安都要忍不住笑出声音来了。

祁明信的脸都红了，实在没脸在众目睽睽之下抱她，只好弯腰把她背了起来，对保安说："麻烦帮我停下车。"

"好的，祁先生，您二位慢点儿，您二位感情真好啊。"保安连连应了，一脸羡慕。

在一群人的注目礼下，祁明信厚着脸皮背着醉鬼叶长乐走了。

"叶长乐，你故意的吧？故意喝醉了，亲我，摸我，还要我抱你？"祁明信背着她沿着绿化道往家走，咬着牙道。

叶长乐像软骨生物一样趴在他的肩膀上，不说话。

小区的香樟树开了花，香气散在夜风里，非常清新好闻，还催眠。

祁明信决定趁她醉着套她话，于是他又问："叶长乐，你亲我到底是因为自尊心，还是因为暗恋我？"

叶长乐被他背着，都要睡着了，哪里知道他说了些什么？

祁明信不甘心，将她从背上放下来，握着她的肩膀摇了摇："喂，你不许睡，你告诉我，你是不是暗恋我？"

"我困……"她好像要哭了。

祁明信心软了一下，但决定不放过她，想着等她明天酒醒了就问不出实话了，于是他哄着她："叶长乐，你乖，你告诉我你为什么要亲我就可以睡了。"

叶长乐睡眼惺忪，皱着眉努力撑着眼皮瞪着面前这个家伙，一团糨糊的脑子只听到了个重点部分"就可以睡了"，而这句话前面的字太多，她只来得及想起"亲我"两个字，于是为了睡觉，她伸出胳膊环住了他的脖子。

祁明信忙着去拉她的胳膊："你别闹，听话——"

话音未落，叶长乐就响亮地亲了他一口。

祁明信呆住了，张了张嘴，说："你……你又亲我？"

"又亲？"叶长乐不满，她明明已经完成任务了，怎么又要亲？

"最后一次，你不能再反悔了。"她放开他的脖子，晃晃悠悠地捧住了他的脸。

祁明信一把捉住了她的两只手。

"到底亲不亲？"她困得都睁不开眼睛了，不满地扬起脸，嘟起嘴。

"叶长乐，我就当这是你给我的答案了。"

他将她的两只手放在自己的脖子上，叶长乐立刻乖乖地环住了，无尾熊一样挂在他身上，而他俯身，吻在了她柔软的唇瓣上……

第九章

你不用一直强调她喜欢我，我又没说不给她机会

1.

叶长乐沉沉地睡到了自然醒。

她醒来时，落地窗外的阳光洒落进来，暖暖的，带着清香，还有几只鸟儿发出清脆的鸣叫声，让她觉得这个早晨美好得有些梦幻。

她伸了个长长的懒腰，懒洋洋地翻了个身，目光漫不经心地落到房间内的摆设上时，她打了个哈欠，然而这个哈欠打到一半，她愣住了。

叶长乐揉了揉眼睛，又揉了揉眼睛，吓得猛地坐起了身！

“纪煦！”她慌得喊出声，声调都变了。

这是哪里？

这不是她的房间，也不是纪煦的房间啊！

房门被人拧开，祁明信穿着一身家居休闲服，抱着胳膊靠在门框上，面无表情地说：“我是祁明信。”

叶长乐呆了三秒，下意识地拉起被子看自己身上的衣服是否完好无损。

祁明信的脸黑了黑，这臭丫头把他当什么人了？

发现自己的衣服还好好在身上穿着的叶长乐长舒一口气，她可真是怕祁明信又像上次那样把她扒光了洗刷干净才让她睡他家的床。

可是，不对，等一下——

叶长乐一脸蒙地看向他："我，我怎么又到你家来了？"

难道她喝醉了之后，又报错了地址？

要不要这么坑自己？

她懊恼不已，这下好了，本来想着以后跟他见面当不认识，能躲多远就躲多远的，现在怎么办？

祁明信见她心虚的样子就觉得特别解气，他摸了摸自己唇瓣上的伤口，似笑非笑地问："你说呢？"

叶长乐瞪着他，自然注意到了他唇瓣上的伤口，愣了愣，问："你嘴怎么了，吃饭咬着了？"

祁明信的脸色"唰"地一下变了，冷笑道："被狗咬了。"

见叶长乐反应不过来，他心里越发有气，放下胳膊就往外走，淡淡道："别赖在床上不起来，滚出来吃早餐。"

叶长乐一头雾水，在他后面问："你还没说我为什么会在你家呢！"

祁明信理都不理她，将几件新买的洗漱用品丢了进去，催道："动作快点儿。"

叶长乐洗漱了一番，出来时，祁明信已经将早餐摆上了桌，正靠着椅背，十指指尖相触，摆出个非常适合谈判的姿势看着她。

叶长乐莫名怵得慌。

"别愣着，过来坐。"

"祁明信，你到底要干吗？"

"你怕什么，心虚吗？"

"我心虚什么，是你太吓人了好吧？"

叶长乐只是有些不安，坐下来发现祁明信剥了一个白白胖胖的鸡蛋丢到她的餐盘里。她愣了一下，越发觉得古怪，努力回忆自己昨天喝多了酒之后到底干了什么，但心里乱七八糟的，怎么也想不出来个头绪。

“先吃早饭，吃完我们慢慢聊。”祁明信将一杯牛奶推到她的面前。

这仿佛最后的早餐的待遇……

叶长乐心想：我虚什么虚，昨天在IG他那么对我，说起来，我没当场给他一耳光骂他臭流氓就不错了，不小心喝醉了，报错地址又跑进他家里了，又怎么样？

叶长乐顿觉自己理直气壮，她端起牛奶一饮而尽，又大大地咬了一口面包，像是咬着仇人一样。

祁明信有点儿愣怔。

就这不到一分钟的时间，受惊的兔子怎么又变成张牙舞爪的猫了？

祁明信郁闷地去了客厅，拿起遥控器打开了电视。

叶长乐飞快地吃掉了早餐，跑到客厅来。

“我吃好了，聊吧。”她心不虚，她理直气壮。

“从哪儿开始聊？”祁明信放下遥控器，好整以暇地问她。

“就从你借着工作的名义，却离我那么近——”她噎了噎，气得脸一红，没能说下去。

“我至少没对你做什么吧？”祁明信一点儿都不慌。

叶长乐有些气：“你还想做什么，你都离我那样近了，你还不够禽兽？”

说到“那样近”的时候，她愣了愣，脑海中有什么零碎的片段飘过，她觉得好像哪里有点儿熟悉。

“离你近一点儿就是禽兽了？”

“你那是近一点点吗？”

“那亲了我还咬了我的叶长乐是什么？”祁明信掷地有声地问。

叶长乐不由得嗤笑：“你骗鬼吧，天底下哪个女人能碰到你——”

他的话语戛然而止，她愣怔片刻，问：“谁？”

“你。”

叶长乐愣在原地，一时间，客厅里除了电视机的声音，什么都没有了。

她的目光落在祁明信伤口还未愈合的唇瓣上，张了张嘴，脑子里一片空白。

她？

她亲了祁明信，还……咬了人？

祁明信像是生怕给她的打击不够一样，竖起三根修长的手指道："亲了三次。"

叶长乐蒙了——这怎么可能，以祁明信对异性的反应，她还没靠近就被活活打死了好吗？他怎么可能被她亲到，还亲了三次？

可昨晚她好像喝醉了，她真的强迫这位身娇肉贵的小爷了？！

那她睡在他的床上——

她捂着衣领问："除了亲了你，咬了你，我还对你做什么了？"

祁明信的脸红了："你还想做什么？"

叶长乐傻了。

祁明信板着脸问："你不是说你对秦风有意思吗？"

叶长乐满心都是慌乱，此刻更是莫名觉得自己像个被误会出轨的有夫之妇，下意识地辩解："我没有，我没有喜欢秦老师。"

祁明信的嘴角扬了扬，很快又压了下去，继续严厉地说："可是你之前在派出所亲口说你想做秦风的女朋友，你这是滥情，是劈腿。"

这话听着好像哪里不太对劲？

但叶长乐来不及细想，她急着洗白自己："我没有滥情，没有劈腿，我说的那个话是故意气你的，谁让你当时教育我没完没了的？"

"你们真的没有关系？"

"废话，这还用问吗？"

"你真的不喜欢秦风？"

"废话，这还用问吗？"叶长乐急得提高了声音。

"那你是不是喜欢我？"祁明信忽然问。

叶长乐被逼急了，脑子还没反应过来，就脱口而出："废话！这还用问吗？”

祁明信愣住了。

叶长乐反应过来，也愣住了——完犊子，顺口说了大实话了……

电视里正在播一段新闻，女主持人发音非常标准地播报着：“昨日有记者拍到娱乐圈最年轻的影帝秦风与IG诚信旅游公司副总会面的画面，据悉IG方面在与新起之秀姜云解约之后，有意与秦风达成合作，本台记者联系秦风方面得知，双方已经确定即将合作……”

这声音在安静的客厅里，显得尤为清晰。

叶长乐僵硬地转动脖子看向了电视屏，巨大的蓝光显示屏非常清晰地放着祁明信与秦风在咖啡厅的照片。

“祁明信，秦风昨天跟你见面了？”叶长乐机械地问。

昨天秦风说，祁明信再也不会为难她了，紧接着，祁明信就找她开始对接合作的事情，并且真的没有再提约见秦风的事情。

她还以为之前刘昊说的那些威胁不帮忙约秦风就不合作的话，真的只是个玩笑，但现在看来好像不是。

祁明信皱起了眉头。

“秦风是不是因为你为难我，所以才不得不答应你代言的事情？”叶长乐的声音里带了怒意。

“你不是和秦风没有关系吗？为什么觉得他会因为你答应代言的事情？”祁明信不答反问。

“祁明信，你不觉得你这个人真的很卑鄙吗？”

“你说我什么？”

“卑鄙！秦老师因为知道我被你为难的事情所以找到你，你却拿我逼他跟你签约，你就是个奸商！”

“他才不是因为你。叶长乐，你是不是太把自己当回事了？”祁明信也火了。

“我告诉你祁明信，IG的单子从今儿起我不管了，你爱签不签，你要是非拿这个事情去公司告状，威胁我，我就辞职。”她用力推开祁明信。

祁明信反手抓住她的手腕道：“叶长乐，你刚刚还说你喜欢我，现在你就为了秦风拿你自己威胁我？”

“我什么时候说过我喜欢你？”

叶长乐看着自己被他抓住的手腕，冷笑道：“祁副总，我的意思是，我怎么可能会喜欢你这种人，这么显而易见的事情还用问吗？”

她甩开他的手，头也不回地大步走了。

2.

叶长乐给朱明霞发微信，直接请假一个月，让她把 IG 的事情交给别人，否则自己就辞职，然后关机锁门，任谁来敲门，都只装作不在家，连纪煦敲门她都没给开。

她在家窝了三天，第四天，冰箱里的最后一包方便面都被吃完了，一眼望去，连瓶豆瓣酱都没了，她无法，只好出门去菜市场买菜。

买菜的时候需要付款，叶长乐没带现金，不得不开机扫码，刚开机，一大堆微信和短信就同时闯了起来。叶长乐扫了一下，有提醒她多少未接来电的，有纪煦发来的消息，有朱明霞从生气到妥协再到担心的消息，还有秦风的消息……

而浑蛋祁明信什么消息都没给她发。

她的心头一阵失落，继而又唾弃自己：“叶长乐，你有点儿出息，你有什么好难过的？他接近你是有目的的，以他的性格，如果不是因为秦老师他根本不会多看你一眼，你还把他当回事儿，你就是个大白痴！”

她点开了秦风的消息，秦风询问她为什么关机，是不是太忙了，希望她能回电。

叶长乐这些天一直不敢开机，是带着逃避心理的，尤其想逃避秦风。她觉得愧疚，毕竟秦风和她就见了寥寥几面，却为了给她解围做出这么大的牺牲还不告诉她……

于是她不由得又想到了祁明信，顿觉一阵烦躁，她给秦风回了消息：“秦老师，IG的事情，对不起……”

对方没一会儿就回了消息：“你在哪里，我有事要和你面谈。”

叶长乐愣了愣，询问秦风出来会不会不方便，有什么事情可以电话联系。

但对方只回了她四个字：“你的地址。”

叶长乐将家里的地址发给了秦风，对方就没了动静。

她觉得有些奇怪，但也没有多想，买了足够她在家宅一个星期的菜打道回府。

爬着楼梯回到家，叶长乐远远就看见楼梯转角的窗户前站着个略胖的男人，听到动静，男人侧头看见了她。

“叶长乐，叶小姐幸会。”

男人将墨镜从脸上取下来，话说得客气，语气却不是那么回事儿。

“您好，您是？”叶长乐觉得这个微胖的男人有些眼熟，却一时想不起来。

男人自我介绍：“我是秦风的经纪人，蒋科。”

叶长乐恍然想起之前秦风逃跑时，有些气急败坏的那个人就是蒋科。

“蒋先生你好，是秦老师让你来找我的吗？”叶长乐问。

蒋科靠着窗台，上下打量叶长乐一番，说：“叶小姐，大家都很忙，我就不和你绕弯子了，你接近秦风到底有什么目的，大家心知肚明，但我希望你适可而止。”

叶长乐愣了愣，问道：“给我发消息的是你？”

“是我。秦风在拍戏，他很忙，没时间和你浪费。”蒋科打断她，语气非常尖锐。

叶长乐沉默了片刻，问：“那蒋先生，您希望我做什么呢？”

“因为你，秦风接了IG的代言，最近被舆论推到了风口浪尖，这会对他造成怎样的困扰我不想再提，我会给你一笔钱，希望你能安静地从秦风的面前消失。”蒋科说完，从口袋里拿出早就准备好的支票递向她。

叶长乐将手里的瓜果蔬菜放到了一边，伸手接了过去。

蒋科的表情中流露出不屑，正准备离开，身后却传来纸张被撕碎的声音，他回头就见叶长乐将那张支票撕成了碎片，然后从窗户撒了下去。

蒋科愣了愣，问道："你什么意思？"

楼下忽然传来一个声音："喂，楼上的，不要乱扔垃圾啊！"

叶长乐从窗户探出头说道："不好意思阿姨，等会儿就下来清理。"

她看向蒋科，说："本来我懒得解释，但是有人跟我说，说不说是我的态度，信不信是你的事情，所以我就向你解释一下。"

蒋科嗤笑。

"秦老师代言 IG 的事情我也是后来才知道的，我不否认是因为我，对此我很抱歉，也很愧疚。但是，第一，我没有刻意接近秦老师，也没有任何目的。第二，我从来没想过要给秦老师造成困扰。"

"叶长乐，我小看你了是吧？"蒋科的脸色非常难看，"你说这么一大堆，什么意思，是想继续缠着秦风吗？"

"蒋先生，看来我们两个完全没办法沟通，很抱歉，我要去楼下清理垃圾了，请你让开。"叶长乐绕过他想走。

蒋科却不肯罢休，抬手推向她。叶长乐一下子摔在地上，手肘和膝盖似乎蹭破了，火辣辣地疼起来。

"你这样的心机女我见多了，自不量力，没皮没脸，你——"

"蒋科！"秦风三步并作两步跑上楼梯，脸色非常难看，声音也带了怒意，"你在干什么？"

"秦风，你疯了，你怎么来了？"蒋科慌忙看向窗下，唯恐有狗仔藏在暗处偷拍。

秦风将叶长乐扶了起来，担心地问她："你还好吗？"

叶长乐摇了摇头，也害怕秦风被人拍到，忙去打开家门让他进去。

蒋科跟了进去。

秦风看向蒋科，愤怒地说："蒋科，IG 的事情和叶长乐无关，反而是我给她带来了困扰，她——"

"秦风，这样的心机女你见得还少吗？"

"够了，蒋科，"秦风打断他的话，"向叶长乐道歉！"

"你说什么？"蒋科睁大了眼睛，难以置信。

"我让你向我的朋友叶长乐道歉！"秦风动了怒。

两人怒目相对，秦风握紧了身侧的拳头。

"秦老师，不用了，他说得没错，是我连累你不得不代言 IG——"

"不是因为你！"秦风打断她，"是我有要和 IG 合作的理由，叶长乐，这不是你的错。"

"秦老师，我知道你是怕我自责，可是为了避免以后再出现这种事情，我们确实不应该再联系了。"叶长乐说。

"你也帮过我，而且你是因为我才被为难，我给你解围理所应当，为什么说得好像是你欠了我什么一样？"秦风拉起她的手道，"我拒绝你的好意，我们走。"

"秦风，你今天要是敢带这个女人一起走，我明天就撤掉你所有的通告封杀你，"蒋科气疯了，出口威胁他，"我可以把你捧成国民偶像，也可以让你跌落神坛！"

叶长乐一把拉住了秦风，秦风被她带得停住脚步，顿在那里。

"蒋科，时至今日，你觉得我面对这样的威胁还会一动也不敢动吗？我现在就可以支付违约金，和公司彻底解约。"秦风慢慢地开口。

蒋科也不知道想到了什么，脸色忽然就变了，他冷笑一声："秦风，你别忘了，我手里还握着你的秘密，你真的要为了一个女人自毁前程吗？"

气氛陡然凝滞。

"长乐，不用理他，我们走。"秦风拉着叶长乐要走。

"秦风，你敢走，我就敢毁了你，我说到做到！"

"姓蒋的，你不要太过分，我本来以为你是在关心秦风，但你现在说的话简直不是人话！"叶长乐怒了。

秦风看了她一眼，面色复杂。

“你给我闭嘴！要不是你，秦风绝对不会跟我作对！叶长乐，你父母到底是什么人啊，怎么能生出你这么有心机的女儿？”蒋科怒从心起，口不择言。

“你说什么？”叶长乐的脸色一变。

“我说什么样的父母教出什么样的女儿！”

叶长乐松开秦风，看向蒋科：“道歉。”她的声音里带了压抑的愠怒，“蒋科，向我的父母道歉！”

“蒋科你够了，快道歉！”秦风怒了。

蒋科嗤之以鼻：“休想，她父母就算是站在我的面前，我也会当着他们的面——”

叶长乐朝蒋科扑了过去，蒋科没防备，被她打了个正着，当场愣住了。

“滚，从我的家里滚出去！”叶长乐红着眼睛，情绪失控。

秦风完全没有反应过来，愣在当场。

蒋科回过神来，发现自己被叶长乐打了，勃然大怒，扬起手就要扇向叶长乐，他身后的门忽然被人一脚踹开，力道之大，那门直接将蒋科撞得重重跌倒在地上！

祁明信站在门口，手里拎着叶长乐之前放在楼梯转角处的瓜果蔬菜，黑着脸问：“我敲了半天的门，就没一个人听见吗？”

“你谁啊？”蒋科连忙从地上爬起来，下意识地挡住了秦风。

叶长乐也看向来人，眼中刹那起了水汽，仿佛下一刻就会哭出来，可她紧紧地咬着唇瓣，愣是没有哭出来。

祁明信冷冷地看向蒋科：“身为经纪公司的老板，你就不知道要顾及艺人吗？你在这儿吼得整栋楼都要听见了。”

秦风认出了祁明信，问：“祁副总，你怎么会在这里？”

“你这么大个腕儿，车窗户都忘记关从我面前疾驰而过，我要是不跟上来，让我的助理处理掉尾随你而来的那几个狗仔，您二位吵架的内容不出一个小时就会尽人皆知。”

祁明信看都没有看他一眼，放下手里的东西，走到沙发旁坐了下来。

蒋科露出后怕的表情，迟疑地看着祁明信："多谢，请问你是？"

祁明信看向蒋科："蒋总，幸会，我是IG的副总祁明信。"

蒋科万万没想到他居然是IG的祁副总，顿时有些不自在，难堪地摸了摸自己被打的脸，说道："祁副总，让你见笑了。"

"让我见笑倒没什么，不过签约仪式虽然安排的是下周，但蒋先生身为秦风的老板兼经纪人，您可是亲自和我们IG的祁总签过合同了。咱们合同明文规定，合作期间，如果艺人的价值因你们乙方的原因导致受损，进而影响到我们IG的利益，你们可是要赔偿一大笔违约金，还要面临我们IG的起诉的。"祁明信松了松袖扣，说道，"但我刚刚在门外亲耳听到你说，要让秦风跌落神坛？还要封杀他？毁了他？"

蒋科的表情一变，忙说："祁副总，你一定是听错了。"

"是吗？"

"是——"

祁明信打断蒋科："可我录音了。"

蒋科脸上的怒意一闪即逝，但他到底是明白人，忍气吞声地问："祁副总，您这是什么意思，我们之间是合作关系，您有什么指教直说就是了。"

"指教不敢当，我只是觉得有误会大家说清楚就好了，何必弄得这么难堪呢？"

祁明信指了指叶长乐，问秦风："你为什么跟IG合作，是因为她吗？"

"我跟蒋总解释过了，和长乐没有关系，但他不信。"秦风皱眉。

"蒋总，我可以做证，是秦风他不想再处处让着姜云了，他希望姜云知道，无论在哪里，无论有怎样的捷径，到最后还是要靠实力说话。但你不同意，所以他就先斩后奏找上了我。这件事情和叶长乐没有一点儿关系，如果非要扯上她，那就是我一直让叶小姐帮我约秦风见面，甚至答应给她五十万，但她毫不客气地拒绝了我。"

祁明信说完，似笑非笑地看了叶长乐一眼："你看，我说什么来着，让你不要自作多情，你还因为秦风跟IG签约这事儿找我大吵一架，连IG的单子都不想签了。你都觉得秦风是因为你才代言 IG 的，你还能怪人家蒋总找你麻烦吗？”

秦风下意识地看了叶长乐一眼，叶长乐却瞪着祁明信。

祁明信对蒋科笑笑：“蒋总，你看，果然是误会一场。两个人吵架，即使是把对方骂成了狗，也不该牵扯到对方长辈的身上，你瞧你都快把叶小姐吓哭了，不道歉不合适吧？”

这么明显的台阶摆在这里，蒋科立刻对叶长乐露出抱歉的表情：“真不好意思叶小姐，都是我误会了你，希望你原谅我，我刚才气急了，说话太过分，也向你的父母道歉。”

叶长乐别开脸不看他。

蒋科有些尴尬，看向祁明信。

祁明信摊手：“蒋总，惹谁都不要惹小姑娘，惹恼了可难哄了，这下好了，看来你得请吃饭才行了。”

“请的请的，必须请的，”蒋科汗颜，看了看两人，试探着问，“这，叶小姐和祁副总关系挺好啊？”

“我们看起来关系很好吗？”祁明信笑了笑。

蒋科怔了怔。

祁明信笑着说：“蒋总真有眼光。”

蒋科讪笑了一声。

祁明信起身，看了看手表说道：“时间不早了，我还有事，就先走一步，二位自便，走的时候记得帮叶小姐锁门。”

他抬了抬下颌，示意叶长乐跟自己走。叶长乐没动，祁明信瞪了她一眼，伸手牵住她的手，用力拉走了她。

秦风张了张嘴，似乎想说话，但蒋科拉住了他，目光里带了警告的意思。

叶长乐被祁明信一路拉下楼，目光落在他牵着她的手上，这只手很温暖，这样紧紧地抓着她时，让她恍惚有了一种错觉：那个在腊月寒冬风雪里独自踉跄的自己终于找到了一间小屋，一间有着温暖的火炉，让她可以停下来取会儿暖的小屋……

眼中模糊了视线的泪水忽然就这样没出息地掉了下来，她默默地哭。祁明信在前面拉着她一直走，也没注意到她在哭，于是路过的人都惊讶地看着他们。

祁明信皱了皱眉，在众目睽睽之下，也不管别人的窃窃私语，紧了紧握着的那只冰冷的手，往停车位走去。直到走到车旁边，祁明信才发现叶长乐居然在哭。

他有些蒙：“你什么情况，刚刚姓蒋的死胖子那么欺负你，你都不哭，我给你出了气，你怎么还哭起来了？”

“谢谢你，还有对不起。”叶长乐一开口，眼泪更加控制不住，差点儿哭出声音来。

“行了，我原谅你了。”祁明信皱眉，伸手胡乱地给她抹了一把泪，还嫌弃地擦在了她的衣服上，说道，“脏死了，丑死了。”

叶长乐看着自己衣服上的泪渍，没忍住，真哭出了声音。

不远处的路人都在看他们，祁明信拉开车门把叶长乐塞了进去，说道：“你进去慢慢哭，别站在这儿，不知道的还以为我怎么着你了，太丢人了。”

叶长乐一边哭，一边犟嘴：“你觉得我丢人，干吗还要帮我？”

祁明信一边给她系安全带，一边冷笑：“当然是为了让你后悔，让你愧疚，让你知道你对我有多忘恩负义，而我对你有多恩重如山，你这个小白眼狼。”

他用力勒紧了安全带，勒得叶长乐差点儿直接断气。

叶长乐哭得更厉害了。

祁明信上车启动车子，转动方向盘往小区外面开。

叶长乐哭得停不下来，祁明信学她哭了两声，说道：“你差不多行了，你哭起来跟小怪兽一样，你看你那血盆大口，真吓人。”

叶长乐愣了下。

祁明信：“你再哭，我就把你丢下车。”

叶长乐哽咽：“祁明信，这种时候你就不能好好说话吗？你讲话这么不好听，难怪相亲总是得罪人家。”

“是我故意气走她们的。”

“为什么？”

祁明信答得理直气壮：“因为她们对我有非分之想。”

“祁明信，你的脑回路太奇怪了，人家是喜欢你才对你有心思的啊，不然看都不会看你一眼好吧？”

“喜欢我？喜欢我的脸，还是喜欢 IG 的股份？”

“你怎么会这么想，”叶长乐都忘记哭了，跟他讲道理，“那也不是每一个喜欢你的人都是对你有所图才喜欢你的啊。”

“怎么不是？我十三岁那年，我爸心脏病突发去世，祁家和 IG 摇摇欲坠，除了周秘书，我爸昔日那些‘交情很深’的好友纷纷避而远之，甚至有落井下石的，没有人救我们，也没有人伸手拉我们一把。如果不是周秘书帮忙，IG 早就没了。最可恶的是那个经常来我家，‘大侄子小侄子’叫得亲热的江家伯伯，居然臭不要脸地对我哥说，他女儿喜欢我哥，我哥如果能入赘，他就能名正言顺地帮忙了。”

祁明信冷笑：“所以我总结了教训，我不需要说喜欢我的女人，也不需要称兄道弟的挚友，任何和我接触的人，只可以和我谈合作，谈利益，谁也别跟我谈感情，谁也别想占我的便宜。”

叶长乐愣愣地看着他，她一直以为他这个性格是被宠坏的，这么一听，原来是因为有童年阴影啊……

她心软了，母性爆发了。

她满心感动地想：“叶长乐，祁明信能在有这么深的童年阴影的情况下还对你多次出手相助，可见这是个本质多么善良的孩子啊……既然他有这个阴影，又最讨厌人家对他有非分之想，那你可千万要谨记，以后绝对不能对他伸出你的‘安禄山之爪’！”

完全不知道叶长乐在想什么的祁明信瞥了她一眼，被她看他的眼神吓了一跳。

“我说的话是不是吓到你了？”祁明信有些后悔刚才说的话了，虽然是他一直以来遵循的原则，但是跟叶长乐说这么多，好像有点儿过了。

一个包装精致的盒子忽然伸到祁明信的面前，他一愣：“什么玩意？”

“之前给你挑的礼物。”

“礼物？”

“嗯，你先停车。”叶长乐将盒子又朝他递了递。

祁明信愣了愣，方向盘一打，靠边停车。

他伸手接过叶长乐递给他的东西，打开一看，是块手表。

“我不知道你手腕的尺寸，凭感觉买的，不知道合不合适，你试试看。”

祁明信皱眉：“你的钱不是都给你姑姑了吗？”

“我每月还有工资呀。”叶长乐眨了眨眼睛，她的睫毛上还沾着细碎的水珠子，目光中满含期待地看着他，是个邀功的意思。

祁明信表情古怪地看着她：“以你的工资，想买这块表，差不多得花掉一个月的积蓄吧？”

“这个不重要，你赶紧试试看，买了好几天了。”叶长乐拉过他的手，发现他手腕上本来就戴着一块表，她顿时不敢动了，想到了当初被一百二十万巨额债务压身的恐惧，虽然不是真的，但有阴影了。

祁明信疑惑地问道：“怎么了？”

“你这块表多少钱？”她惴惴不安地问。

祁明信愣了愣，然后面不改色地撒谎：“我对手表没什么讲究，都是为了配西装买的，量大不贵。”

他自己动手取下了手腕上的表，将她送的新表戴上，尺寸合适得就像是定制的一样。

祁明信表情古怪地看了她一眼：若不是特别留意过，那她的感觉也太准了吧。

他端详着新表，也不知道想到了什么，勾了勾嘴角，忽然笑了。

叶长乐忍不住问：“你笑什么，奇奇怪怪的，我送你的手表肯定没那么名贵，但我就这个薪资水平，你到底喜不喜欢啊？”

祁明信“嗯”了一声，看着她说：“喜欢。”

他的嗓音非常好听，目光含着笑意看着她，低醇地应着“喜欢”两个字时，恍惚让听到的人都分不清他是在说那块表，还是在说那个送表的人。

但叶长乐不一样，叶长乐深深地和他对视，想的是：以祁明信这种为人处世的性格，一定没有陌生人真心实意地送过他礼物，不然他怎么能这么开心？

真是太可怜了……

3.

翌日。

祁明信神清气爽地踏进 IG。

前台六个员工抬头，露出八颗牙齿的职业微笑，结果一抬头，发现进来的是他们那位每天担心被觊觎的祁副总，三个女员工顿时吓得表情都扭曲了。

“祁副总好……”其中一个女员工因为太害怕，脑子一抽，居然还打了招呼。

她立刻被另外两个女员工一起抬手捂住了嘴，她们只觉得世界都黑了，很快就要失业了。

祁明信听见了，居然抬手回应了她的招呼：“忙吧。”

他手腕上的表反射出一圈明亮的光，晃得前台几个职员差点儿瞎了眼。

他们眼睁睁地看着祁明信进了电梯，上了楼，面面相觑片刻，其中一个指了指自己的脑袋道：“副总疯了？”

“他看起来心情好好，我从来没见过副总在公司这么笑过，太迷人了。”另一个喃喃道。

“要是副总一直这样多好啊……”

祁明信信步踏出电梯，迎面见到祁知诚走过来，顺口打招呼：“哥。”

祁知诚愣了愣，祁明信已经招呼旁边的刘昊：“把下个季度的安排拿过来给我看看。”

周秘书失笑：“副总什么情况，他可从来不在公司叫你哥。”

祁知诚也莫名其妙。

没一会儿，刘昊就抱着文件夹进了祁明信的办公室，说道：“副总，昨天跟着秦风的那几个狗仔搞定了，放心吧，他们不会去骚扰叶小姐的。”

祁明信刻意地扯了扯袖子，伸手去接文件，刘昊一眼就看到了他手腕上的新表。

“副总，这不是您的表吧？”他挠了挠头，“我记得，我早上给您这套西装配的不是这块表。”

祁明信弯起嘴角道：“叶长乐送我的。”

“她为什么要送您表，因为觉得您很‘表’（不要）脸吗？”刘昊惊讶。

祁明信举起文件拍在他的脑袋上:“滚,女人送男人手表是这个意思吗？”

“那她总不可能是跟你您和解了吧？更何况因为秦风的事情，她不当场把您扫地出门就不错了吧？”刘昊捂着头，很费解。

“昨天秦风的经纪人去找她的麻烦了，我给她解了围，她被我感动得哭了。”

祁明信指着那块表道：“还有，这个可是她私下留意了我手腕的尺寸，特意给我买的礼物，花光了她一个月的工资，你还不明白她是什么意思吗？”

刘昊把头摇成了拨浪鼓。

“她暗恋我，”祁明信露出自信的笑容，“而且是非常喜欢我。”

刘昊一脸莫名其妙。

祁明信鄙视他：“你怎么连这个都不懂，偶像剧白看了？”

刘昊：“那个，副总，其实我喜欢看宫斗剧。”

“一个人愿意在另一个人身上花掉她收入的多少，就说明这个人在她心目中的重要程度。叶长乐愿意在我身上花掉她一个月所有的收入，关键她还送我手表，手表是喜欢的意思，她非常喜欢我！”

刘昊目瞪口呆，如遭雷劈地看着祁明信。

祁明信毫无所觉，在那儿抵着额头，想想就忍不住笑出了声音。

“副总，叶长乐喜欢您，重点是叶长乐喜欢您。”

“我知道她很喜欢我，你不用一直强调，我又没说不给她机会，真是的。”

“您，您不是觉得全天下的女人接近你，都是因为觊觎您吗？您不是觉得她们多看您一眼就是罪不可恕吗？”刘昊艰难地提醒他，“叶长乐喜欢您，还表达了出来，这不是死罪吗？您还要给她机会？”

“她不一样，而且她亲口说了，不是每一个喜欢我的人都对我有所图，我觉得她是在向我暗示她自己的真心。”祁明信感慨，“不得不说，她暗示得很成功。”

刘昊一脸问号。

祁明信嫌弃他：“你什么表情？”

“我怀疑人生，”刘昊梦游一样地说，“那副总，您也对她说了您喜欢她吗？你们是真的准备谈恋爱了吗？”

祁明信愣了愣，说道：“她都没说出口，我怎么说？”

“她没说啊？”刘昊一拍桌子，恍然道，“搞半天，是您一个人在这儿脑补啊？”

祁明信眯起了眼睛：“你敢拍我的桌子？”

刘昊僵了一下，连忙摸了摸自己拍过的地方。

“不敢不敢，这个，副总，我是觉得吧，这种事情我们还是慎重一点儿好，万一叶小姐送你手表就只是单纯为了感谢你呢？”

祁明信的脸黑了：“你怀疑我的判断？”

刘昊立刻没有底线地改口：“老板你英明神武，绝不可能判断失误，叶小姐就是喜欢你，没错！”

祁明信冷哼一声：“那当然，当时她和我对视时的那个眼神充满深情，简直生怕我看不出来她喜欢我。”

刘昊目瞪口呆。

说话间，办公室的门被敲了敲，秘书推开门走了进来，询问：“副总，大州保险那边派人过来了，您还是亲自沟通吗？”

祁明信扬起嘴角，对刘昊说：“我说什么来着？”

刘昊脸皮多厚啊，当即不要脸地给他竖大拇指：“老板果然是老板！”

秘书一头雾水。

祁明信对秘书点点头：“告诉她，我马上就来。”

秘书点了点头，出去了。

片刻后，祁明信一本正经，人模狗样地带着刘昊来到会客室。他推开门，咳了咳，说道：“叶长乐，你来了？”

坐在沙发上的女人连忙站起身，回过头来对着祁明信露出一抹阳光灿烂的大大的笑容来，说道：“祁副总，你好，我是大州保险公司的业务经理朱明霞，公司经过慎重的考虑，决定从今往后由我接替叶长乐和 IG 对接合作的事宜，希望我们合作愉快！”

第十章

她和你们不一样，她是我喜欢的人

1.

叶长乐还没来得及跟朱明霞说自己准备回去上班的事情。

昨天祁明信把她送去了纪煦家，纪煦为祁明信那天把她带走之后发生的事情审了她足足一个小时，审得她生无可恋，但好歹敷衍了过去。

结果纪煦义正词严地告诉她：“我对祁明信的哥哥祁知诚一见钟情，最近准备追他，所以你如果跟祁明信没什么，最近最好不要得罪他，万一影响了我的倒追计划……”这个有异性没人性的女人说着，还向她比了个“必死”的动作。

叶长乐十分无语。

余乐：“啧啧，重色轻友。”

叶长乐在纪煦家住了一晚上，秦风给她打过电话，但他打那几通电话时，叶长乐正被纪煦拎到房间审问。

等叶长乐被放出来时，发现秦风给她发了长长的一段消息向她道歉，她还安慰了他，逐字逐句的用词都非常委婉且疏离，以秦风的高情商，肯定能明白她想要拉开彼此之间的距离的暗示。

秦风没有再回她的消息。

叶长乐觉得自己可能有点儿伤害国民男神，毕竟他为了维护她这个朋友还跟老板翻脸了，但无论如何，秦风就是众星捧月一样高高在上的存在，真的不适合和凡人做朋友。

第二天，纪煦去上班，叶长乐带余乐去游乐场玩。在余乐的怂恿之下，叶长乐尝试了海盗船、过山车、跳楼机，下来时，半条命都差点儿没了。

这时，她忽然接到了朱明霞的电话，手抖脚抖声音抖地问："经理，你还好吗？"

朱明霞用同样颤抖的声音问："叶长乐，你在哪儿，你这两天死哪里去了？"

"我……我在游乐园。"

"你居然去游乐园玩了？！"朱明霞悲愤欲绝，"你知道我在哪里吗？"

"你在哪儿？"

"我刚从 IG 出来！"朱明霞的声音几乎穿透了手机。

叶长乐揉了揉耳朵，顿时觉得精神了，问道："你去 IG 干吗？"

"你还好意思问？不是你拿辞职威胁我，说你要去隔壁保险公司抢我业务，逼我不得不接下 IG 那个烫手山芋吗？"

叶长乐：她完全忘记了这件事情。

朱明霞："发个定位，我要去找你。"

半个小时后，朱明霞气势汹汹地找到了正在和余乐抢冰激凌的叶长乐。

余乐惊讶地说："叶长乐，你经理好吓人，感觉要把你吃了。"

叶长乐正忙着抢夺唯一的一个草莓酱冰激凌，抬头一看，就和朱明霞四目相对。

空气中有片刻死寂。

朱明霞一把抢过草莓冰激凌，狠狠地咬了一口。

余乐和叶长乐都傻眼了。

余乐抢过仅剩的那个巧克力冰激凌，远远地跑去玩旋转木马了，叶长乐叮嘱他：“别乱跑，就待在我看得到的地方。”

余乐挥挥手：“你很唠叨啊！”

朱明霞一屁股坐了下来，特别委屈且悲愤地说：“叶长乐，你知道 IG 的祁副总是怎么对我的吗？”

叶长乐讪笑：“看你这样子，估计他没怎么好好对你。”

“他虐我！他逮着每一条条款追问我细节，约定理赔项目及金额时，他像在跟我打仗，对我穷追猛打，打得我丢盔弃甲，大败而归。我朱明霞在保险行业干了十二年，从来没见过比祁明信更精明更苛刻的客户，他简直就像是其他保险公司故意派来针对我的克星。”

叶长乐疑惑地说：“不会吧，他之前针对我是有原因的 ，他针对你图什么？”

“我怎么知道？我来找你，就是想问你，你到底怎么着他了，把他得罪成这样，连累我当炮灰？”

“我没怎么着他啊，他要求挺高的，是不是你跟他说错话了？”叶长乐一头雾水，昨天分开的时候，他看着心情还可以啊！

朱明霞冷笑一声：“你少甩锅给我，我一句话都还没说，他看见我就不开心，他问我你哪儿去了，我又不能说你发神经要辞职，你说我能怎么办？”

“你要怎么办？”

朱明霞绘声绘色地讲述了当时的情景。

“祁明信问：叶长乐呢？”

“我：叶长乐被派出去做别的业务了。”

“祁明信皱眉：IG 的业务不重要吗？”

“我连忙解释：哪能啊，就是 IG 的业务太重要，她才请更专业的我——也就是她领导亲自来接洽啊！”

“然后祁明信问了我一个很奇怪的问题：在她眼里，IG 就只有这笔业务重要吗？”

“我心想，难道除了IG的保险业务，咱还能跟他合作别的不成？咱们行业又不对口，于是我就敷衍他：是啊！”

“然后，他就一副公事公办的样子，开始虐我了。”

叶长乐不知道该说什么好，张了张嘴：“啊……那我也不知道他为什么这么对你，你们洽谈的结果如何？”

“没结果——叶长乐，你别装，你俩不是有一段嘛，肯定是因为你们吵架了，所以他公报私仇针对我。”朱明霞怨气十足地说。

“我跟他真没什么，吵架也是有别的原因，”叶长乐哭笑不得，“但是我们已经和解了。”

“少来，你俩没关系，他之前会指名道姓要找你？谁不知道他躲女人都怕来不及啊？”

“那是因为我认识的一个人是他很重要的合作方的人，他想让我帮他约人家，但我不同意，所以跟他有了矛盾。但现在他们成功合作了，他跟我就没矛盾了，他针对你绝对不是因为我这个无辜的路人甲。”叶长乐坚决不背这个锅。

朱明霞一副不太信的样子：“真的？”

叶长乐想了想，恍然大悟地指着朱明霞道：“八成是你看他帅，没管住眼睛，他觉得你对他有非分之想。”

朱明霞回忆了一番，惴惴不安：“我好像是对他笑得太灿烂了点儿，但我那是讨好金主爸爸的职业微笑啊……”

叶长乐安慰她：“下次你见到他就别笑了，最好看都不要看他一眼。”

“哦……”朱明霞被忽悠住了。

2.

于是三天后，朱明霞按照祁明信的要求重新更改了资料之后，又去了一趟IG，一本正经地跟祁明信谈合作，全程看都没有看他一眼。

结果祁副总安静地听完之后，问她："朱经理对我这个态度，看来大州果然是看不上IG的单子，难怪要换掉叶长乐。"

朱明霞觉得自己又被针对了，好在她之前被虐过一次，总结了经验教训，她决定不耻下问："副总，恕我愚钝，您究竟有什么不满意的，您能明言吗？"

祁明信看了她一眼，不说话。

刘昊笑着说："朱经理别误会，我们对您个人是没有任何意见的，只是之前一直是叶小姐在和我们副总沟通，忽然换了朱经理，一切又要从头开始。是这样的，我们副总的时间也是很宝贵的，大州这样的做法是否有些不妥？"

朱明霞懂了，秒懂了！

朱经理的内心一片汪洋：得亏我理解能力好，听懂了暗示，叶长乐这个死丫头，还骗我跟他没奸情，没奸情现在这样算怎么回事？

她立刻说："原来如此，是我考虑欠妥，只想着给IG最好的服务，却忘记了这一茬，多谢刘助理提醒。"

她还非常自觉地补充道："祁副总，我就实话实说了吧，其实叶长乐她特别想做IG的业务，但是之前好像你们吵架了，她已经扬言除非把IG的业务交给别人，否则她就辞职，那你们和好了之后，她肯定不好意思再从我这里把IG的单子要回去啊！"

"哦，是吗？"祁明信的态度果然缓和了许多。

"可不是嘛。这几天，她情绪低落，精神萎靡，尤其是听说我去IG的时候，她看着我欲言又止的，我一开始还没反应过来，这会儿才彻底明白她什么意思。哎，你说她怎么不直接跟我说啊。"朱明霞越编越投入，连自己都快要信了。

刘昊在内心感叹：这是个戏精啊！

祁明信满意地点了点头，夸朱明霞："朱经理不愧是大州业务部最有资历的员工，若我IG业务部的员工能有朱经理一半的能力，IG早就更上一个台阶了。"

"哪里哪里，祁副总真是谦虚了，谁不知道IG的平台有多高，能进来的员工个个都是精英人物啊……"

两人虚伪地互相吹捧一番后，朱明霞识相地抱着她那堆资料走了。

叶长乐刚从外面签了单子回来，朱明霞就把她叫进了办公室，义正词严且不容拒绝地对她说：“IG的业务从一开始就是你对接的，既然你回来上班了，从今天开始还是由你来做吧。”

叶长乐没反应过来，问道：“为什么，你做得不好吗？”

朱明霞立刻朝她甩了一记眼刀：“你经理我纵横保险行业，大杀四方，人送外号‘保险女王’的时候，你还不知道在哪儿玩泥巴呢，敢说我做得不好？”

“是是是，经理你最棒了，经理你最威武了，那你怎么舍得把这么大一块蛋糕还给我啊？”

朱明霞心想：蛋糕？蛋糕你个头，这分明就是冰雹，啃一口掉满嘴牙那种！

她给叶长乐笑了一个：“因为我心疼你啊。”

“呵呵……”叶长乐才不信她的鬼话呢。

“是这样的，上面领导觉得IG的单子从一开始就是你对接的，临时换人会显得我们很不专业。上头已经把我骂了一顿了，我又不能说你发了什么神经。所以叶长乐，你明天去订个饭店，请IG的祁副总吃个饭，找个漂亮的借口敷衍一下，重新把这单接回去吧。”

叶长乐还想说什么，朱明霞对她露出威胁的目光：“怎么，你对领导的决定有意见？”

“当然不是，”叶长乐笑嘻嘻地说，“主要是我穷，所以我就想矜持地问一下，请客的钱公司能先给垫了吗？”

朱明霞抓起请款单，大笔一挥签了一笔餐费砸向她：“滚！”

叶长乐笑嘻嘻地滚了，跑出去给祁明信打电话。后者半天才接通，语气淡淡地问：“找我什么事儿？”

“明天晚上请你吃饭，你来不来？”

“你不是不想见我吗？”

“我什么时候不想见你了？”叶长乐一头雾水。

“我听说你曾扬言，如果不把 IG 的单子交给别人，你就要辞职？”

“那是之前的事儿了，当时不是因为我误会了秦老师和你签代言那个事情，我们吵架了吗？”叶长乐尴尬地说。

祁明信控制不住地翘起了嘴角：果然如朱明霞所言。

他问：“那事后你为什么没找朱经理要回 IG 的单子？”

叶长乐想了想，说道：“那多不好意思，而且朱经理比我专业多了，其实我只谈过私人客户的单子，至于你们这样的企业客户，我还真没经验。”

祁副心想：啧，借口找得还挺像那么回事儿，要不是我已经知道你情绪低落，精神萎靡，我差点儿就信了。

祁明信觉得自己应该配合她演戏，含笑道：“可我们比较熟悉。”

叶长乐莫名其妙地说：“工作做得好不好，跟熟不熟悉又没有关系——不过朱经理已经说了要把 IG 的单子重新交给我了，这不还让我请你吃饭嘛！”

她说最后一句话的语气是欢快的，祁明信嘴角扬起的弧度越发深了，心道：“想见我就想见我，还借着领导的名义请我吃饭……”

他咳了咳，说：“那你明天把地址发给我吧。”

叶长乐笑着说：“好！”

祁明信：啧，瞧把她高兴的……

3.

第二天傍晚时分，叶长乐在东行街等到了祁明信，不过她第一眼没能认出来那是谁，所以当那个穿着休闲服，整个人散发着暖男气息的帅哥小跑到她面前时，她还以为自己运气爆棚，又偶遇了哪位小鲜肉明星。

“看傻了？”祁明信俯视着她，伸出一根手指亲密地抵在她的脑门上。

“祁明信？！”叶长乐瞠目结舌地抬起头道。

祁明信对她露出一抹温柔的微笑：“嗯。”

叶长乐拨开他的手指，上下打量他，问道：“你怎么换风格了？”

“这种风格怎么样？”祁明信依旧温和地微笑。

“风格不错，但有点儿吓人，”叶长乐见鬼一样地看着他，“你受刺激啦？”

祁明信有点儿无语。

叶长乐抱拳道：“祁副总，求你正常点儿，你这样我害怕。”

祁明信愤愤：刘昊这个白痴出的什么馊主意，什么狗屁暖男魅力无穷？

他没好气地说：“你请我吃什么，不是公款吃喝吗，你不会还请我吃路边摊，喝二十块钱一杯的速溶咖啡吧？”

“这口气就对了嘛。”

叶长乐松了一口气，说道：“我可是代表大州请 IG 的副总吃饭，当然是请你吃大餐了，东行街那家有名的西餐厅，去不去？”

“去那家西餐厅？”祁明信的表情非常古怪，“你跟我，两个人？”

“对啊。纪煦今晚也在那家西餐厅和她的朋友们聚餐，她怕自己万一喝多了，让我到点了去接她。我一想，反正我要请你吃饭，干脆也定在那家西餐厅，省得来回跑。”叶长乐毫无所觉。

祁明信似笑非笑地说：“哦，是吗，那我要是不喜欢吃西餐呢？”

“怎么会？你又不挑食。”叶长乐随口说，顿了顿，又担心地问，“你该不会真的不喜欢吃西餐吧？我已经订了位子了。”

“我挑不挑食，你也知道了？”

“我俩一起吃过饭，我留意了一下嘛。”

祁副总的嘴角都扬起了！

他打量了一下叶长乐，叶长乐转了个圈，说道：“为了去吃那家的西餐，我特意穿了裙子，不过你居然没穿西装，倒是出乎我的意料。”

祁明信点评：“裙子，丑。”

叶长乐在心里翻了个白眼。

“走吧。”祁明信拽着叶长乐就走。

叶长乐被拉得踉跄，说道：“哎哎哎，去哪儿啊？餐厅在那边！”

祁明信开车带叶长乐去了商场二楼女装专柜，指着叶长乐对服务员说：“给她挑件裙子。”

叶长乐转身要逃，被祁明信死死地拖住了，她急了，告诉祁明信：“这玩意儿朱经理是绝对不会给我报销的。”

“礼尚往来，有我呢。”祁明信一把把她推进了试衣间。

一个小时后，祁明信重新换回了他一贯的西装革履，而叶长乐换了条裙子，踩了双高跟鞋，两人人模狗样地出现在了餐厅的门口。

餐厅门口的侍从立刻过来帮忙打开车门，礼貌地欢迎二人光临，末了还帮祁明信泊车。

叶长乐感慨：“果然跟着资本家才有这样的贵宾待遇啊。”

祁明信抬起胳膊对她说：“挽着吧。”

叶长乐一脸戒备：“干吗？”

祁明信恍然：他得配合叶小姐的假装矜持。

他示意她看其他人，叶长乐一看，周围来来往往的客人，都是一对儿一对儿地挽着胳膊，十之八九是情侣，剩下的要么独行，要么聚众。

叶长乐有点儿傻眼。

祁明信继续体贴地配合她，说道：“你定餐厅之前，一定不知道这家餐厅是有名的情侣餐厅吧？”

叶长乐生怕他误会自己觊觎他，心里正慌得要命呢，闻言拼命点头：“对对对。”

祁明信温声道：“你一定也不知道，单身男女如果一起来这儿，不必开口，对方就知道这是暗示喜欢的意思，对吧？”

“纪煦没跟我说过这个，她只说这家餐厅的菜非常好吃……”叶长乐窘得不行。

“我知道你不知道，”祁明信抬了抬胳膊，说道，“没关系，我恩准你挽着。”

“你现在对我这么放心了？”叶长乐受宠若惊。

“嗯。”

祁明信含笑点头：我早就知道你的小心思了……

叶长乐小心翼翼地挽住了他的胳膊，祁明信看了看她搭在自己臂弯上的手，心情非常愉悦。

侍从带两人来到事先订好的位置，叶长乐正要拖开椅子坐，结果又被祁明信拉住了。

“又干吗？”叶长乐一头雾水。

祁明信帮她拉开椅子，说道：“坐吧，叶小姐。”

叶长乐看了看其他人，就见那些结伴来的，男方都在非常绅士地帮女伴拉椅子。

叶长乐非常后悔带祁明信来了这么个鬼地方吃饭，这哪里是来吃饭的啊，这分明就是来逼着祁明信误会她点儿什么的，还好人家没想太多。

叶长乐坐了祁明信帮忙拉开的椅子，接了祁明信递来的餐巾，吃了祁明信切的牛排，喝了祁明信倒的红酒。

不远处的钢琴和小提琴开始合奏一首浪漫的曲子。

祁明信忽然对纪煦一点儿嫌弃都没有了，并且深以为她选的这个地方真是太好了。

红酒喝了一半，叶长乐微醺，见祁明信切牛排的样子特别好看，就盯着他的手。

他被她看得心情挺好。叶长乐没忍住，小声地问他：“祁明信，看你刚才对我那一套操作这么熟练，你是不是经常来这种地方啊？你肯定不会带女的来，那你是不是带男的来呀，你都带了谁啊？刘助理吗？”

祁明信手一抖，一点儿牛肉酱汁不小心被抖落在了他的西装上，他咬牙道：“你脑子里一天到晚到底都装了些什么东西？”

叶长乐吓了一跳，说道：“酱汁弄到你身上了，你小心点儿啊！”

她拿了餐巾要给他擦，祁明信没好气地放下刀叉，说道：“不用了，我去趟洗手间。”

他起身往里走，看起来很不高兴，叶长乐嘀咕：“刚刚挺高兴的，怎么忽然又生气了？”

她百无聊赖地看周围，想着要不是时间地点环境不合适，这些人可都是潜在的大客户，要是能把他们都带去公司开个产品说明会多好啊。

远处的洗手间门口传来嘈杂的声音，打破了餐厅幽雅的格调，周围的客人都在询问："怎么了，有人吵架吗？"

叶长乐想起祁明信还在洗手间没出来，要是有人在那儿吵架动手误伤了他，她可难辞其咎。

她连忙起身跑了过去，远远地就看到了纪煦。

"纪煦？"叶长乐疑惑地问，"你和你朋友的聚会结束了？"

纪煦喝得挺多，靠着旁边的装饰花瓶扶额，头疼地说："这个不重要，我头晕，你快去包厢，帮我拉着钟小倩，她喝多了，偏偏好死不死在这里见到了祁明信，当初钟小倩跟祁明信相亲，对他一见钟情，然而祁明信，你懂的……"

"更要命的是，今晚我们一起聚餐的好几个人都跟祁明信相过亲，眼下她们简直就是复仇者联盟，还都喝了点儿酒，一起把祁明信扯进去了，你快点儿去救人吧。"

叶长乐听了，连忙跑进了包厢，祁明信正被六个美女包围着，那位怨气最重的钟小姐哭得妆都花了，问他："你不喜欢女人，当初为什么还要出来跟我相亲，给我希望？你为什么不早说你不喜欢女人？"

"你别碰我。"祁明信提醒她。

"我就不，你不是不让觊觎吗？我今天就觊觎你了，怎么了？"

钟小倩伸手抓住了祁明信的领带，祁明信皱眉扯回了自己的领带，不满地道："喂，你别动手动脚的。"

"祁明信，你今天别想冰清玉洁地从这里走出去！"

叶长乐看得目瞪口呆，这群名媛淑女，大家闺秀，人前都是一副知书达理的乖乖女形象，没想到喝了点儿酒居然如此豪迈？

听这意思，莫非她还打算对祁明信做点儿什么不成？

"叶长乐！"祁明信抬头看见了她，有些生气地说道，"你还在那里看热闹？”

他心想：这笨丫头，你喜欢的人在被其他的女人觊觎，你都不知道吃个醋，生个气，发个飙什么的吗？

其他人闻声，一个个凶神恶煞地看过来，叶长乐有一种将要阵亡的错觉。

“你叫叶长乐？”其中一个女的问。

“你是今天和祁明信相亲的？”又一个问。

“不要犯傻了，叶小姐，我们都跟他相过亲，他是绝对不会喜欢你的。”

几个美女整齐划一地点了点头，都同情地看着叶长乐，钟小倩还问：“我们准备报仇，你要加入吗？”

祁明信：“嗯？”

叶长乐张了张嘴：“那个，我——”

没人听她说话，钟小倩已经把她的手伸向了祁明信，叶长乐急了：“你住手，你别碰他。”

祁明信顿觉心满意足。

叶长乐跑过去拉人，却被拦住了，一群美女七嘴八舌地教育她。

“叶小姐，他是不是还没来得及伤害你？”

“叶小姐，别犯傻，他虽然长得帅，但是真的一点儿也不适合谈恋爱。”

“关键他根本不喜欢女人。”

“你别抱希望了。”

叶长乐被教育晕了。

钟小倩不耐烦地道：“叶小姐，他不会喜欢你的，你别和我一样——”

“她跟你不一样。”祁明信忽然开口打断钟小倩的话。

“你说什么？”

“她！”祁明信指着叶长乐，一字一句地说，“是我喜欢的人。”

所有人都怔住了。

叶长乐也怔住了，下意识地扯了扯僵硬的嘴角，说道：“祁明信，你——”

祁明信不等她说完，长臂一伸捞过她，修长的手指扶住了她的后脑勺，叶长乐还没反应过来，他就俯身吻住了她……

周围一片死寂。

叶长乐的脑子短路了，她瞪着近在咫尺的男人，对方也在看她，一双眼睛一如初见时那么好看，不同的是，此刻他眸底的夜空揉碎了星光，那光影温柔得几乎要将她溺毙。祁明信紧紧地贴着她的唇瓣，唇齿间似乎还残留着红酒的甘醇，让她错以为自己喝多了，喝醉了，不然怎么会手脚不听使唤，心跳加速，额头冒汗？

“嘶……”

纪煦推开门进来，正看见这一幕，她倒吸一口凉气，瞬间让所有人都回过了神。

钟小倩“哇”的一声哭了：“你们不是说他不喜欢女人吗？都怪你们，干吗拉他进来虐我，我还真的以为他不喜欢女人呢！”

她哭着跑了。

其他人一脸蒙，看了看拥吻的两人，又看了看跑走的同伴，纷纷拔腿去追钟小倩，纪煦侧身给她们让路。

叶长乐满脸通红地推开祁明信，睁大了眼睛看着他，太过艳丽的唇瓣颤了颤：“我喝多了，脑子有点儿宕机，不记得刚才发生了什么。”

祁明信深吸一口气，张了张嘴：“叶长乐，我——”

叶长乐的脸色一变：“你不要说话，我不会想太多，我原谅你拿我当挡箭牌了，我走了。”

她打断他，避开他的目光转身就跑。纪煦哪里肯让叶长乐落跑，她一把拉住叶长乐：“你给我站住，这什么情况？”

“纪煦，你别闹，快放开我，我喝多了要回家。”

叶长乐就像是被鬼抓住了一样，急得直跺脚，拼命摆脱纪煦的手，拔腿就跑。纪煦想追，祁明信连忙拦住了她：“别追了。”

纪煦气急败坏地指着祁明信道：“你居然敢拿我家长乐当挡箭牌，你亲她居然是为了拿她当挡箭牌——不对，你居然敢亲她？”

她的声音太大，祁明信不得不关上了门。

“祁明信，你知不知道你这么做真的很——”

“她喜欢我。”

“啊？”纪煦愣住了。

“叶长乐喜欢我，但她不想承认，你别逼她。”

“你、你说什么？”

纪煦指了指祁明信，指了指门，一脸蒙：“她喜欢……你，她真的喜欢你？！”

祁明信：“嗯。”

“那你呢，你喜欢她吗？”

祁明信沉默。

纪煦的心要崩裂了，简直无法想象她最亲爱的闺密和她最讨厌的家伙在一起谈恋爱的场景。

“我不管，我一定要好好劝劝叶长乐，让她千万不要这么想不开喜欢你，天底下的好男人多的是，我觉得秦风就挺好。”

祁明信黑了脸：“你要是敢这么劝，我就让你永远追不到祁知诚。”

纪煦：“呃……”

4.

叶长乐逃回了家，关上门将自己埋进沙发里，她的脑子里一团糨糊，有两个小人在疯狂地对打。

“叶长乐，你怎么可以这样？”小人甲唾弃小人乙，“你刚刚居然动心了，你居然真的对祁明信有非分之想了，人家是不是跟你说了童年阴影？人家是不是明确地跟你说了别跟他谈感情？而且人家现在多放心你啊，跟你到情侣餐厅吃饭都没想太多了，结果你呢，你太过分了你知道吗？”

“可是是他先动嘴的，正常人被亲了，怎么可能不心猿意马？怎么可能不想太多？”小人乙反驳道。

“你以前给人家做人工呼吸时，还是你先动的嘴呢，你怎么不动心啊？电视剧里的男女演员，天天亲来亲去，难道亲一个爱一个吗？”小人甲说得理直气壮。

“可他说他喜欢我！”小人乙道。

“你分明知道当时是那种情况，情急之下冲动的话不可以当真，你还拿来说事儿，你的良心不会痛吗？”小人甲痛心疾首。

小人乙无言以对了。

“啊啊啊，我为什么这么惨，我为什么要对一个绝对不会喜欢我的男人动心……”

叶长乐抱着抱枕发疯打滚，结果滚过了头，一下子栽倒了地上，摔得七荤八素，险些直接阵亡。

然后她清醒了一点儿，想起了一件特别要命的事情——她跑得太着急了，忘记付餐费了……

叶长乐绝望地摊在了地上，连发条消息问祁明信餐费多少钱的勇气都没有，只幻想一觉睡醒一切都只是一场梦。

然而她一觉睡醒，这一切不仅没成梦，纪煦还抱着胳膊坐在她家瞪着她。

“叶长乐，你别想逃，你逃不掉的。”纪煦好整以暇地说。

“我没想逃，我逃什么啊。”叶长乐答得心虚。

“你喜欢祁明信？”纪煦的表情一言难尽，像在努力咽下某种难以接受的食物。

“没有，我哪敢喜欢他？”

“你都跟他去情侣餐厅了，还想瞒着我？”纪煦有些气。

“我领导让我请他吃饭，你又刚好让我去接你，你早说你去的是那种地方，我绝对不带他去，我发誓！”

“那他亲你，你怎么不打他？”

“那种情况下他肯定是没办法了才找我帮忙，之前我喝醉了不也亲了他吗，那按你说的，我不得被他打死？大家就当扯平了。再说，你还不知道他，只可远观而不可亵玩，肯定是不打算恋爱结婚的人，我又不傻，明知道是南墙我还去撞？”

叶长乐是绝对不会承认，祁明信亲她的时候她的心跳到底有多快的……

“你确定你对他没别的心思？”

“我没有，我也不敢。”

“那要是祁明信喜欢你呢？”纪煦问。

叶长乐心想，这辈子估计都没这可能。

她说：“那我就残忍地拒绝他。”

“那要是秦风亲了你，还喜欢你呢？”纪煦忽然问。

叶长乐只想快点儿打发了她，立刻不要脸地说：“那我二话不说，死缠烂打，一定要把他追到手。”

纪煦忽然特别同情祁明信：这朵高山雪莲一向睥睨众生，谁也看不上，好不容易栽一回，对方居然完全不是这个意思，关键他还自恋地以为对方就是这个意思，还有比他更惨的人吗？

纪煦欲言又止了半晌，对叶长乐说：“你、你以后对祁明信好点儿吧。”

这样等他知道真相的时候，至少还可以自我安慰是叶长乐对他太好，所以他才会误解了……

第十一章

她就这么着急地想再跟我约会？

1.

IG 和影帝秦风的代言签约仪式如期举行，几乎所有有名的记者都被邀请出席了，为了给足影帝该有的面子，仪式举办得非常隆重。

仪式还没开始，各大板块的头条就已经刷爆了这条新闻，热搜更是频频刷屏，一些边角新闻无法分一杯羹，则忙着提姜云与世界旅游公司当初的签约仪式，以及 IG 给影帝的待遇和给姜云的待遇差距之大，这些无一不让姜云感到愤怒。

叶长乐通过手机刷到 IG 的老板祁知诚与秦风握手合影的照片时，是在去参加签约仪式的路上。她刷完了所有仪式前的视频和照片都没有看到祁明信的影子，也不知道这人是深藏功与名，还是怕暴露了颜值被人觊觎……

上次她逃回家之后，没敢再联系祁明信，后者估计忙着签约仪式的事情，也没有空联系她。

叶长乐看了一下朱明霞给的地址，是本市一家有名的五星级酒店。

本来这种场合应该是老大去的，结果老大跟他老婆吵架，老婆离家出走他得去哄回来，于是这任务自然而然落在了朱明霞的身上，而朱明霞顺理成章地带上了正在与IG谈单的叶长乐。

叶长乐有点儿心虚，抵达酒店，出示请柬，趁着朱明霞正跟周秘书聊天，她尽量低调地往角落里躲，尤其躲着祁明信。

周秘书看见了叶长乐，问朱明霞："叶小姐来了，怎么看起来有些不自在的样子？"

"估计是因为祁副总在，她害羞了吧。"朱明霞笑着说。

"也不知道他们两个怎么样了，我心里着急，又不敢多问，"周秘书说，"过两天祁副总还要去日本出差，没一个月怕是回不来。"

"副总去日本哪里？"

"北海道。"

这时主持人上台了，周秘书忙跟朱明霞说了一声"回头再聊"，就赶紧过去了。

一个小时后，仪式顺利完成，被邀请来的嘉宾放松了些，开始互相走动，寻找商机。

朱明霞也在和人聊天，叶长乐总不好在这种场合跟人家谈单，于是准备离开，然而事与愿违。

"长乐？"有人喊她的名字。

叶长乐抬头就看见了秦风，秦风走了过来，露出笑容："你也来了？"他似乎完全忘记了之前的不愉快。

他这么坦荡，叶长乐也不好表现得那么小家子气，如实答道："老大有事儿，所以我就和经理一起过来了，恭喜秦老师和IG成功签约。"

"谢谢。"

说话期间，有许多人过来和秦风打招呼，秦风一一应付了。好几个人见秦风和叶长乐说话，都好奇地打量她。

有人上前来问："秦先生，这位是？"

秦风还没说话，叶长乐就递过名片道："我是代表大州保险公司过来参加仪式的，也很仰慕秦老师。"

那人客套了一番便离开了。

"秦老师，要不你先忙吧，我就先走了。"叶长乐不想和他这么说话，这里到处是记者，她担心被拍到和秦风在一起的照片。

"抱歉，是我考虑不周。"秦风一眼看出她在顾忌些什么，说道，"我只是想就上次的事情真诚地给你道个歉，但似乎又让你受到困扰了。"

"秦老师，你别误会，能被你当成朋友是我的荣幸，但我不想给你造成困扰。"叶长乐诚心地说。

"真的吗？"秦风问。

叶长乐点头："真的。"

秦风又问："那如果在大家都没有困扰的情况下，我是不是就可以继续和你联系了？"

叶长乐愣了一下："啊？"

秦风一脸期待地看着她，目光单纯的叶长乐都不忍心伤害他，她下意识地点点头："啊……这个当然是可以的。"

"长乐，你放心，我绝不会让我的圈子影响到你的正常生活的。"

他笑了，伸手想和她握手，结果手还没碰到，就被祁明信横插过来拦住了。

祁明信面无表情地站在两人中间，对着秦风举杯道："合作愉快。"

秦风没理他，偏头越过祁明信对叶长乐笑道："那我先走了，改天再联系。"

叶长乐出于礼貌回了抹笑容："好，好啊。"

这场景落在祁明信的眼里有点儿无语

宴会厅落地窗外一片灯火璀璨，春风微醺，周围觥筹交错。

祁明信目光不善地看着叶长乐，她心虚地避开目光，打了个哈哈，说道："祁副总，原来你在啊，刚刚都没看见你，那你先忙，我就不打扰了。"

她要逃，祁明信不动声色地拦路，她往左他挡左，她往右他挡右。

"祁副总，麻烦你让让？"

"叶长乐。"他开口喊道。

"啊？"叶长乐有些害怕。

"你逃什么，你做了什么亏心事吗？"

叶长乐立刻想到了之前的那个吻，她压低了声音辩解："明明是你强吻我的。"

祁明信愣了愣，他是指秦风，怎么扯到这个了？

他看着她，意味深长地道："原来你在想这个啊……"

叶长乐大窘。

祁明信："既然说到这件事情，那我们就好好地算算账，当初你强吻了我四次——"

"没有四次，人工呼吸不算，就，就三次。"叶长乐弱弱地抗议。

"行，那次不算，礼尚往来我还了你一次，你还欠我两次呢。"

叶长乐脸红了——众目睽睽之下，他们讨论这个真的合适吗？

祁明信抱起了胳膊，说道："还有，你用公款请我吃饭，结果却逃票了，这件事情是不是做得有些太过分了？"

叶长乐理屈词穷，张了张嘴："那个嘛……"

祁明信逼近她一步，说道："你们大州是不是觉得我好欺负？"

叶长乐道："谁欺负你了，大不了我再请你一次好了。"

祁明信愣了愣，心想：叶长乐也太会见缝插针地约我了。

他立刻说："行。"

叶长乐："那你哪天有空？"

她有些郁闷，觉得今天真是不宜出行，她请的没能用公款付餐费，请款单作废之后，她还要倒贴钱请祁明信吃一顿，她太亏了。她现在只想速战速决，让这件想想就糟心的事情赶紧过去。

祁明信心想：她就这么着急地想再跟我约会？

他深感遗憾地说："我这几天要飞一趟日本，时间还没确定，回头再告诉你吧。"

叶长乐立刻问："你要出国？去多久？"

"一个月吧。"

"这么久？"叶长乐惊呼。

祁明信似笑非笑地看着她："一个月很久吗？"

叶长乐心想：这不废话吗，你出国一个月，IG 的单子还没跟我签呢……

她试探着问："你能不能早点儿回来？"

祁明信顿了顿，忽然觉得刚刚她跟秦风说话的事情一点儿也不让他生气了，他含笑应她："好。"

叶长乐郁闷地转身要走，祁明信亦步亦趋地跟着她。

叶长乐疑惑地问："你跟着我干吗，我要走了。"

"我也走。"祁明信含笑看着她。

"你是 IG 的副总，这种场合你要走？"叶长乐愕然。

"有祁知诚和周秘书在，还有那么多高管在，我一个副总凑什么热闹？"

叶长乐惊疑不定地看着他，他倒是气定神闲，两人一起上了电梯，电梯门刚要合上，有个人就嚷嚷着追来："哎哎哎，等等我！"

叶长乐连忙按了一下开启键，电梯门险险打开，一个瘦瘦高高的青年闯了进来，看都不看里面的人，手指飞快地按了负一楼按键和关闭键，跟逃命似的。

等电梯门完全合上，他松了一口气，笑眯眯地回头道谢："谢谢了——"

话音戛然而止。

叶长乐一头雾水地问："二位……认识？"

祁明信似笑非笑地看着这青年道："李言承，今晚我怎么没瞧见你啊？"

"那么多人，你又不是美女，我还贴着你啊？"李言承没好气地说。

他觉得自己真是活见鬼了，他被他老爸强行带了过来，躲了祁明信这个煞星一晚上，好不容易摆脱他老子溜出来，结果正撞上祁明信。

"我还以为你躲着我呢。"祁明信问，"你去哪儿？"

"老子去约会，你管得着吗？哦，忘记你是个单身狗，永远没约会了。"

李言承顿时觉得自己好像占了上风，拨弄了一下发型，得意扬扬地道。

祁明信一点儿也不气，他看向了叶长乐。

叶长乐心领神会，自觉当挡箭牌，挽住祁明信的胳膊嗲声嗲气地开口道："亲爱的，这是谁啊？"

祁明信心情愉悦地介绍："这是世界旅游公司李总的儿子，李言承。"

叶长乐很配合地跟李言承打招呼："李先生你好，我是祁明信的女朋友叶长乐。"

李言承惊呆了："祁明信，你居然有女朋友了？"

他上下打量叶长乐，说道："你居然能看上祁明信这种奇葩……"他又补充道，"我觉得，你应该更能看上我。"

叶长乐惊奇地看着这个活宝，心想，这奇葩是从哪里冒出来的？

祁明信二话不说，一脚踹向了李言承的屁股，说道："我给你脸了是吧，你当着我的面儿觊觎我的女朋友？"

正好电梯门开了，李言承一溜烟逃了出去，一边跑一边朝叶长乐挥手："妹子，你已经成功地引起了我的注意，我向你保证，我绝对比祁明信更适合谈恋爱！"

祁明信脱下鞋子就朝着李言承砸了过去。

叶长乐看得目瞪口呆，她可从来没见过祁明信这么幼稚的行为，这二位的行为，简直像两个孩子在打架。

"你们两个怎么这样？"

祁明信捡回自己的鞋子，没好气地说："他有病，从小就什么都跟我比，现在连我女朋友他都要抢，我打他算轻的。"

"祁副总，你一口一个'女朋友'叫得很顺口嘛，戏过了好吧？"叶长乐有些嫌弃他。

祁明信穿上鞋，瞥了她一眼，心想：你就装吧。

"女朋友。"他忽然喊。

"女朋友女朋友女朋友……"他开始念经。

最后，叶长乐红着脸，匆匆留下一句“神经病”，落荒而逃。

2.

秦风正式来IG拍宣传片。

祁明信亲自负责对接拍摄事宜，两人虚情假意地在镜头前寒暄了一番。

秦风淡淡地笑：“祁副总利用我和日本方面确定了合作，利用我的人气让IG免费上了热搜，还利用我和姜云的事情让热度持久不下，关键所有的仇恨值还都让我来背，祁副总真是个物尽其用的精明人啊。”

祁明信客气地笑道：“秦影帝，你的代言费可比两个影帝加起来都高，再加上我投给你的其他方面的钱，好大一笔呢，我可不能白花。”

两人交谈的情景落在别人眼里，完全就是哥俩好。

秦风懒得跟他说鬼话。

等待拍摄期间，祁明信频频发消息，秦风一开始没在意，结果对方发了条语音，那声音一听就是叶长乐的。

祁明信瞥见秦风在有意无意地瞄自己的手机，索性给叶长乐发了条语音：“叶长乐，我这边确定明天出差，要不今天晚上去你家煮火锅吧，我觉得这样也不错。”

叶长乐回了条语音：“好啊，正好纪煦上次出差给我带了重庆的火锅底料，非常正宗，还没吃过呢。”

3.

晚上六点，叶长乐家的门被敲响了。

祁明信正坐在沙发上剥大蒜，叶长乐在洗蔬菜，吆喝他：“祁明信，去开门。”

祁明信立刻应了，觉得这感觉就像两口子的相处方式，于是心情愉悦地去开门。

开了门，他愣了愣，问道：“你们几个来干吗？”

门口站着四个人，纪煦、祁知诚、余乐，还有穿得低调得像个路人甲的秦风。

叶长乐的声音传来：“秦老师和纪煦微信聊天，然后就想一起来我家吃晚饭，正好你要来我家吃火锅，菜也多，两个人吃火锅也不热闹，我就让他们过来了。”

纪煦补充道：“我听说秦老师在 IG，又听秦老师说祁总正好也要下班，我想着祁副总也在，所以就一起请过来了。”

祁明信想：别以为我看不出来，分明就是秦风知道他今天在叶长乐这儿吃饭，所以找纪煦，纪煦想见祁知诚，所以两人狼狈为奸，一拍即合。

他的脸黑了，费解地看向叶长乐——这难得的可以和他独处的机会，为什么要找这么多电灯泡过来？

叶长乐是不是傻？

“长乐，我带了菜过来。”秦风挤开祁明信进去了。

祁明信立刻追了进去，说：“我买了很多菜，不需要再加菜。”

余乐“啧”了一声：“有好戏看了……”

纪煦连忙捂住了侄子的嘴巴，对祁知诚一笑：“祁先生，请。”

秦风进门就开始帮忙，叶长乐指着他带的东西说：“这些我可不会做，这种鱼我都不知道叫什么名字。”

“没关系，我来做，你帮我打下手。”秦风挽起袖子，准备大展身手。

“你还会做菜？”

“一点点。”

“哇，秦老师，你已经长成这个样子了，你能力还那么强，现在你居然还会做菜，你简直是宝藏男孩。”叶长乐一脸崇拜地看着他。

秦风笑了。

祁知诚很喜欢余乐，正在给他剥坚果吃，一边的纪煦就对着祁知诚发花痴，祁明信过去推了她一下，说道：“来蹭饭就要干活，你去替一下叶长乐。”

纪煦正看美男，却被打扰了，反问道：“你怎么不去？”

祁明信就等着这句话呢，立刻说：“懒死你们算了。”

他过去拉开叶长乐，接过她手里的菜刀，说道：“你去剥大蒜，做个菜而已，还要什么帮手？”

“你行吗？”叶长乐非常怀疑。

祁明信没理她，从水池里拿起一个土豆按在砧板上，然后手法非常熟练地去皮，切片，切丝，开火，翻炒……房间内香味四溢，惹人垂涎。

叶长乐张了张嘴：“你真的会做菜啊？”

她的目光非常惊讶，祁明信总算开心了点儿，一脸“做个菜有什么了不起”的表情。

祁知诚接过话头，说：“他一直一个人住，为了不饿死，初中时就会做菜了。”

纪煦立刻花痴地问他：“祁先生，那你也会做菜吗？”

祁知诚想了想，很诚实地说：“我做的菜，听说吃起来像砒霜。”

秦风和祁明信两大帅哥一起下厨，有条不紊，画面太美，叶长乐想到之前在西餐厅，钟小倩说祁明信不喜欢女人的话……她在脑海里脑补了一出大戏，觉得他俩太配了。

很快菜就摆满了一大桌，叶长乐举手提问：“那我的火锅还煮不煮了？”

满桌佳肴，谁还看得上她的火锅？

“好香啊，我想吃那个牛腩炖西红柿。”余乐馋得口水直流。

祁知诚抱着他坐在椅子上，揉了揉他的脑袋，给他夹菜，给他剥虾壳。

纪煦看得羡慕不已，简直嫉妒死自己的侄子了。

一圈人围着餐桌坐了下来，秦风开了瓶红酒，大家干了杯就开始享用美食。

叶长乐尝了一口秦风做的鱼，赞不绝口：“秦老师，你的手艺也太好了吧？”

“你喜欢吃？那没事的时候我们可以经常聚餐。”秦风俏皮地眨眨眼。

叶长乐连连点头。祁明信的脸黑了又黑，他安慰自己：“忍住，这是偶像剧常见的套路，她是故意的，就想让我吃醋。”

秦风尝了尝祁明信做的菜，说道：“没想到祁副总的手艺这么棒。”

祁明信敷衍他：“秦先生也不差。”

“长乐，你尝尝祁先生做的腰果炒鸡丁。”秦风说着，给叶长乐夹了一筷子菜。

祁明信瞪向叶长乐，叶长乐居然吃了秦风夹的菜，还夸赞：“也非常好吃。”

“再尝尝这个。”秦风又给她夹了秋葵。

祁明信面无表情地看准秦风的筷子，也伸出了筷子，给叶长乐夹菜，学着秦风的口气道：“长乐，你尝尝秦先生做的虾，对虾正适合四月吃。”

秦风愣了愣。

余乐调皮地点评：“灾难现场啊……”

纪煦端起杯子给她侄子灌了一口牛奶，用行动让他闭嘴，然后对奇怪地看了她一眼的祁知诚干笑了两声。

没一会儿，叶长乐的碗就被这两个人填成了小山，看到这场面，任谁都会觉得这二位是在为了叶长乐而争风吃醋。

只有叶长乐自己呆呆的，她不明白，祁明信之前还死皮赖脸地要找秦风合作，如今两人成功合作了，为什么反而搞得像仇人一样？

他俩吵架了？

所以她是被殃及的池鱼？

纪煦看向祁知诚，用目光暗示他——你看，你弟弟都开窍了，知道给喜欢的姑娘夹菜了，你是不是也应该对我有所表示？

祁知诚疑惑地和她对视片刻，似乎明白了什么，他挽了挽袖子，从手腕到手指都好看得让纪煦窒息，然后舀了一碗猪肚汤，在纪煦充满期待的目光的注视下，放到了叶长乐的面前……

余乐正咬着一颗腰果，见状没忍住幸灾乐祸地笑了，结果乐极生悲，被腰果卡住了，顿时憋得脸都紫了。

“余乐！你怎么了？”纪煦慌了。

祁知诚下意识地要拍余乐的背，叶长乐连忙说："祁总，别拍他！"

叶长乐跑过去，从后面抱住了余乐，手法非常专业地压迫余乐的腹部，余乐很快"噗"的一声吐出了腰果，咳嗽起来，大口大口地喘气。

众人都松了一口气，叶长乐放开余乐，纪煦连忙抱住了他，说道："我的小祖宗，你没事儿吧？你吓死我了。"

余乐咳得小脸通红，揉了揉咳出来的眼泪，说道："我错了，小姑姑，我就不该嘲笑你。"

一旁的秦风轻轻地开口："长乐，你好专业，要不是知道你在保险公司上班，我还以为你是医生呢。或者你家里人是医生吗？"

叶长乐僵了僵，纪煦立刻插嘴："秦老师，她就是生活常识多一点儿，这也能算医生？我还会人工呼吸呢！"

莫名觉得被嘲讽的祁明信："咯咯咯……"

叶长乐的脸色不太好看，勉强说："我怕余乐伤到了喉咙，纪煦你还是赶紧带他去医院看看吧。"

祁知诚立刻说："我开车送你们。"

纪煦抱起余乐，三个人先走了。

秦风的表情很不对劲，他说："我忘了我晚上还有事情，也先走了。"

叶长乐的心里也非常乱，所以没有注意到秦风的异样，她点了点头："我也没什么心情了，下次再请你们吃饭吧。"

她送两人来到门口，祁明信不太放心地问："叶长乐，你没事吧？"

他抬手摸了摸她的额头，说："你的脸色不太好看。"

"我没事，就是担心余乐。"叶长乐勉强露出笑容来。

"那我先走了。"

"嗯。"

三个人中，有两个各怀心事，还有一个不明所以只顾担心，所以没有人注意到楼上楼梯的转角黑暗处藏着一个人，正鬼鬼祟祟地举着手机对着三个人拍照……

4.

叶长乐第二天就发烧了，烧得挺厉害，昏昏沉沉的，做着一个又一个被她努力遗忘，却总是时不时跳出来的噩梦。

梦里的母亲被围在科室门口……他们家被泼了油漆，所有人都在骂她的母亲……母亲似乎什么都不在乎的样子……有一天她听到母亲哭了……后来母亲就没了……然后大家就开始骂她……

父亲对她说："笙笙，你走吧，改名换姓走得远远的，好好地快乐地活着，不要回来，哪怕我死的那一天你也不要回来。爸爸没能保护好你妈妈，要是再保护不了你，爸爸就真的活不下去了。"

……

朱明霞听说叶长乐病了，特意拎了水果来看她，说道："我还以为你是铁打的呢，原来你也会生病啊。"

"您老人家是特意来讽刺我的吗？"叶长乐有气无力地问。

"我有那么没良心吗？"朱明霞翻了个白眼，"你呀，太拼了，也该好好休息一下了，这么大个人了，一点儿不知道爱惜自己。"

叶长乐咧嘴笑了。

朱明霞从包里拿出一张单子丢给她："今年公司赏给我的旅游福利，半自由行包住宿包机票的那种，我挑了北海道，让给你去吧。听说北海道那边的樱花能开到五月中旬，这会儿正好是花期，去看看，好好休息一下。"

"那你不去吗？"

"我怎么去，我儿子要高考，我得照顾呢，哪有你单身好，随便浪——"

她顿了顿，觉得这话要是传到祁明信的耳朵里，自己非死即伤，于是立刻改口道："但单身也有单身的不好，你看，你这病了就只能冷冷清清的一个人，要是我，早把我老公使唤得团团转了。"

"经理，你对我太好了，"叶长乐抹着泪，要抱她，"我都想喊你娘了。"

朱明霞嫌弃地躲闪："你给我死远点儿，我比你大不到二十岁，你敢喊一声我掐死你。"

叶长乐不管，抱着她哭得稀里哗啦的。朱明霞僵了僵，叹息一声，拍着她的背，觉得自己真像在拍着自家女儿一样……

5.

叶长乐烧了两天，被朱明霞逼着去医院结结实实扎了两针，养了一周，总算活了过来。

这期间，朱明霞给她办好了签证，买好了机票，订好了住宿，第八天她就拖着行李箱登上了飞机。

要不是确定他们只是个分公司，业务绝对没拓展到国外，叶长乐都要怀疑朱明霞是不是借着旅游的名义把她扔出国谈单了。

然而事实上朱明霞的打算也差不了多少，叶长乐下飞机时，朱明霞正跟周秘书一起喝下午茶，周秘书在确认保险条款。

她捧着脸感慨："异国他乡，漫天樱花，救世主一样的男主角遇到了落难的女主角，啊，太浪漫了……"

周秘书非常认同："朱经理真是太有想法了。"

"哪里哪里，彼此彼此，还得多谢周秘书送我们一家三口的马尔代夫豪华旅游套餐。"

"小事小事，我确定好了，就买这款产品，朱经理帮我投保吧。"

"好嘞！"

第十二章

时刻谨记，不要对祁副总动不该有的心思

1.

北海道微凉的风迎面吹来，几棵樱花树上飘落一些粉白淡红的花瓣，叶长乐按照朱明霞给的电话，联系了酒店人员，接机的大叔很快开车带着她抵达了酒店。

酒店的装修非常有当地风味，环境也非常优雅，虽然是旅游淡季，但因为是樱花怒放的季节，所以自由行的游客还挺多。

前台的日本女孩接过她的护照查询之后，帮叶长乐办理入住，用英语跟她沟通。

叶长乐的英语还行，但对方带着浓浓的当地口音，还说得飞快，她便没仔细听，想着对方说的无非就是入住相关的事情，所以也没有在意。

前台女孩递给她房卡，就有人来帮忙运送行李，叶长乐上电梯时，另一边的电梯正好打开了，祁明信和几个西装革履的人一起走了出来，恍然觉得看见了叶长乐。

他怔了怔，待要细看时，那边的电梯门已经合上了。

“老板，怎么了？”其中一个人用带着浓浓的当地口音的中文询问。

祁明信笑了笑：“没什么。”

他想：“得快点儿搞定这边的事情，赶紧回国了……”

“走吧，不要让甲方久等了。”

“老板，这边请。”

一行人离开酒店，上了等待在门口的车。

服务员指引叶长乐来到她的房间，叶长乐目瞪口呆地发现，朱明霞居然给她订了一间堪称豪华的套房，她看了看手里的房卡，再看了看房间，确定没有错。

“公司对管理人员也太大方了吧，套房都给报销啊？”

酒店的人已经将她的行李放在了房间，服务员礼貌地向她介绍了周围的特色美食，以及可以乘坐的交通工具后，离开了房间。

叶长乐给朱明霞发微信，问她是不是订错了房间，如果没有订错房间的话，她是不是发现了老板什么不可描述的秘密，所以才能让老板如此大方，连这么豪华的套房费用都给报销，并询问这个秘密能不能也告诉自己一下。

朱明霞简单扼要地回了她一个字：“滚。”

叶长乐滚到两米宽的大床上笑得弯成了一只虾子，在套房里滚了一圈，她换上厚实一点儿的衣服，拿起刚刚服务员给她的旅游地图，准备先到附近走一圈。

北海道的四月底比青城要冷得多，天快黑的时候尤其凉，叶长乐逛了两条街，吃到了各种当地特色美食，一直逛到很晚才回酒店。

这个点儿酒店来来往往的人已经不多了，叶长乐乘坐电梯上了十八楼，刚下电梯，她就和正拿着房卡开门的祁明信四目相对。

异国他乡遇到同胞，还是认识的同胞，本来应该是一件值得开心的事情，但对象是祁明信……叶长乐就有点儿慌了。

祁明信揉了揉眼睛，喃喃自语：“不至于吧？”思念得都产生幻觉了吗？

叶长乐想起来了，祁明信说过他要来日本出差，但没想到他也来了这个地方，这得是怎样的缘分才能让他们有这样的偶遇啊？

她傻乎乎地抬起手打招呼：“嗨。”

“叶长乐，真的是你啊？”祁明信惊呆了。

叶长乐心想：是啊，见鬼了，真巧啊。

“原来你在北海道出差啊？是忙到现在吗？”她问。

“嗯，刚开完会，”祁明信的表情有些古怪，问道，“你怎么会在这里？”

他看着叶长乐拿出房卡，刷开了他隔壁的房门，张了张嘴心想，她得是有多想见他，才会追到日本来了啊？

叶长乐生怕他误会，连忙解释：“公司福利，我是来旅游的，没想到你也在这儿出差，还住在这家酒店，真是太巧了。”

祁明信不说话，心想：真巧，巧到我来北海道出差，你就来北海道旅游，北海道这么大，酒店这么多，酒店的房间也这么多，我住在这里，你就恰好住我隔壁……也不知道你费了多大力气才打听到这些的。

他忽然想到她的钱都被她姑姑要走了，统共那么点儿工资，还给他买了块手表，这机票费住宿费再加餐费的……她不会因此还负债了吧？

叶长乐被他盯得怕怕的，忍不住开口说：“那个，我真的是来旅游的，你放心，你在日本做你的事情，我玩我的，你要是怕我打扰到你，你就当没看见我好了。”

叶长乐准备进去，结果祁明信喊住她：“你等一下，叶长乐。”

“啊？”叶长乐怕极了，他不会想多了，又怀疑她觊觎他了吧？

祁明信顿了顿，说：“我这边的套房有三个房间，我和刘昊一人一间，正好还空一间，要不你也住过来？”

叶长乐呆了呆：“啊？”

祁明信解释：“省得浪费。”

“我的住宿是公司安排好的，全包半自由行，退不了。”

祁明信暗暗道：哪个公司的福利待遇会这么好，给非领导层的员工旅游福利订套房？

“你不用跟我客气。”他不由分说地拉着叶长乐下楼。

叶长乐被他拉进电梯，还试图给他解释情况，但祁明信不听，带着她来前台。祁明信指着叶长乐说：“她和我一起住，麻烦帮忙办理一下手续。”

前台认识祁明信，立刻说：“好的，祁先生，请这位女士出示一下护照和房卡。”

祁明信示意叶长乐：“护照和房卡给我。”

叶长乐无奈地递过去护照和房卡。前台查询之后，对叶长乐说：“叶小姐，查询到您预订了今天晚上到明天早上共计一晚的住宿，因为您已经办理了入住，所以无法给您办理退费。”

叶长乐目瞪口呆。

朱经理只给她订了一晚上的住宿？说好的公司福利全包半自由行呢？

这位大姐给她订的回国机票可是N天后的啊！

她呆呆地看向祁明信：“我要是说，我不知道公司那边只给我订了一晚上的住宿，你信吗？”

前台没听懂她说的中文是什么意思，但看懂了她的表情，疑惑地用英语问：“叶小姐，在您办理入住的时候，我有跟您确认过预订的日期和预订的房间，是有什么疑问吗？”

叶长乐垂死挣扎，颤巍巍地补充道：“我要是说，我英语不是特别好，我当时真的没仔细听前台跟我说的这些话，你信吗？”

“嗯，信，”祁明信忽然抬手摸了摸她的头顶，说道，“还好你偶遇了我。”

这个动作其实略有些亲密，叶长乐的心跳都漏了一拍。

但她不敢对他想太多，还很配合地蹭蹭他的手心，恨不得做一只舔狗。她说道：“祁副总，幸好我遇见了你，不然明天我要是没退房就跑出去玩了，以这个套房一晚上的价格……估计我就要在日本卖身抵房费了。”

祁明信让前台给叶长乐拿了一张他房间的房卡，对她说：“明天早上七点我和刘昊就要出去，所以你明天得自己把行李搬来我这边了。”

“好的，谢谢你祁明信。”叶长乐感动得不行，觉得这人真是太好了，她当初见到他时，怎么会觉得这么善良的人不是什么好人呢？

祁明信见她这样，内心五味杂陈。

他想了想，对她说：“哦，对了，这边的合作方送了我许多景点的门票，还有一些餐厅的卡，反正我也没时间去，放着也是浪费，你既然来玩，正好给你吧。明天早上我让刘昊放在客厅茶几上，你自己拿。”

叶长乐目光直勾勾地看着他，像只眼巴巴的小猫。

祁明信怔了怔。

叶长乐：“祁副总，你是救苦救难观世音的化身吧？”

2.

祁明信回房时，刘昊也回来了，正从手提袋里拿出食物，看见他就说：“副总，快来吃东西，这都十二点了，您还没吃晚饭，您这段时间忙得饮食又不规律了，当心犯胃病。”

结果他老板特别无情地对他说：“你以咱们甲方的名义去买一些周边景点的门票，以及一些比较有名的餐厅的餐卡，明天早上放在茶几上。”

刘昊一脸问号。

“老板，您开玩笑的吧，这大半夜的，而且您又没时间玩，不然咱们那位油腻腻的甲方早就给您送一打过来了，哪儿还需要您自己订啊？”

“哦，忘记跟你说了，”祁明信翘起嘴角，说道，“叶长乐就住在隔壁。”

“叶、叶小姐追着您跑日本来了？！”刘昊惊呆了。

“嗯，明天她搬过来和我一起住。”

刘昊：“我懂了，老板。”

隔壁。

叶长乐一回到房间，就给朱明霞发语音：“经理，我做错了什么，你要这么惩罚我？有什么误会是我们在国内不能解决而需要你把我丢到异国他乡解决的？”

朱明霞装模作样地回复她：“干啥，我怎么着你了？”

“您给我订了一间豪华套间，只订了一晚上，但您没告诉我——”

“废话，北海道那么大，景点那么多，我当然只给你订一晚上啦，不然你今天去这里，明天去那里的，还每天都回同一个地方睡觉吗？你会飞啊？”

“重点是您老没有告诉我……”

朱明霞理直气壮地道：“这是常识，常识还需要说吗？”

叶长乐无言以对！

3.

次日，叶长乐睡到自然醒，醒来窗外阳光灿烂，而她神清气爽。

她只拖了个行李箱，所以很轻松地收拾了一番就搬到了隔壁，其中两间房关着门，只有一间开着门，叶长乐了然这是给她留的房间。

刘昊在茶几上放了附近景点的门票，还给她列了一张单子，写明去这些餐厅只需要报 ×× 株式会社的名字就行了。

叶长乐收拾了一下房间，欢天喜地地出去玩了。

不得不说，沾了土豪的光就是不一样，她手里的景点票全是套票，而那些餐厅更是非常地道，食材新鲜，用料讲究，做出来的大餐让叶长乐食指大动。

祁明信和刘昊非常忙，每天早晨她还没有起床，两人就走了，晚上她睡了，两人还没有回来。

不过每天早上叶长乐醒来时，都会在房门上看到一张便笺。

祁明信用非常好看的字体写下留言，告诉她可以去哪些景区看哪些景点，乘坐什么交通工具走哪条路线比较省时，去哪家餐厅重点尝一下哪道菜……

他这么做可以说是很贴心了，搞得叶长乐每天都要做心理建设，警告自己一番。

祁明信每天深夜回来，看到那些贴在房门上的便笺被人取走了，就忍不住弯起了嘴角，心想：“叶长乐每天早上起来看到这些便笺时，一定很动心吧，不知道她有没有明白我也喜欢她……”

叶长乐每天早上在门口看到这些便笺时，确实很动心，但是她控制住了自己，还感动地警告自己：祁副总多好的一个人啊，叶长乐你要时刻谨记，千万不要对他动不该有的心思，让他为难……

靠着祁明信的指点，叶长乐痛快地玩了两天，基本把所有好的景点逛了一遍，美食吃得她都胖了一圈，于是第三天她早早回了酒店，在酒店逛了一圈，泡了个温泉就趴在床上刷手机玩儿了。

祁明信依旧回来得很晚，但比平时早了些，大概十点的样子，叶长乐怕打扰他，本来没打算出房门，但客厅里忽然传来水杯被摔碎的声音，她吓了一跳，赤着脚就跑了出去。

“祁明信，怎么了？”她问。

然后她就看见祁明信弯着腰，似乎很痛苦的样子，一只手撑着餐桌的边沿，一只手按着自己的腹部，艰难地去捡地上的碎玻璃。

听到她的声音，他一时没留神，手指立刻被玻璃碴扎破了，血珠子红豆一样冒了出来，很快又顺着手指滑落下来。

“你别动！”她忙跑出去扶住他，“你怎么了？”

“没事，这段时间没好好吃饭，犯胃病了，被你一吓，痛上添痛而已。”他苍白着唇，额头鼻尖都是细细密密的汗珠子。

叶长乐觉得自己不应该跟一个病人，尤其是一个嘴巴还硬的病人一般见识。

“你有胃药吗？这儿有医药箱吗？”叶长乐扶他坐到沙发上，又抽了几张餐巾纸给他包住了还在流血的伤口。

“有，我房间办公桌下的抽屉里就有。”祁明信指了指其中一间房。

叶长乐点头，拉过他的手掐他的虎口，祁明信疼得“嘶”了一声：“叶长乐，你干吗呢？恩将仇报呢？”

叶长乐连忙解释：“我给你掐虎口，因为这里是万能穴，胃疼时掐上几分钟，效果很不错的，你感觉是不是好点儿了？”

祁明信身子僵了僵，似乎是好了些。

“被害妄想症——你自己掐着虎口，我去找药。”

叶长乐跑进他的房间找到了医药箱和胃药，然后发现保温壶里没有热水，她又忙着烧水。

祁明信胃疼得眉头紧皱，瞥见叶长乐光着脚，忍不住提醒她：“喂，你穿鞋，地上有碎玻璃。”

“你还有精力管我啊？”她问，“你今晚也没有吃饭吗？”

“嗯，没吃。”他轻轻地说，语气听着怪可怜的。

叶长乐给客房服务人员打电话要了清粥和暖宫贴，然后又跑来摸了摸祁明信的额头，扶着他道：“来，去房间躺着。”

祁明信听话地被她扶回房间躺着了。

叶长乐给他盖被子，祁明信的目光就追着她，一眨也不眨。她愣了一下，以为他疼得厉害，下意识地跟在儿科哄小病人时那样抬手摸了摸他的头：“祁小朋友最棒了，一会儿就不疼了。”

祁明信的耳朵红了……

叶长乐毫无所觉，拿双氧水给他手指上的伤口消毒，然后仔细地用创可贴贴住了。她的动作小心翼翼的，像是在对待一件珍贵又脆弱的易碎品。

祁明信的心弦轻轻地颤了一下，又颤了一下。

正好水开了，叶长乐去给他倒了一杯水，放在床头柜上，说道：“等会儿凉了再吃药。”

祁明信点了点头，叶长乐就出去敲刘昊的门。

祁明信吓了一跳，喊：“你这是干什么？”

“刘昊躲在房间里也不知道干什么，我让他出来收拾一下地上的玻璃碴儿，怕等会儿你起来踩到了。”叶长乐解释。

祁明信愣了愣，说：“刘昊这两天比较忙，有时候得通宵，今晚他没回来。”

事实上，“被通宵”的刘昊眼下就在八层的某个房间里，正趴在床上跟周秘书抱怨他老板是多么重色轻员工，从叶长乐住进套房的那天起，他就被他家无情的副总赶了出去，可怜兮兮地去了楼下的单间住……

叶长乐没有怀疑，问：“他不在啊？”

“嗯。”

“那算了，我等会儿收拾吧。”

酒店的服务员摁响了门铃，叶长乐开门接过了自己要的东西，进来就对祁明信说：“把衣服解开。”

祁明信以为自己听错了：“什么？”

“哦，你手伤着的。”

叶长乐伸手拨开他的被子，开始解他西装的扣子。祁明信吓了一跳：“你这么直接的吗？我现在可是个病人。”

叶长乐的脸红了，结结巴巴道：“祁、祁副总，麻烦你的思想纯洁一点儿，我只是想给你贴这个。”

她举起手里的暖宫贴。

“什么东西？”

“大姨妈神器。”

“什么玩意儿？！”祁明信的声调都变了。

“暖胃的。”叶长乐揉了揉耳朵。

祁明信张了张嘴想说话，但叶长乐已经解开了他的衬衫，露出了他白皙的肚皮，他脸一红，她已经给他贴上了大姨妈神器。

等祁明信吃完药又喝了粥之后，叶长乐开始交代：“你好好休息，睡一觉，以后按时吃饭就好了，如果太忙没时间吃，就让刘昊备一点儿不伤胃的干粮……算了，等会儿我来发微信跟他说吧——你把你的手机给我。”

祁明信身上贴的大姨妈神器开始发热了，他又吃了药喝了粥，疼痛稍稍缓和，人便有些虚脱感，显得他现在特别无害，他将手机交了出去，都没问她要干什么。

叶长乐的旧职业病又犯了，特别想摸摸他的头，夸祁小朋友乖，好在她控制住了自己。

她摆弄了一番祁明信的手机，递还给他："我给你设置了闹钟，闹钟响了，你就吃饭，千万别拖，听到了吗？"

"嗯。"他笑着点了点头。

她不知道，其实就算她给他设一百个闹钟都没有用，因为谈正事的时候，所有人的手机都是静音状态……

叶长乐准备出去，祁明信忽然伸手拉住她的胳膊道："你待在这里吧？"

叶长乐愣了愣。

"我的意思是，你的生活常识还挺丰富的，万一半夜我哪里又不舒服了，你还能帮忙。"祁明信咳了咳，解释道。

叶长乐恍然大悟：生病的人是脆弱的，更何况祁明信还是在异国他乡生病，要不是她机缘巧合地蹭了他的房间，今晚刘昊又不在，他说不定就要一个人按着胃疼一夜了。

叶长乐心疼了一下，拍拍他的手，轻轻地说："好，我就待在这儿，你要是哪里不舒服跟我说。"

她窝到了床尾榻上，打了个哈欠，看了看手机，快十二点了。

祁明信垫高了枕头看着她，觉得胃部暖洋洋的，他心里也暖暖的……

他开口和她聊天："叶长乐，你这两天玩得开心吗？"

"开心呀，谢谢你送我的门票，还有那些大餐太好吃了，等你忙完一定要去尝尝。"

"好，"祁明信说，"明天上午结束后，下午我休息，你别跑远，到时候我开车带你去静内町的二十间樱花长廊，那里有一条长达七公里的樱花道。"

"你好不容易休息，还是别乱跑了吧？樱花我在公园看了很多了。"叶长乐靠着靠枕，眼皮儿有些打架。

祁明信此刻的声音太低醇了，对她来说，效果无异于催眠。

"北海道的樱花是日本花期比较晚的樱花，而静内町有北海道最漂亮的樱花，错过就要等明年了，我也想去看看。"

“那好，明天一起出去玩……”她含糊地说完，闭上了眼睛。

浅浅的呼吸声传来，叶长乐睡着了。

祁明信静静地数了一会儿她的呼吸，确定她睡熟了，才蹑手蹑脚地起身，拿起一旁的毛毯给她盖上。

叶长乐动了动，下颌碰到他的手，小猫一样蹭了蹭。

祁明信觉得内心深处像是被什么东西轻轻地挠了一下，瞬间柔软得一塌糊涂……

第十三章

我都被你追到手了，你却告诉我你压根没追我？

1.

因为和祁明信约了下午去看樱花，所以叶长乐在酒店吃了午餐之后，就早早地回房间等着他了。

祁明信快两点的时候发消息让她下楼，然后开车带她抵达静内町的二十间樱花长廊。

正是樱花开得最繁盛的时候，一眼望去，樱花长廊仿佛没有尽头，连着碧空一线，风一吹，漫天都是飘落的樱花，祁明信打开敞篷，北海道五月的风立刻夹带着粉白的花瓣，随着阳光一起扑面而来！

“祁明信，太美啦！”

叶长乐被惊艳到了，毫无形象地大喊大叫。

道路两旁都是来赏花的游客，还有不断从他们身侧经过的车辆，可祁明信的眼里只有她，那个笑得比阳光还要灿烂，快活得像个大傻子一样的叶长乐。

祁明信带着她兜了一圈风，樱花花瓣落了一头一身，他把车停在一处樱花开得最繁茂，游客还不多的草地上。

叶长乐拍了一路的樱花，心满意足，觉得之前看到的那些樱花都不如这里的好看。

她举着手机自拍，只恨忘记带自拍杆，手短脸大，拍不到全身，见祁明信站在不远处的花树下，树影斑驳，而他长身玉立，盛世美颜让人惊艳，偶尔有落英飘在他的肩头，美得就像梦境。

她没忍住，偷偷对着他拍了一张，结果不知道相机的声音什么时候自己开了，“咔嚓”一声特别响亮。

祁明信看向她：“在拍我？”

叶长乐讪笑：“试个滤镜，我这就——”

“删”字还没出口，祁明信就扶着腕上她送的手表摆了个姿势，笑道：“别把我拍丑了。”

叶长乐给祁明信一连拍了几十张照片，人长得好看就是好，随便拍拍都帅得一塌糊涂，叶长乐顿觉世道不公，有些人不仅可以靠实力吃饭，居然还可以靠颜值吃饭，让他们这些凡人如何生存？

祁明信拿出手机道：“来，我也给你拍几张。”

叶长乐立刻像所有被拍照的女生一样，啰里啰唆地开始提出一大堆要求，什么不能用原相机，要用美颜 App 啦，什么不能拍正脸，正脸显脸大啦，还要注意拍摄比例，不然拍不出一米八的大长腿……

等拍完叶长乐的照片，天都黑了，周围的游客已经走得差不多了。

风开始变凉，叶长乐抱着祁明信的手机翻照片，笑得眼睛都没有了：“祁明信，你在拍照这件事情上也太有天赋了吧，你把我拍得好好看啊！”

祁明信过来看了看，忍不住发表意见：“我觉得我的拍照技术好不好，取决于拍的对象是谁。”

叶长乐虽然知道对方不是这个意思，但祁明信头一回这么明目张胆地夸她，她还是被撩到了。

祁明信忽然伸手揽过她的肩膀，叶长乐吓得手机都要掉地上了，被他顺手接住。

“你干吗？”她身子僵硬得不敢动。

祁明信站在她的后面，两条胳膊自她身侧伸到前面，举起手机道：“合个影吧。”

叶长乐暗骂自己怎么老是想太多。

然而她的后背就靠着他的胸膛，他这么环着她，面对这么亲密的姿势，她还是忍不住心跳加速，没出息地紧张了。

她十分配合地摆出姿势，留下两人的合照，然后看了看天，说：“太晚了，你胃不好，不能饿着，我们找个地方去吃晚饭吧，我请你。”

祁明信还从身后环着她没动，叶长乐再不敢想太多，正要拿开他的手，他却捉住她的手腕，说：“你别动。”

“怎么了？”叶长乐蒙了，果然一动也不敢动。

祁明信腾出一只手，也不知道在身后做了什么，然后叶长乐看到那只手重新伸到她的面前，将一条手链戴在了她的手腕上，四叶草形状的图案在落日微光里泛出温柔的光泽……

叶长乐的呼吸滞了滞。

“礼尚往来吗？”她还在想借口。

身后的人却直白地问她：“叶长乐，你暗恋我，对吧？”

“我没有！”叶长乐吓得魂都要掉了，她只是对他心动过几次，谈不上暗恋啊！

“你想追我这件事情，其实我早就知道了。”

“我没有，我发誓。”叶长乐吓死了，连忙推开他的胳膊，回身竭力解释，“祁明信，你相信我，我从来没有想过追你——”

话音未落，他忽然抬手揽过她的腰，俯身吻住了她……

空气中浮动着若有若无的花香，风过花落，有一片花瓣落在叶长乐羞红的脸上，那感觉是微凉的。而祁明信的气息是灼热的，不同于以往的浅尝辄止，他紧贴着她攻城略地，她无力招架，双手紧紧攥着他胸前的衣服，理智几乎被劫掠无余……

许久许久，他终于放过了她，看着她面红耳赤、目光呆滞的样子，他的眼中蕴藏了笑意："有件事情我一直都没有告诉你，所以才让你畏首畏尾，不敢承认。"

叶长乐的眼珠子动了动，身子僵硬地看向他，结结巴巴道："什，什么？"

"我也喜欢你。"

空气一时安静。

夜幕不知何时降临，星辰下的樱花还在无声地飘落，花瓣在夜色下散发出幽幽的淡紫色，不时落在两人的身上。

叶长乐仿佛听到了熟悉的心跳声，"咚，咚咚，咚咚咚"，又开始加速了……这是心动的感觉。

她傻子一样重复："你喜欢我？"

这怎么可能？他不是最担心人家对他有非分之想的吗？

是她幻听了，还是他又在试探她？

祁明信耐心地说："所以你不用暗恋我了，叶长乐，我被你追到手了。"

她不知道该说什么，脑子里乱糟糟的，脱口而出的话是："可，可我真的没有想过要追你啊！"

祁明信的表情瞬间变得很滑稽："你是认真的吗？"

叶长乐犹犹豫豫地点了点头。

祁明信问："那你为什么要追着我来日本？"

"我，我不是追着你来的，公司给了朱经理一个旅游福利，朱经理的儿子要高考她没时间，看我病了一场，觉得我太累了，她就让我来放松一下。"

"那，你让我早点儿回国呢？"

"IG 的单子你还没给我签……"

"所以你请我去情侣餐厅吃饭，真的只是因为纪煦在那里，你不去问朱经理要回 IG 的单子，也是真心觉得她比你专业，你送我手表——"

“是为了感谢你帮了我那么多的忙……”叶长乐的声音低了下来。

场面一度十分尴尬。

祁副总的表情非常精彩。

叶长乐很无措，话题怎么就朝着不可挽回的方向继续了？

两人面面相觑，谁都没说话，以“敌不动我不动”的架势僵持住了，好在僵持的时间也没持续多久，祁明信的手机忽然响了，他立刻拿出手机跑开了。

叶长乐杵在原地，如在梦中——哪怕是纪煦跑来跟她说其实她一直爱的是她，她都觉得比祁明信跟她说喜欢她的可能性要大啊……

这完全就是比火星撞地球还要不可能发生的事情啊！

2.

给祁明信打电话的是刘昊，他跟他汇报完工作上的事情，这小助理就哪壶不开提哪壶地揶揄自家老板：“您现在是不是已经跟叶小姐花前月下，私订终身了？”

“没有。”

“没有？您没好意思开口吗？不可能啊，您也不是那么矜持的人啊。”刘昊一头雾水。

祁明信沉默了一会儿，说：“我搞错了。”

“啊？”

“她压根没在追我，是我想多了。”

这真是听着就觉得太惨了。

刘昊艰难地安慰自家老板：“没关系，经验证明，初恋都这样，没几个能成的——”

祁明信打断他：“虽然她这么说，但我不信她不喜欢我。”

刘昊小心翼翼地暗示他：“这又是您的判断？”

祁明信自然也想到了之前关于叶长乐暗恋他的判断，他咳了一声，说道：“上次是意外，这次我确定。”

“老板，我知道告白被拒绝了您肯定觉得特丢脸，您放心，我不会嘲笑您的，您想开点儿，大不了我再给您安排相亲，天涯无处不桃花，何必单恋一片叶？”

“我不会单恋很久的，我一定会追到她的。”

刘昊无力地呻吟：“不是老板，您的重点搞错了……”

祁明信说：“你要帮我。”

3.

好一会儿，祁明信才回到叶长乐的面前。

叶长乐讪讪的。

祁明信顿了顿，问：“怎么办？”

“啊？”叶长乐傻了眼，她怎么知道怎么办？

她下意识地去取腕上的手链，说道：“要不，要不我先把这个还给你？”

“可我还亲了你。”

“没，没关系，反正，反正之前我也亲过你几次，就，就当还给你了。”叶长乐说话已经不过脑子了。

祁明信顺着她的话道：“啊，还能这么算，那这么说，你还欠我一次。”

叶长乐不解地说：“怎么可能？”

祁副总大方地说：“手链你就别还了，反正我又没有别的女孩子可以送，我饿了，要不你请我吃个饭呗？”

“好，好啊，我请你吃螃蟹吧？”

“嗯，那先去吃饭吧。”

4.

吃完饭，祁明信也不急着走。

他说：“叶长乐，虽然知道这是个误会，但我还是要再提一下关于你暗恋我的这个事情。”

叶长乐："嗯？"

"是这样的，我跟刘昊说了你在追我，也说了今天我要跟你挑明的事情，要是他知道一切都是我想多了，他一定会幸灾乐祸，还会私底下把这件事情告诉所有人。到时候，我不仅会成为整个公司的笑柄，还会被之前跟我相亲的那些人嘲笑，祁知诚也会继续逼着我去跟不喜欢的人相亲。"

叶长乐愣住了："听着就好惨啊……"

祁明信点了点头："我太惨了，这一定是我这辈子所能遇到的最惨的事情。"

"对、对不起。"叶长乐不知道自己为什么要道歉，但就是莫名产生了罪恶感。

"叶长乐，你能不能帮我个忙？"

"什么？"

"你能不能假装我今天表白成功了，然后做我的女朋友？"祁明信问。

叶长乐愕然："这、这不太好吧？"

"我一直觉得我不会喜欢上任何人，结果你这一系列的行为让我误会了，我还心动了，我还喜欢上了你，可你居然对我完全不是那个意思……你一定不知道你对我造成了怎样的伤害吧？"祁明信问。

以前被异性多看一眼，他都觉得对方在犯罪，他能喜欢上一个人已经是奇迹了，结果居然发现是自作多情……

叶长乐愧疚地低下头，果然是对他很大的伤害啊……

"没关系，如果你感到为难就算了，毕竟我这么喜欢你，肯定事事要替你设身处地想一想，你不答应做我的女朋友也可以理解。"

叶长乐的脸红了。

祁明信叹了一口气："只是我现在的状态特别差，可能会严重地影响到我的工作，你知道我为什么那么执着地要和秦风签约吗？就是为了日本的这个合作，这是整个 IG 上下的心血，但可能要因为我的私人原因功亏一篑了。"

叶长乐愧疚得头都抬不起来了，觉得自己今天要是拒绝了他，那简直就不配做人！

祁明信苍白着脸，整个人看起来非常受伤。

但他还是善解人意地对她露出勉强的笑：“你千万别自责，都是我自己的问题，谁让你送我一块代表爱意的手表我就想太多呢？谁让你抱着我亲了又亲我就想太多呢？谁让你带我去一下情侣餐厅我就想太多呢？谁让你——”

“停，停，我……我同意了。”叶长乐都结巴了。

她满脸通红，整个人都不好了：“你、你不要再说了，都是我的错，我同意了。”

祁明信差点儿没忍住笑。

“可这样的话，你不会觉得很为难吗？”祁明信还怪不好意思的。

“我没关系，我就是在大街上裸奔上了社会头条，热度估计都撑不过十分钟，还是你的面子比较重要，尤其你还有这么重要的工作不能分心，放心，我可以的。”叶长乐连忙安慰他。

这个比喻真的是……一言难尽啊。

祁明信咳了咳，努力维持住表情，露出一抹脆弱的笑：“那从现在开始，你就是我的女朋友了。”

这话听着好像哪里不对劲，但叶长乐已经没心思想太多了，她的脸红得更厉害了。

“那我们回去吧。”

叶长乐点点头，站起身，走到门口时，祁明信很自然地牵住了她的手，叶长乐身子僵了僵，看向他。

他解释：“既然你是我的女朋友，这些接触肯定是免不了的，你得适应，万一在刘昊面前你也像现在这个反应，他肯定会觉得很奇怪。”

“也对，你说得有道理。”

于是两人就手牵手地回去了。

5.

一推开门，叶长乐就被迎面而来的礼花爆了一脑袋，吓得大叫一声，本能地一头扎进祁明信的怀里，紧紧地抱住了他。

祁明信差点儿大笑出声，他护着她的脑袋故作生气地呵斥：“刘昊，你干什么呢？”

刘昊心里苦，但他不能说。

他夸张地大笑：“当然是恭喜老板跟老板娘白头偕老，永结同心，相亲相爱啊！”

叶长乐腹诽：这都是什么鬼话？

祁明信都不知道说什么好了，张了张嘴：“你……你……”

他半天“你”不出个句子来。

刘昊戏精附体，臭不要脸地道：“二位要不要亲一个庆祝一下？”

祁明信的脸都黑了：“你再胡言乱语，我就扣你年终奖。”

刘昊立马闭嘴了，整个人都清醒了。

“我就是太激动，太激动了。”刘昊挠了挠后脑勺，说道，“我不闹了不闹了，你们进来吧——对了，副总，您邮箱一个劲儿在响。”

叶长乐从祁明信的怀里钻出来，面红耳赤的，都不敢看他的眼睛。

祁明信咳了咳，说道：“先进来吧。”

进了门，祁明信去房间拿来电脑，坐下来开始回复邮件。

刘昊叫住想回房的叶长乐，递给她一杯水，问道：“你真的暗恋我老板吗？”

叶长乐认真地点头：“对，我早就喜欢他了。”

“你喜欢他什么啊？”

“长得好看，善良，细心，助人为乐，工作态度严谨，能力强，对了，还会做好吃的……”叶长乐如数家珍。

刘昊听得目瞪口呆——他怎么就没发现自家老板除了那张脸，居然还有这么多优良品质呢？

他满心都是对叶长乐的同情，心想：虽然你的演技非常好，但其实我和我的老板也是在演戏，可惜我老板捏着我的年终奖，所以我只能昧着良心助纣为虐了。

他继续问："那你是从什么时候开始喜欢我们副总的啊？"

叶长乐看了一眼不远处的祁明信，祁明信正在聚精会神地工作，仿佛没有听到他们的对话。

她想了想，说："我也不太清楚，可能是他在刘小姐面前鼓励我说出真相证明自己的时候，也可能是他在蒋科面前替我做证，让蒋科给我父母道歉的时候……"

叶长乐越说越动容。

当年母亲出事的时候，没有人听他们说，就算说了别人也都不信，因为可以做证的那个人自始至终没有站出来……

所以后来她就不说了，她总是在躲，想着时间久了，无论什么总归都会被人遗忘，真相说不说又有什么重要的呢？反正也没人在乎。

可是祁明信让她发现，或许她不应该这么悲观……

那天他一路牵着她走出来，不顾周遭所有人的目光，她心中的某颗种子就悄悄地生根发芽了，她开始以为她只是感激他，但后来发生了一系列的巧合，他以为她暗恋他在追他，并因此动了心，其实她也开始不断地对他心动，只是一直在告诫自己不可以对他有非分之想。

"直到今天，他站在静内町的樱花长廊下跟我说，他也喜欢我……"叶长乐说着忽然顿住了。

她似乎这会儿才算彻底反应过来，目光复杂地看向不远处的祁明信：他喜欢她，她也对他很心动，所以她到底为什么要假装是他的女朋友？

不远处的祁明信看起来面色无波，但内心早已起了波澜，他想："这丫头也太敬业了，说个谎都这么逼真，说得他差点儿都要以为是真的了……"

刘昊听得愣愣的，窥着叶长乐的表情，心中暗自道："这真的是在配合我老板演戏吗？我怎么感觉是真情流露，有感而发呢？"

他偷偷看了还在装矜持的老板一眼，心想："搞不好这回副总的判断真的没毛病……"

刘昊跳起来说："副总，我太羡慕您了，啊，我要被虐死了，我心满意足了，我去给祁总还有周秘书汇报去，让他们别再给您安排相亲对象。"

他跑进了房间，又探出半个身体，特别欠揍地问："副总，我要不要去楼下重新开个房间啊？我在这儿会不会打扰到你们两个的幸福生活啊？"

叶长乐的脸顿时就红了。

祁明信狠狠地瞪了他一眼，刘昊觉得总算是报复了一点儿回来，见好就收，"砰"的一声关上了房门——为了"套路"叶长乐，重色轻员工的祁副总又把刘昊叫了回来……

客厅里只剩下叶长乐和祁明信。

叶长乐站起身说："祁明信，你也早点儿休息，别太晚了。"

"好，听你的，等会儿就睡。"祁明信看着她的眼中带着淡淡的笑，仿佛在暗示她什么。

叶长乐觉得自己的脸更红了，她连忙移开目光，丢下一句"晚安"落荒而逃，"砰"的一声关上了房门。

她紧紧地贴着门，心脏剧烈地跳动着，她按着心口的位置，无声地跺脚：叶长乐，你太没出息了，太没出息了……

房门被礼貌地轻轻敲响了三下，祁明信嗓音非常好听地唤她："小叶。"

叶长乐的心脏差点儿直接从嗓子眼里跳出来，她结结巴巴，声调都变了："啊？"

"有句话我还没来得及跟你说。"

"什、什么？"

"晚安。"

虽然只有简单的两个字，但叶长乐彻底宕机了……

6.

叶长乐在床上辗转反侧睡不着，白痴一样，一会儿傻笑，一会儿哀号，满脑子都是祁明信。

那可是祁明信啊，只谈利益不谈感情的祁明信啊……

她对这个男人心动时，每天都要告诉自己一百遍没希望，结果他却说他也喜欢她……

叶长乐将手腕举起，四叶草的手链晃晃悠悠，她想起了当时他给她戴上时的场景……

心跳的速度居高不下，她实在没有办法了，拿出手机看了看时间，还不到十二点，于是她给纪煦打视频电话。

“哟，小妞儿在日本玩得都不知道姓什么了，还记得打电话慰问一下我呀？”纪煦正在做晚间护理，不停地拍自己的脸，跟在自虐似的。

叶长乐说：“纪煦，我在日本遇到祁明信了。”

“啊？你遇到祁明信了？祁明信也在北海道？”

纪煦同情地说：“你也太倒霉了，都逃到国外了还能遇到他。哎，不对呀，你都能遇到祁明信这个煞星了，秦风也在日本呀，你居然不知道吗？”

“不知道，怎么了？”

“他最近没联系你吗？就算他没联系你，你都不刷热搜的吗？”

“他一个大明星，又那么忙，闲着没事天天联系我干什么？热搜我也没刷到过，不过这个不重要。”

“怎么不重要？”纪煦恨铁不成钢地道，“你不是喜欢他吗？上次我们一起去你家吃饭，我看出来了，他绝对对你有意思。”

“我跟你开玩笑的，我不喜欢他，还有，他也不喜欢我。纪煦，我有话跟你说。”叶长乐极力想把话题拉回来。

“你不相信我的眼力？”纪煦完全不打算跟着她的思路走。

叶长乐只好回答她：“首先，他身边美女如云，环肥燕瘦，他喜欢什么样的没有非要挑我？其次，就算我俩互相喜欢，他老板也一定会第一个跳出来用金钱砸死我，哦，搞不好这次连钱都不给了。最后，他的爱慕者们一定会群起而手撕了我。生命诚可贵，我会想不开？”

“你确定你不喜欢秦风？可是人家喜欢你啊。”

“你别看谁都好像喜欢我的样子。”

“你别看谁都好像不喜欢你的样子，傻子，你不信我，总有一天你会被疯狂打脸的。”

“如果有那么一天，我一定会快刀斩乱麻。”

纪煦被撑得居然无言以对了，她愣了老半天，问：“那你打视频电话给我，想说什么？”

叶长乐憋了半天，声若蚊蚋道：“他说他喜欢我。”

“谁？”纪煦惊了，“你被岛国哪个小王八蛋勾搭上了？”

叶长乐急了：“你才被小王八蛋勾搭上了，是……是祁明信！”

纪煦终于停止拍脸自虐了，面无表情地问：“所以你的意思是？”

“我……也喜欢他。”

空气中有片刻的死寂。

纪煦难以置信：“你说什么？！”

叶长乐吓得连忙看向门口，也不知道这房间的隔音效果有没有好到足以抵挡得住纪煦的河东狮吼。

纪煦语气得语无伦次：“叶长乐，你上次是怎么跟我发誓的？你说你对他没心思，绝对没有！结果呢？祁明信当时在西餐厅跟我说你暗恋他，他还承认喜欢你，我以为他自作多情，觉得扬眉吐气，搞半天你骗我啊？”

“我没有，那时候我只是觉得没希望……”

叶长乐被她的反应吓蒙了，然后捕捉到了重点，说道：“祁明信在西餐厅的时候就跟你承认他喜欢我？你居然不告诉我？”

“我问你了，你说你对他没心思，我干吗还要告诉你？给你添堵啊？”

“都怪你不告诉我，”叶长乐快要气死了，“你知不知道他今天跟我表白，结果我因为太受惊吓搞砸了？”

纪煦：“啥情况？”

她也不管自己的脸了，抱起手机道：“来来来，不开心的事情跟闺密分享一下，让闺密开心一下。”

叶长乐生无可恋地把事情的经过跟纪煦说了一遍，纪煦听完，沉默了。

“所以你觉得你现在是在假装他的女朋友？”

“啊？什么叫我觉得？”

“叶长乐，我都不知道该说你什么好了，你是不是傻，他这是在套路你。”

“套路我？”叶长乐愣住了。

“我的傻乐儿，按他的意思就是，不管他表白成功还是失败，重点是，你都答应做他的女朋友了，关键你还承认是你先暗恋的他，是你追的他。”

“是假装的——”

等一下！

叶长乐打住了话头，她想起来了，祁明信的原话好像是：你能不能假装我今天表白成功了，然后做我的女朋友？

是假装他表白成功……而不是假装他女朋友……

他说的是：做我的女朋友……

叶长乐愣住。

“反应过来了？”纪煦扶额，说道，“你真是太可怜了，你说你喜欢谁不好，要喜欢祁明信这只奸诈狡猾的狐狸，你没被他拆吃入腹，我都觉得已经是阿弥陀佛了。”

“那，那我怎么办？”

“这就要看你是想报复一下呢，还是迫不及待地想投入那只狐狸的怀里了。”

第十四章

你没有什么是我不喜欢的

1.

隔日，叶长乐因为前一天晚上跟纪煦煲电话粥，起来时都快要中午了。

她洗漱完毕走出房间，发现祁明信又在房门上给她贴了便笺，告诉她，他怕她起晚了赶不上吃早餐，所以已经给她叫了早餐，就放在套房自带的厨房里。

“好你个祁明信，敢套路我，这哪里是对待假女朋友的态度啊？”叶长乐又好气又好笑。

她拿出手机打开微信，发现刘昊非常刻意地发了动态，吐槽合作方的松下会长的女朋友每天都带着午餐去慰问会长，而他们这些单身狗不仅没午饭吃，还要被虐，真是太惨了。

仿佛生怕叶长乐看不见，他一连刷了七八条……

这两人唱双簧，合伙忽悠她呢。

叶长乐退出了朋友圈，自言自语道：“祁明信，套路我，你死定了。”

她给祁明信打电话，特别温柔地问：“小祁，你中午那么忙，是不是又没时间吃午饭？反正我也没事儿，要不我给你送吧？”

祁明信被她的口气和称呼惊到了，愣了半天才反应过来她是在叫他。

他满腹狐疑，但没敢多问，说道：“不会很麻烦吗？”

“怎么会，我想给你送呀。”

祁明信觉得自己的脸红了，这丫头是在撩他吧？

不可能的，她要有这个脑子，还能有之前这一系列的“暗恋”误会吗？

但他很受用，所以他温柔地说：“那好，我给你叫车。”

“好。”

结束通话，祁明信的心情变得非常不错。

松下会长都发现了他的异常，笑着问：“祁先生有什么好事情，看起来这么开心？”

“我女朋友来日本看我了，”祁明信仗着刘昊听不懂日文，厚颜无耻地笑着告诉松下会长，“她很想我。”

松下会长配合地做出一副消受不起的表情，居然说了一句中文：“不要虐狗。”

刘昊惊了：“哇，松下会长原来你会说中文啊？”

松下会长一头雾水地看向翻译，翻译用日文给他解释了一下，他笑着说：“就这一句，我女朋友教我的，说在中国很流行。”

祁明信和刘昊对视了一眼：是啊，这段时间最流行的，可不就是专门虐狗的你跟你女朋友嘛……

十二点的时候，叶长乐抵达目的地，她给祁明信发了消息，然后站在门口等待。

周围有很多员工，他们都在有条不紊按部就班地做着自己的事情，见叶长乐站在门口，便有人忍不住过来询问。但叶长乐听不懂日语，双方鸡同鸭讲了一会儿，叶长乐放弃了，所以完全不知道那个女员工跟她打完招呼之后跑去跟她的同事们说了些什么。

事实上，里面的员工对话如下。

“松下会长的女朋友每天都来给会长送餐，这个中国女孩也拎着饭盒，不会是给那个非常帅气的祁先生送午餐的吧？”

“绝对不可能。”

“为什么？他那么帅，喜欢他的女孩应该很多，听说中国男人非常会疼老婆啊……”

“他是个例外，或者说他简直就是异性绝缘体，裕子那么漂亮的女孩喜欢他，可他连看都不看一眼。”

“啊？”

“三天前，他还对跟他告白的纯子说，希望她能把全部的心思都放在工作上，不要再让他一个中国人来给她纠正日语语法错误了……”

“……这么冷酷的吗？”

“所以绝对没有哪个女孩敢给他送午餐，就算有，他也一定会拒绝。”

没一会儿祁明信就下来了，这下所有的女员工都不由自主地看向了祁明信，就连男员工也看了过去。

对话的两个女员工也花痴地看着他，其中一个说：“虽然每天都在看，但每次看到还是会很心动……”

“他朝门口走去了，他是要出去吗？”

“不对，他，他走向了那个拎着饭盒的女孩！”

“他对那个女孩非常温柔地笑了，还摸了摸她的头。”

“那个女孩牵住了他的手，他居然没有拒绝！”

“他牵着她的手走进来了。”

“他有女朋友，而对象居然不是我……们。”

整个一楼女员工的心脏仿佛都在同一时间停止了跳动，然后在祁明信牵着叶长乐上楼的刹那，碎了。

叶长乐告诉自己，要忽视掉这群给他们行注目礼的“痴男怨女”，这只是一群萝卜头。

好在祁明信很快就带她上了楼，不远处，松下会长正在办公室一边工作一边用餐，而松下会长的女朋友温柔地坐在一边看着他，不时地给他夹菜，周围一片被虐的“狗”，敢怒不敢言。

在看到牵着叶长乐上来的祁明信后，IG的员工们震惊了，嘴巴张成了“O”形，眼珠子都险些脱眶了。

他们那个“注孤生”的祁副总，他们那个自诩神仙颜值，连被妹子多看一眼都要黑脸的祁副总，居然在众目睽睽之下牵着一个妹子，还笑得一脸温柔……

“介绍一下，这是我女朋友，叶长乐。”祁明信淡定地介绍着，仿佛这是一件再正常不过的事情。

“吧嗒。”安仁手里的笔记本电脑直接掉在了地上。

祁明信：“嗯？”

安仁都要哭了：“啊啊啊，我的电脑啊！”

他这么一号，所有人都回过神来，羡慕了，悲愤了，万万没想到，他们有朝一日居然会被祁副总虐，凭什么？

“副总夫人好！”刘昊有眼色地喊道。

“副总夫人好！”悲愤的IG员工们立刻跟着喊。

叶长乐的脸红了：“你们好，大家辛苦了，我给你们带了吃的。”

她将饭盒换了一只手拎着，把手提袋递给了刘昊，刘昊欢呼一声，抱着吃的去给众人分。

祁明信吃醋：“我比他们都辛苦。”

众人一脸无语。

叶长乐将饭盒拎起来晃了晃，笑道：“所以我亲手给你做了午饭呀。”

“你亲手做的？”祁明信愣了一下。

“对呀，尝尝看，”叶长乐问，“你办公室在哪里？”

祁明信的嘴角没控制住，扬了起来，说道：“这边。”

为了方便对接工作，他祁明信和松下会长办公室的电控玻璃幕都是透明状态，眼下他也没有打算关上的意思，任由外面的目光不时地飘进来。

叶长乐将饭盒一层一层地取出来放在办公桌上，看起来色香味俱全，明显是费了心思的。

祁明信脸上的笑意更深了，问道：“这都是你亲手做的？”

“尝尝看呀。”叶长乐笑眯眯地说。

于是祁明信幸福地尝了，然后他的嘴角抽搐了一下。

“好吃吗？”叶长乐看起来小心翼翼的，满怀期待，“我因为老在外面跑业务，很少做饭，所以厨艺不太行，距离上次做饭好像快半年了，也不知道做得好不好吃。”

祁明信：“其实特别——”

叶长乐跟他对视，他噎了噎，知道如果得罪了面前这位，后面的套路恐怕全部得泡汤了……他艰难地露出了笑容：“特别好吃。”

“那就好。”叶长乐笑了。

祁明信刚想放下筷子，她一句话差点儿直接把他打入地狱——“反正你没时间去吃饭，我也没什么事儿，以后我天天给你送餐，不让你犯胃病。”

“天天？！”祁明信失声道。

叶长乐吓了一跳：“怎么了吗？”

“没什么，太感动了。”

“客气客气，为了配合你表演嘛。来，好吃你就多吃点儿。”

祁副总努力稳住了他想要颤抖的手重新拿起筷子，然后故作淡定地开始吃那些要么没放盐，要么煮过头的食物。

在外面的人看来，两人真是蜜里调油，你侬我侬，虐狗无下限，只有祁副总自己知道自己此刻真是有苦不能言。

盯着祁明信吃光了她做的虽然很难吃但确实很有营养的午餐之后，叶长乐才离开。祁明信大概真的被这顿午餐虐到了，她出去时回头看了他一眼，他正陷入沉思中。

叶长乐又给祁明信送了晚餐，他居然很冷静地接了过去，只不过他吃得特别慢，一边吃还一边工作，后来工作太投入，他就忘记吃了。

叶长乐一开始还以为他只是单纯地觉得难以下咽，出于恶作剧的心理，她怎么能容忍他作弊？

她提醒他：“吃完再专心工作，这样效率比较高。”

“嗯，好。”祁明信嘴上答应，目光就没离开过电脑屏幕。

叶长乐提醒了两三次之后，渐渐失去了耐心，她拿过筷子，夹了菜喂到他的嘴边。祁明信顿了顿，看了她一眼，目光有些古怪。

叶长乐温柔地微笑：“看你没空吃饭，我就帮帮忙。”

“那辛苦你了，女朋友。”祁明信的目光仿佛沁了蜜，口气也温柔得一塌糊涂。

他就这么直勾勾地盯着她，乖乖地含住了她递来的菜……

不知道为什么，叶长乐就是没骨气地脸红了。

祁明信笑着咀嚼，看那表情，让叶长乐怀疑自己做的不是巨难吃的营养餐，而是色香味俱全的大餐。

她硬着头皮喂祁明信吃饭，一开始还没有觉得哪里不对劲，但很快玻璃隔间外面的视线纷纷投了过来，她填满糨糊一样的脑子才终于开了窍。

这个……腹黑的祁明信！

等祁明信吃完饭，她收拾饭盒出来时，才知道祁明信还摆了她一道。

松下会长的女朋友也正好出来，众目睽睽之下，她抱了抱她的男朋友，松下会长吻了吻她的额头，两人用日语简单地交谈了两句，你侬我侬。

所有人都偷偷地看向了叶长乐他们这边。

叶长乐正兀自出神，祁明信已经伸手抱了抱她，温柔地在她耳畔说：“小姑娘，路上慢点儿啊。”说完，还伸手揉了揉她的头发。

叶长乐僵住了，整个人像被从沸水里焯了一下捞起来的，红得通透，这个人居然叫她“小姑娘”？

吃了哑巴亏的叶长乐觉得不能尿，她对他露出笑容：“好，你早点儿回来，我等你。”

周围响起一片起哄的声音，就连松下会长和他女朋友都看了过来。叶长乐红着脸，步伐飞快地溜走了，丢下被撩得一塌糊涂的祁明信站在原地，表情非常精彩。

刘昊不忍直视：“副总真是太没有出息了。”

2.

大约是觉得有利可图，后面几天，祁副总都非常淡定自若地吃下了叶长乐做的饭菜，叶长乐觉得没意思，于是也懒得再整他，菜倒是做得越来越好。

这天，叶长乐照旧给祁明信送了午饭，因为祁明信一如既往一边工作一边慢慢吃，她便坐在他办公室的沙发上刷手机，不知不觉就打了个哈欠，靠在了沙发上。

祁明信将手头的邮件发送完毕时，面前的饭菜已经凉透了。他一看时间，不好，过头了，再一看叶长乐，却发现她不知何时窝在沙发上睡着了……

祁明信的心柔软了一下。他轻手轻脚地过去，将空调的温度往上调了调，又将自己的大衣盖在了她的身上。叶长乐似乎感觉到了动静，微微动了动，眼看脑袋就要滑落，祁明信忙飞快地接住她，自己顺势也坐在了沙发上，吓得心惊肉跳的。

好在叶长乐没有完全清醒，迷迷糊糊地在他身上摸索了一番，下意识地找到了膝盖的位置，将脑袋枕了上去，然后抱着他的腿重新睡着了。

祁明信伸着两条胳膊，不知所措。办公室的隔音效果很好，外面的人在忙碌着，里面却安安静静的，依稀可闻她浅浅的呼吸声。

祁明信动也动不了，又不敢大声喊，只好对外面的刘昊招手，好在那货一直在偷瞟里面，立刻跑过来，也不敢说话，笑得却比说话还要贱。

这货轻手轻脚地给祁明信支了张移动桌，将他的办公物品平移了过来，出去时，还贴心地把办公室电控玻璃幕调成了磨砂面的。

祁明信：这是生怕不会引人遐想是吧？

叶长乐睡了一个多小时才醒，睁开眼睛时，正对着祁明信穿着的白衬衫，她有些蒙，为什么一片白？

她试着伸手摸了一把，触手是暖的，还有线条分明的肌肉感，手感非常不错，好像是……男人的腹肌。

男人的腹肌？！叶长乐僵住了，仿佛就是为了打击她，头顶被她忽视的“噼里啪啦”的敲字声响瞬间停止了。

叶长乐颤巍巍地抬头，正和祁明信垂下的目光对上。

“醒了？”祁明信脸上露出点儿笑意。

“我——”

她还没说完，他就知道她想说什么了，解释道：“你睡着了，我给你盖被子，结果你坐着睡不稳差点儿倒了，我接住了你，然后就成了这样。”

他抬手揉揉她的头发，顺手得不得了，可见她睡着的时候，他绝对不止做一次这个动作。

叶长乐又慌乱又心虚，挣扎着想起身，结果脑袋险些撞到移动桌上。

“小心。”祁明信连忙伸手将她的脑袋往怀里一护，她整张脸都埋进他的怀里……

这该死的春困，害她被祁明信吃足了豆腐！

叶长乐面红耳赤地从祁明信的怀里挣扎出来，摸了摸自己的头发，气势不足地质问：“你……你把我的头发当猫毛顺呢？”

祁明信正愁找不到借口忽悠这傻姑娘，闻言立刻道：“抱歉，以前家里养了只猫，工作的时候它睡在我腿上，我……习惯了。”

叶长乐差点儿被气死，正要呛回去，办公室的门被敲响了。

她立刻闭嘴，站起来躲到了一边。祁明信笑着说：“进来。”

刘昊将门推开一点儿，人不进来，只有声音飘了进来：“副总，秦风在日本参加 MV 拍摄的时候受了伤，他是我们公司的代言人，所以祁总打电话说让你代表 IG 去医院探望他，松下会长也和我们一起去。”

“秦风也在日本？”祁明信有些气。

“严重吗？”叶长乐担心地问。

祁明信立刻看向她："你怎么这么关心他？"

"废话，他受伤了，"叶长乐起身道，"刘昊，秦老师在哪家医院？我跟你们一起去看他。"

"你不许跟我们一起去。"祁明信立刻说。

叶长乐说："行，不跟你一起去，我打电话问秦老师，我自己去。"

"你自己也不许去。"

"凭什么？"叶长乐生气了。

祁明信和她对视，神情居然很受伤，他委屈地说："你是我的女朋友，我去看他还不够吗？为什么你一定要去看别的男人？"

等候在门口的刘昊简直想摔门就跑，他家副总什么时候变得这么不要脸了，居然说得出这么不讲理的话？

但显然叶长乐很吃这一套，她方才还觉得他无理取闹，这会儿就开始反省自己是不是表达得不够好，或者语言组织有问题，所以才让他醋成这样。

叶长乐放软了口气，心平气和地跟祁明信讲道理："我都是你女朋友了，你就要对自己的魅力多点儿信心嘛。秦老师是我和纪煦的朋友，他受了伤，我于情于理都应该去看他呀，哪怕只是认识的人受了伤，这是异国他乡的，我也肯定是要去探望一番的呀，更何况秦老师还是熟人。"

叶长乐都这么说了，祁明信还能说什么？

他心不甘情不愿地对刘昊说："去订机票吧。"

"好的，副总。"刘昊立刻去了。

虽然同意让叶长乐去了，看祁明信整个人看起来还是很不高兴，叶长乐头一回见他这么憋屈的样子，觉得又好笑又心软。

祁明信面无表情地抱起电脑准备往办公桌的方向走，叶长乐叫住他："喂，祁明信。"

他没什么表情地回头，冷不丁地，叶长乐踮起脚亲了亲他的侧脸，动作很轻，如蜻蜓点水，却成功地让祁明信僵在了原地。

叶长乐红着脸，故作镇定地说："我去找刘昊了，他一定不知道我的护照号码。”

直到办公室的门打开又被关上，祁明信还呆立在原地没有动弹。

如果说，她跟他讲道理时自称是他的女朋友是因为刘昊在，她要配合他演戏，那刚刚她亲他这一下……是为了演给谁看？

3.

坐了两个小时的飞机，一行人就抵达了东京。

祁明信不时地看叶长乐，可叶长乐神色自若，仿佛什么都没有发生过，让祁副总憋屈不已——他好想问她怎么办？

可万一她只是一时冲动呢？

一时冲动虽然是个好兆头，但搞不好现在也正是她最后悔的时候，他万一没问好，不仅后面没机会了，估计当场就要一拍两散了。

“再忍忍吧。”他叹了一口气。

抵达医院时，他们竟意外地在门口看到很多的媒体，叶长乐的脸色微变，对祁明信说：“我想去一趟洗手间。”

祁明信点了点头：“你先去。”

叶长乐匆匆忙忙地跑到洗手间，躲进了隔间，她的心在飞速地跳动着，哪怕已经过了这么多年，她也依旧无法直视那些摄影机和记者，深入骨子里的畏惧让她哪怕是多看一眼，都觉得将要窒息。

祁明信并不知道叶长乐的情况，他和松下会长踏进病房时，传说中跟秦风十分不对付的当红小鲜肉姜云正在跟他寒暄。

姜云其实一点儿也不想来看秦风，但这段时间各方面的舆论给了他很大的压力，为了缓和同秦风的关系，破除一些流言，他不得不推了几个通告，买了机票，特意飞来日本探望。两人虚情假意地进行了一番客套，彼此都从对方的眼里看到了嫌弃。

他正跟秦风较劲，结果一回头居然看到了另一个不对付的人——IG 的祁明信，他顿时觉得整个人都不好了。

祁明信看到他倒是挺热情的："这不是姜先生吗？"

姜云只好跟他打招呼："祁副总，好久不见。"

"我倒是经常见到姜先生。"祁明信笑着说。

姜云愣了愣，祁明信又道："世界旅游公司就在IG的对面，姜先生的宣传片我每天上下班时都能看到，拍得非常好。"

这话听着没什么，还客客气气好像是恭维的样子，但谁不知道前一段时间的热搜标题都是些什么玩意……

姜云本就心胸狭窄，这会儿差点儿被气死，他努力在镜头前控制住了表情，还要露出笑容："祁先生真会开玩笑，这段时间我都在拍戏，跑行程，还以为祁先生说的是在片场或者那个活动现场见到我了呢，我还说我怎么没看见您呢。"

他在暗示自己人气很旺，通告很多。

祁明信问秦风："秦影帝，你和姜先生经常出现在同一个剧组或者活动现场吗？"

秦风笑笑："我们去年合作过一部电影，就是祁副总的合作方松下会长参与投资的那部电影。但最近我俩好像还没有机会合作什么作品，不过我非常期待。"

祁明信："那难怪，就算我去给秦老师探班，姜先生你也看不到我。"

姜云快要气死了，祁明信分明就是在暗示他接的都是三流合作团队，比不上秦风是影帝接的都是一流合作团队，而且他和秦风唯一合作的这部电影，他还只是个男三号……

但他还是不能发飙，他今天是来探病的，媒体正拍着呢。

"以后有的是机会，我也非常期待和师兄接下来的合作。"

姜云笑得特别难看，对秦风说："我这边还有事，就先走了师兄。"

秦风和姜云是同期，事实上，他还比秦风先一天到公司，但他来公司第二天就病了，一周后才重新回来接受培训。

他总觉得就是因为自己病了一周，比秦风少学了一周的重点内容，好运气才都到了秦风那里，所以他总是叫秦风“师兄”，仿佛这样就能安慰自己为什么比秦风的步伐要慢那么多了。

秦风温和地说：“好，多谢姜云老师百忙之中还抽空来看我，路上慢点儿。”

“师兄好好休息。”

姜云一戴上口罩和墨镜，隐藏的表情就变得特别愤怒扭曲：等着瞧，我一定会报复回来的……

姜云带着身后一大拨人离开病房，等电梯时，他不经意地回头，却看到了一个意外的身影——那个和秦风、祁明信出现在同一张照片里的女人，叶长乐。

姜云之前被热搜逼得暴跳如雷，于是安排人去跟踪秦风，想拍点儿他的黑料，结果拍到了他和 IG 祁副总一起去叶长乐家的照片。

他打听了一下叶长乐，得到的结果是她和 IG 的祁明信往来甚密，却没有想到她会出现在这里……是跟着祁明信一起来的吗？

姜云盯了她一会儿，直到她小心翼翼地溜进了秦风的病房。

秦风伤得并不严重，他吊着威亚从楼上往下跳时，着力点没找准，摔下来滚了一圈，好在只是皮外伤，但眼下那张脸添了不少青紫，令他的颜值大打折扣。

祁副总脸上的郁气顿扫，还和蔼可亲地对他说：“怎么这么不小心？这脸都不好看了。”

傻子都能听出他语气里的开心，更何况秦风还不是个傻子。

秦风淡淡一笑：“多谢祁副总关心，医生说了，按时上药，半个月不到就会恢复如初的。”

松下会长也在翻译的帮助下跟秦风客套了几句，大家一起拍了照，走完了流程，蒋科就客客气气地接过话头，开始跟他们打官腔。

叶长乐悄悄地问秦风：“你真的伤得不重啊？那为什么要住院，医生说要多久才能出院啊？”

“其实现在就能出院了，但是蒋总不让，非要我多住两天，配合他们的表演，你懂的，炒话题嘛。”秦风有些无奈。

“当明星太不容易了。”叶长乐道。

“对了，长乐，你怎么会跟祁明信在一起？”秦风问。

“我来北海道旅游，祁明信正好也来北海道出差，我们又刚好住在同一家酒店，巧遇了。”叶长乐嘴角不知不觉地扬起了笑意。

秦风怔了怔。

祁明信跟蒋科客套完，一回头就发现叶长乐在跟秦风聊天，他说道：“叶长乐，秦风不舒服，你别跟他说话，打扰他休息。”

秦风立刻回敬：“怎么会，长乐跟我聊天，我特别开心。”

蒋科这才注意到叶长乐，连忙打招呼：“叶小姐好，叶小姐是跟祁副总一起来日本的吗？”

叶长乐还没回答，秦风就笑着说：“长乐是来旅游的，偶遇了祁副总而已。”

他又问叶长乐：“你是听说我受伤了，特意来看我的吧？”

叶长乐还是没能来得及回答，因为祁明信笑着插嘴道：“我来东京看你，把小叶一个人留在北海道也不放心，所以就带她一起来了。”

叶长乐暗道：你个幼稚鬼、柠檬精！

祁明信揽过她的肩膀：“忘了给你介绍了，这是我的女朋友，叶长乐。”

秦风似乎没听明白一样：“女朋友？”

他看向叶长乐，问道：“你，和祁明信在一起了？”

不等叶长乐说话，蒋科立刻说：“啊，二位在一起了？恭喜恭喜，晚上我请客，我请客。”

叶长乐无奈地瞪了祁明信一眼，祁明信眉眼含笑地和她对视，得意扬扬。她翻了个白眼，偷偷掐了他一把。

两人的小动作落在秦风的眼里，他一句话都没有说，脸色却陡然变得惨白，他无声地摁住了心脏的位置……那颗心，怎么可能会爱上别人？怎么可以爱上别人？

4.

晚上，蒋科做东，还请了几个叶长乐不认识的人作陪，于是往来间，酒定然是喝了不少的。

好在有祁明信在，那些人敬的酒都被他挡了下来，等到饭局结束时，他已经醉得有些走不稳了。

蒋科提前叫了车，正忙着扶大家上车，好一起送去酒店。祁明信捏了捏叶长乐的手，悄悄地说："我们溜走吧？"

"你走得动吗？"叶长乐哭笑不得。

趁蒋科没注意，祁明信二话不说拉着叶长乐的手就跑，两人在东京夜晚的大街上迎着晚风跑了半天才停下来。

祁明信靠着电线杆，晕头转向地摆手："不行了不行了，我要吐了。"

他喘了一会儿，厚脸皮地往叶长乐的肩头靠，说道："我跑不动了。"

"活该，放着好好的专车不坐，非要自己走路，现在怎么办？"叶长乐打了他一下。

祁明信躲了躲，捂着被打的肩膀看着她，委屈地道："那车上都是醉鬼，臭气熏天，会熏到你的。"

空气忽然安静下来，只有行道树上的树叶发出"沙沙"的声音。

叶长乐和他对视，清风徐来，他身上的酒气淡淡地扫过她的鼻端，她就仿佛也有些醉了，酡红了脸庞。

"你脸红了。"他提醒她。

若不是语调与表情都非常迷糊，叶长乐都要以为他是在调侃她。

她"嗯"了一声，尴尬地别开脸——她又不能跟个喝醉的酒鬼说什么。

叶长乐伸手去扶他："这儿风大，你别站在这里吹风，当心明天头疼。"

祁明信不动，反握住叶长乐的手将她拉到面前，双手环住了她。叶长乐吓了一跳，本能地挣了挣，祁明信抱得更紧，不松开，说："叶长乐，我有个事儿想问你。"

"你……你问。"她的声音都紧张了。

片刻后。

“算了。”祁明信忽然泄气似的放开她，重新靠到了电线杆子上。

叶长乐一头雾水，说道：“什么了不起的问题，还有你祁明信不敢问的？”

“有，”祁明信郁闷地说，“关于你到底喜不喜欢我这件事情，我一点儿也不敢问。”

夜更深了，东京的夜晚倒是比北海道的夜晚要暖和许多，城市的上空没有几颗星星，霓虹灯下的街道上也没有几个行人。

叶长乐听到自己的声音，梦游一样地说：“其实我也有个问题想问你。”

“你问。”

“你到底……喜欢我什么啊？”

祁明信和她对视，她有些紧张。

“你问错了问题。”他说。

“啊？”

“你应该问我不喜欢你什么。”

祁明信露出有些傻气的笑：“那我就会告诉你，你没有什么是我不喜欢的。”

祁明信醉得不轻，靠着电线杆子的头微微垂了垂，长长的睫毛便遮住了眼眸。霓虹灯将他的五官笼罩出一层不真实的朦胧感，如染了红尘的谪仙，令她心神摇荡。

“祁明信，”叶长乐终于鼓起勇气主动抱住了他的腰，踮起脚在他的耳畔轻轻地说，“其实我也喜欢你。”

5.

祁明信的生物钟非常准，无论前一天晚上应酬到多晚，第二天早上六点五十他都会准时睁开眼睛。

他按了按宿醉之后有些发晕的头，起床，开始一边回忆昨天的主要工作内容，一边洗漱。

等洗漱完毕，准备下楼吃早餐时，他忽然想起了一件非常重要的事情。

昨天晚上，他喝多了……和叶长乐一起走回酒店……回酒店之前，他好像没忍住，问了叶长乐喜不喜欢他……

“完了，想不起来了！”祁明信气得想打人。

这么重要的事情，怎么可以忘记，为什么连昨天遇到姜云和探望秦风这么晦气的事情都没有忘记，却偏偏忘记了最重要的事情？

祁明信去敲叶长乐房间的门，敲了半天也没人来开，他想她可能下楼吃早饭去了，于是又去敲刘昊房间的门，结果这货居然也不在。

祁明信拿出手机给刘昊打电话：“喂，你在哪里？”

“我在送叶小姐去机场的路上啊！”刘昊一头雾水。

“为什么要送叶长乐去机场？”

“老板，叶小姐乘坐的是今天上午从北海道飞回国内的飞机，我就送她来机场了呀。”

“为什么不告诉我？！”祁明信气死了。

“叶小姐说您喝多了，让您多睡会儿，不让我叫醒您。”

“你给我等着。”祁明信挂掉电话，抓起外套就冲了出去。

祁明信飞奔到机场时，叶长乐正在排队值机。刘昊迎上来，就被自家老板拍了后脑勺，他委屈地道：“我以为您知道叶小姐今天回国。”

“知道你个头。”祁明信没好气地道，“你差点儿耽误我的大事。”

“老板，我错了。”刘昊谦虚地认错。

祁明信气喘吁吁地坐了下来，不远处的叶长乐取到登机牌回来，和祁明信打招呼：“你起得好早，我还以为你要睡到中午。”

“我生物钟很准的。”祁明信心不在焉地说，他看着她的脸，满腹心思。

叶长乐“哦”了一声：“那你有点儿敬业，睡不了懒觉。”

祁明信欲言又止。

叶长乐问：“你有事儿？”

“那个，昨天我喝多了，和你一起走路回去的对吧？我记得路上问了你一个问题，那个……你是怎么回答的来着？”祁明信硬着头皮问。

叶长乐：“啊，你昨晚问了我好多问题，你具体指的是哪个？”

祁明信嫌弃地看了一眼身边的刘昊，侧了侧身体，对着叶长乐飞快地比了个“心”，挑了挑眉毛，意思是：你懂了吗？想起来了吗？

叶长乐差点儿没忍住笑出声来。

她假装什么都不懂的样子，疑惑地和他对视。

见他一脸憋屈的样子，叶长乐笑了，对刘昊说：“刘助理，你和祁副总也挺忙的，那我就先去安检了，我们回国再见。”

“好，好的。”刘昊不知道该说什么，频频看向自家老板。

然而他家老板一句话不说，就在那儿盯着叶长乐，仿佛靠意念就能让她感受到他的怨气。

刘昊觉得气氛怪尴尬的。

“那，再见。”叶长乐挥挥手，去排队安检了。

刘昊本以为祁明信这回总该要走了，结果祁明信起身，不近不远地跟着叶长乐。

眼看着叶长乐那队的队伍越缩越短，刘昊忍不住开口道：“副总，叶小姐都进了安检了，要不我们先回去？”

祁明信不理他，直到叶长乐进了安检口，他才泄气地转身，这时手机提示有新的消息。

他没精打采地点开——

叶长乐：“我也喜欢你。”

祁明信猛地回身，安检口已经看不到那个人了，而他的心跳越来越快，嘴角的弧度也越来越大。

“哈哈哈……”祁明信跟傻子一样地笑起来。

刘昊吓了一跳，茫然地问：“怎么了？”

祁明信笑得停不下来，周围的人纷纷看过来，有的甚至被他传染，也跟着露出了微笑。

刘昊见鬼一样地看着他："老板，您疯了啊？"

刘昊特别想捂住自家老板的嘴巴，因为他现在的样子实在太丢脸了！

祁明信用力地抱了刘昊一把，吓得刘昊哇哇乱叫。

"通知下去，一周之内必须把所有的事项落实到位，我……"祁明信要很努力才能忍住不笑，说道，"我等不及想回国了。"

刘昊一脸问号。

第十五章

她心跳的频率和我爱的一模一样

1.

叶长乐回国之后就瘫在家里颓废了两天，只觉得出去玩这一趟比谈一天的单子还要累。

纪煦特意找她吃火锅，叶长乐给她带了一大堆各式各样的特产。

纪煦："啧啧，果然谈恋爱了就是不一样啊，都舍得给我买这么贵的海产了。"

"呸，我什么时候对你不舍得了？"

叶长乐咬着牛肉丸心满意足地号叫："还是我大中华的火锅好吃啊！我想死这一口了。"

"哟哟哟，我看你神清气爽，喜笑颜开的，还以为你是人逢喜事精神爽，打算赖在日本不回来了呢，你家祁副总怎么舍得放你回来的？"纪煦的口气带着揶揄。

"小别胜新婚嘛。"叶长乐矜持地说。

“我小看你了是吧，叶长乐，你脸皮还挺厚的啊，这种话都说得出来了？”纪煦挽起袖子，作势要教训她。

“你少来，别以为我不知道，我不在的时候，你天天去撩祁明信的哥哥祁知诚。”叶长乐竖起长长的火锅筷子格挡。

纪煦得意扬扬地露出笑容：“咋的，就准你跟祁明信卿卿我我，不准我和祁知诚谈谈恋爱？”

“呵呵，你先追到祁知诚再说谈恋爱的事情吧。我可是听祁明信说了，他哥哥在工作上反应有多快，在感情这件事情上反应就有多迟钝，姐妹你这次看上的，可能是个劫。”

“我也这么觉得，”纪煦托着腮，一本正经地说，“祁知诚是我迄今为止遇到的所有异性当中，唯一一个让我有冲动想嫁给他的，这明显就是桃花劫啊。”

“哇，万年女流氓要从良了啊？”叶长乐惊呆了，“纪小姐，你还记得当年大明湖畔那个立誓只恋爱不结婚的纪流氓吗？”

“闭嘴，吃你的火锅去。”纪煦夹起一颗牛肉丸塞进叶长乐的嘴里。

“祝你早日结婚，早生贵子。”叶长乐笑嘻嘻地嚼着牛肉丸，含糊说道。

隔日，叶长乐正式开始上班。

叶长乐将从日本带回的特产拎给朱明霞时，朱明霞还假惺惺地问她心情有没有好一点儿，实际上，朱明霞早就从周秘书那里知道，这死丫头已经是祁明信的女朋友了。

“多谢经理赏赐，出去一趟果然收获很多。”叶长乐摆出古人行大礼的姿势。

“滚蛋，少给我来这套，回来了就去给我跑单子，IG的单子你什么时候给我签回来？”

“等祁明信一回来，立刻就签。”

“这还差不多。这儿有个单子是你的，客户说你风评好，指名道姓要你介绍单子，我说你去日本旅游了，她等也要等你回来联系她。”

“是谁啊？”叶长乐拿过资料看了一眼，上面只留了个姓氏和联系方式。

“我也不知道，这个冯女士不肯透露太多，但听话里意思好像还是个大单子，你联系一下，跟人聊聊呗。”

“好的，经理，我爱你，经理。”

“滚滚滚。”朱明霞觉得自己的老脸都快被叶长乐这死丫头说红了。

叶长乐开开心心地去联系冯女士了，冯女士听说她是叶长乐，态度要多客气有多客气，语气要多温柔有多温柔。

叶长乐一脸问号，有种冯女士才是业务员，而自己才是客户的错觉。

不过叶长乐也没有想太多，觉得一定是因为对方素质高，而且还有别的客户给冯女士推荐过她，估计对她的印象挺好，所以才这么客气。也因此，冯女士约她在一家法式餐厅见面时，她虽然觉得奇怪，但依旧没有多想。

晚上六点，叶长乐按照冯女士给的地址准时抵达这家法式餐厅二楼，然而等待她的不是什么冯女士，而是一个男人。

“李……李言承？”

祁明信的死对头，世界旅游公司老总的儿子，李言承？！

叶长乐一头雾水，还以为冯女士搞错了位置，正准备打电话确认一下，李言承就自以为帅气地朝她打了个响指，说道：“叶小姐，冯女士是我的助理，要找你签单子的是我。”

叶长乐二话不说，转身就要走。

“叶小姐，”李言承不紧不慢地跟在她后面说，“你这对待客户的态度可不太对呀，你是业务员，我找你买保险，你怎么能扭头就走呢？你这样我可要投诉你们大州保险公司了。”

“李先生确定找我是要买保险吗？”叶长乐回身问道。

“当然，不然我找你干什么？”李言承回答得义正词严。

叶长乐皱了皱眉，只好坐下来，公事公办地拿出资料道：“李先生，你想买哪方面的保险？医疗？理财？”

“我对理财方面的保险非常感兴趣。”李言承一本正经地说。

叶长乐就从包里拿出一堆宣传单，摆放在桌子上，她这堆东西跟法式餐厅的高雅格调完全不搭，李言承的脸僵了僵。

叶长乐才不管呢，她拿起一张纸，抓起笔就开始给李言承算账：“李先生您请看，这是我们公司新推出的一款理财产品，每年存入一定数量的金额，连续交满五年，第六年开始返现……”

她语速飞快，算得也飞快，写得也飞快，从一年存一万元到一百万元统统给他算了一遍，算得李言承目瞪口呆，如遭雷劈。

这安静的法式餐厅一时之间都是叶长乐算账的声音，其他客人纷纷侧目，对他们投来鄙视的目光。

李言承自诩纵横“花海”多年，就没有搞不定的妹子，但从来没遇到过这个阵仗，一时呆住了。

“李先生，您想每年投入多少资金呢？”叶长乐终于算完了，一脸专业地问道。

李言承艰难地扯了扯嘴角：“叶小姐，你可真会算账啊……”

“那当然，做保险我是专业的嘛。”叶长乐一点儿都不谦虚。

李言承努力抑制自己不露出怀疑的目光：祁明信喜欢的姑娘，到底是个什么妖魔鬼怪？

不可能，祁明信那么挑剔，他喜欢的姑娘，一定有什么特殊的地方。

他重新打起精神，努力让自己冷静一点儿，淡定一点儿，然后说：“叶小姐，其实我买十万也好，一百万也好，都可以，但我现在饿了，你陪我吃顿晚饭，我立刻就跟你签单子。”

“好啊，小李总请客，我却之不恭。”叶长乐也不跟他客气。

李言承终于找到了点儿套路的感觉，连忙帮她把那些东西收拾起来，然后叫服务员点餐。

菜单是法文，配图。

李言承绅士地让叶长乐先点，叶长乐看都不看菜单，对服务员说：“我看不懂法文，你就挑煮熟的那种菜给我上就行。”

点完餐后，两人开始聊天。李言承先是跟叶长乐聊旅游，因为他听大州的人说她才去日本旅游回来。但叶长乐很直白地告诉他，除了公司的旅游福利，她并不了解任何国家的任何高端消费场所。

于是李言承改口跟她聊社交，聊晚会。叶长乐表示自己只是一个普通的保险业务员，不懂这些高雅的东西。

饱受打击的李言承想，也许祁明信喜欢勤俭持家，相夫教子那一款的？

于是他尝试着跟叶长乐聊买菜，聊做饭，聊洗衣，聊拖地……他就差没跟她聊怎么奶孩子了。

结果叶长乐眨了眨眼睛，非常惊讶地说：“啊，原来给孩子喂牛奶之前，要先在手背上试一下温度呀，长知识了。”

李言承不能承受这个打击，终于忍不住开口问：“祁明信到底看上你什么了？”

叶长乐微微一笑，反问：“李先生不是来找我买保险的吗？私人问题我是有权拒绝回答的。”

李言承噎了噎。

叶长乐站起身说：“李言承，你要是真想买保险，我自然认真地给你介绍，但你要是闲着没事做耍我玩，我很忙，没空陪你浪费时间。”

她转身就走，丢下李言承呆呆地坐在位置上。半晌，他恍然道：“我终于知道祁明信喜欢她什么了，就喜欢她这么爽快直接不做作呀！”

2.

叶长乐气冲冲地走出法式餐厅，心说这李言承真是个奇葩，难怪祁明信一遇到他就跟变了个人似的。

面对这种人，她都想揍他一顿了。

祁明信正好这时给她发来了消息，说下周一他就要回国了，并一点儿也不矜持地问她：“你是不是很想我？”

不等叶长乐回复他，他已经自问自答了：“我知道你一定很想我，所以我非常体贴地把我的航班号发给你了，记得来接机。”附图就是他的落地时间。

叶长乐哭笑不得：祁副总的自恋毛病真是一如既往，无药可医。

她能怎么办？

她回复他：“好，下周一我去接机，恭迎祁副总回国。”

祁明信立刻发了个赞赏她的表情，然后臭不要脸地提醒她：“你还欠我一个吻，我一落地就要讨债的。”

叶长乐的脸瞬间红了，这人真的是越来越不要脸了。

她笑着发文字呛回去：“那你亲完以后就没有了，我们就两清了。”

忽然，身后传来摩托车加速的声音，叶长乐下意识地侧身避让，从她身边疾驰而过的“头盔男”居然毫无征兆地伸手抢走了她的手机！

叶长乐呆了呆，还没喊出口，紧随前面那辆摩托车的另一个“头盔男”又抢走了她挂在胳膊上的包包。

叶长乐又呆了呆。

老半天，她身边的路人都忍不住了，替她大喊：“抢劫啊！”

3.

遇到李言承这个灾星的下场就是，她的手机被抢了，她请路人帮忙报警，自己反而被带去派出所录了半天的笔录。

等叶长乐从派出所出来时，天已经很晚了。

现在这个点儿，想买手机肯定是不可能的，想办手机卡更是不可能的，最重要的是，她所有能付钱的东西都被抢了。

她只好准备先回家，然后又发现自己的包也被抢了，她全身上下一毛钱都没有。

叶长乐悲愤地想：她还能更惨一点儿吗？

她靠两条腿愣是走了两个多小时，才走到距离最近的纪煦家。余乐拉开门看到她时，扭头就冲屋里喊：“小姑姑你快来，叶长乐被人打劫了！”

叶长乐心想：这小子神了，这都能知道。

余乐难以置信地打量她：“叶长乐，你看看你这个样子，要不是我的假性近视最近被我小姑姑逼着治好了，我一定会以为你是个怪阿姨。”

叶长乐低头看了看自己的样子，她因为走路太热脱下了外套，挽起了袖子，头发也被风吹得乱七八糟，乍一看，果然很像怪阿姨。

“臭小子，幸灾乐祸，以后别指望我带你去游乐园玩。”叶长乐愤愤不平地闯进门。

“乐儿，你怎么了？”纪煦跑出来，被她的样子吓了一跳，问道，“你这架势，是去参加马拉松了吗？”

“我被人打劫了，只好靠腿走，而我家在外环，我只好来求你收留了。”叶长乐可怜兮兮地说。

“我的天，这年头打劫的人都这么不挑食的吗？你这种穷鬼都有人打劫？明明劫色更赚一点儿啊！”

“是吧？”

叶长乐顿时觉得自己找到了知己，恨恨地道：“那个王八蛋，他是不是瞎啊！他抢的包里除了我的证件，现金不到一百块，还有那部手机，是公司发给我的，充话费满八百八就送的那种。这个王八蛋，我严重怀疑他是隔壁公司那个跟我抢业务的郝美丽派来的，我那个手机和包里最值钱的东西，就是客户的联系方式了。”

叶长乐义愤填膺，简直要气死了。

纪煦愣了愣，也不知道该怎么安慰她。

叶长乐忽然想起来个事儿，说道：“对了，纪煦，你有没有祁明信的联系方式？你帮我跟他说一下，我手机被人抢了，我之前正跟他聊天呢。”

“我没有祁明信的联系方式，”纪煦耸了耸肩，“你知道的，我之前还因为我表妹的事情差点儿跟他打一架，我们两个的关系势同水火，好像没什么可能互相交换联系方式。”

“这都多久之前的事情啦！”叶长乐觉得头疼。

“不过我有祁知诚的联系方式，你要不要让他帮你转达一下？”纪煦笑嘻嘻的，一副不怀好意的样子，显然是想借此勾搭祁知诚。

叶长乐才不愿助纣为虐呢，不甘心地说：“那算了，明天我买了手机自己再跟他说吧，总不至于为了这点儿小事搞得尽人皆知的，太夸张了。”

“我是没意见，你可别着急得夜不能寐哟。”纪煦打趣她。

余乐捂着耳朵，面无表情地挤过来问：“二位，你们有考虑过这里还有一个未成年人吗，就不考虑一下他的感受吗？”

纪煦毫无亲情感地将她侄子转了个方向，指着房间的大门说：“限你在一分钟之内回房睡觉，否则一个月之内禁止你再打着想向你小姑姑我学习的名义来我家蹭吃蹭喝顺便逃各种补习班儿。”

这个威胁简直太致命了，余乐二话不说，撒开小腿疯了一样冲回了房间，并“砰”的一声关上了门。

4.

果然如纪煦所言，叶长乐辗转反侧，难以入眠，一会儿后悔当时不该呛祁明信，一会儿暗骂抢手机的浑蛋太会挑时间，只求明天给祁明信解释时，这位脾气不大好的小爷不会生气，不然——

唉，他真的不像是很好哄的样子啊……

天快亮时，她才迷迷糊糊地睡着了，但很快又被惊醒了，睁开眼睛时，天已经大亮了。

她一看时间，上午十一点！

“我去，怎么一觉睡到这么晚？纪煦也不叫我。”

叶长乐连忙起床，出来时，纪煦已经去上班了，余乐也去上学了，桌子上纪煦给她留了点儿路费，还留了便笺调戏她：“妞儿，昨晚表现得不错，我家床都快被你折腾塌了，赏你的银子。”

余乐追加一张便笺，用小学生字体补充：“叶长乐，我就睡在你隔壁，如果我以后长不高，那一定是因为我昨晚没有睡好，而我昨晚没睡好的原因，就是你一直在床上翻来覆去。”

这段话夹杂无数拼音，叶长乐看了哭笑不得。

她洗漱一番，胡乱塞了两口饼干就跑出去打车，正是午间时分，出租车都显示有客，她等了一会儿，没等到车，急得团团转。

李言承正开车路过这边，远远地就看见叶长乐站在马路对面打车，他放下车窗，正准备打招呼，忽然一辆黑色面包车横冲直撞地开过来，急停在叶长乐的面前，将他的视线挡得死死的。等那辆该死的面包车离开时，叶长乐已经不在原地了。

李言承愣了大概三秒钟，骂了句：“嘿！”

他忽然想到，叶长乐这是被人绑架了啊！

李言承当即不再管交通规则，方向盘一打，就追着那辆面包车而去，一路引来无数鸣笛叫骂，然而绑架的人有备而来，又把车开得飞快，他很勉强才没跟丢，还得分神报警。

好在那保姆车没往犄角旮旯跑，而是停在了一家酒店门口。

李言承追来时，愣住了：“这年头，绑架犯都敢在酒店这种人多眼杂的地方藏身了吗？”

李言承连忙下车，远远地看见两个男人扶着叶长乐进了电梯，他才敢追上去，数着电梯上升的层数，然后记了下来。

他急忙去酒店前台跟人家说：“喂，刚刚上去那两男一女，那女的是被绑架的，我已经报警了，你们赶紧想办法，救救那个女孩。”

酒店前台的女孩被吓坏了，立刻通知了保安。

李言承急得团团转，警察还没来，保安还在商量对策，他不知道该如何是好，只好给祁明信打电话。

他打第一个，祁明信挂了。

李言承骂：“嘿！”

他连续不断地打，祁明信淡定且连续不断地挂断。

李言承快要被气死了，对着手机破口大骂：“祁明信你个王八蛋，你女朋友被人绑架了，老子帮你追人，你居然不接我电话！”

他正准备再打，突然看见一个熟悉的身影也出现在酒店内。

李言承愣了愣：“秦风？”

尽管秦风浑身上下遮得严严实实，可这人太出名了，尤其最近因为他代言 IG，李言承多关注了他一些，所以隔着不到十米的距离，李言承一眼就认出了他。

秦风为什么也会出现在这里？前几天不是还说他在日本受伤了吗？

秦风上了电梯，李言承注意到他去的楼层和叶长乐去的一模一样。

李言承愣住了，想到之前让冯助理查过的资料，叶长乐跟秦风是认识的，IG 签约仪式上，秦风还特意跟叶长乐说过话。

“难道叶长乐不是被绑架了，她神神秘秘地来酒店，是因为要来跟秦风——”他捂住了嘴巴，被突如其来的巨大的“瓜”砸晕了。

“祁明信居然……被绿了？”李言承惊呆了。

他不给祁明信打电话了，他给祁明信发语音，幸灾乐祸地说：“祁明信，你还在日本没回来吧？告诉你一件关于你女朋友的事情，你可千万要挺住。”

见祁明信没回复，他又发了第二条语音：“你女朋友跟秦风来酒店私会了，哈哈哈……”

5.

蓝天酒店，某客房内。

叶长乐醒了过来，但她的头很疼，像是患了重感冒那样沉甸甸的，她吃痛地哼了一声，思绪逐渐清醒，想起来发生了什么。

她本来在路边打车，结果不知道从哪里冒出来一辆面包车，车上下来两个人高马大的男人，二话不说上前，一个控制住了她，一个拿不知道沾染了什么东西的手帕捂住了她的口鼻，然后她就失去了意识……

她被绑架了！这是她的第一反应。

我叶长乐被瞎了眼的抢劫就算了，居然有生之年还能被更瞎了眼的绑架？这是她的第二反应。

但紧接着，她就崩溃地发现，自己身上的衣服被人脱了大半，乱七八糟地丢了一地，地上居然还有男人的衣服！

仿佛给她的打击还不够大，忽然她身边的被子动了动，秦风赤着上身捂着后脑勺坐起身说道："长乐，我头好疼，你把我打晕干什么？"

她猛地回头与他的目光对上，脸上一片错愕和惊恐。

"秦老师……"她张了张嘴，艰难地发出声音，"你为什么，也在这里……"

秦风只愣了几秒钟，就瞬间明白发生了什么。

他立刻说："长乐，你别误会，我们恐怕是被人设计了。我昨天晚上收到你发给我的短信，说你跟祁明信分手了，你不想活了，我拼命打你电话你都不接，我失去了判断，连夜赶飞机回来，然后去你家，结果你不在家。我只好拼命给你发消息，打电话，因为太着急，所以当你说你要在蓝天酒店自杀，让我来给你收尸时，我就失去了判断，直接过来了……"

"我的手机昨天被人抢了，我没有发消息给你，我也没和祁明信分手，没打算自杀，我昨晚是在纪煦家睡的。"叶长乐慌了。

"我知道，你冷静点儿，快收拾一下，我们赶紧走。"

"好……"

叶长乐整个人都不冷静了，她失去了思考能力，秦风说什么她就赶紧照做，只是手抖脚抖，全身发软。

她都要急哭了："秦老师，我没力气，我之前被人用不知道沾了什么东西的手帕捂过口鼻，药效还没过。"

"我抱你走。"秦风刚过来床畔抱住叶长乐，客房本就没有上锁的门忽然被人撞开了，一大群记者拥了进来，瞬间，闪光灯和摄像机像是疯了一样对准了他们。

"啊！"叶长乐尖叫了一声，受到了刺激，无头苍蝇一样乱躲乱撞。

秦风心中一痛，忍不住抬手将她紧紧地抱住，拿被子将她整个人都裹住了。他抱着瑟瑟发抖的叶长乐，第一次在媒体面前不顾及自己形象地怒吼："够了，别拍了，都给我滚！”

他吼得太大声，片刻安静之后，却并没能让媒体安静下来，相反他们变本加厉，一边拼命拍照，一边提问：“秦风，请问这个女孩是谁？”

“请问你们是正当的男女关系吗？”

“有人爆料说你外表正人君子，其实背地里经常对无辜女孩下手，请问这个爆料属实吗？”

“你之前在节目上说你暂时不考虑恋爱，是因为害怕恋爱后被发现私生活不检点的事实真相吗？”

“秦风……”

尖锐的问题一个接着一个抛来，他们不问青红皂白，只考虑自己提出的问题够不够劲爆，够不够引流……

秦风的脸色如染了墨汁一般难看，他怀里本来瑟瑟发抖的叶长乐忽然安静了，然后她颤抖着手，从被子里露出了脸，秦风下意识地想去遮住，她却避开了。

她苍白着脸，死死地揪着被子，全身都在发抖地看向那些她畏惧和憎恶的摄像头，沙哑着嗓子开口：“不是的，秦风不是这样的人，我们……是被陷害的，有人想害秦风……”

立刻就有人反驳她：“陷害？那请问要如何陷害，才能让你们这么心甘情愿，衣衫不整地躺在一起？”

“这就是你的解释吗？抱歉，恐怕不足以服众。”

“有人匿名举报秦风私底下其实是个龌龊的人，这位小姐，你应该面对镜头勇敢地把真相说出来。”

“或者是秦风威胁了你？又或者这位小姐，是你勾引了秦风？”

“我没有！”叶长乐大声地喊，“为什么你们不相信真话？为什么你们不相信事实？龌龊的是你们，不是秦风！”

她的嗓子都喊破了音，带了哭腔，绝望而愤怒。

秦风神魂不安地看着她。

她明明抖得那么厉害，却倔强地用纤弱的背将他挡在身后，面对眼前这些无声的刀光剑影，只为了维护他的名声……像极了她……

秦风忽然抬手将她抱住，将她的脸紧紧地遮挡进自己的怀里，然后对众人说："她不需要勾引我，因为我在暗恋她，早在我第一次见到她的那天，我就对她一见钟情，之后她从来没有打扰过我，是我一直在想方设法地靠近她，我想成为她喜欢的样子。"

众人愣了片刻，然后炸了，"奸情"现场居然秒变表白现场，还有比这更滑稽的转折吗？

叶长乐用力地推开他，震惊地看着他："你疯了？"

"叶长乐，抱歉，我还没来得及告诉你，我喜欢你。"秦风认真地说。

叶长乐难以置信地看着他。

有记者被成功地带偏了，忍不住问："秦风，请问你们是怎么认识的？"

秦风居然回答了他："有一次我被私生粉追，她骑着电瓶车路过，我就逃到了她电瓶车的后座上。"

"好浪漫的初遇啊……"

有人开了头，其他人自然也不愿放过这机会，纷纷开始提问。

"秦风，这个女孩看起来只是普通的素人，请问你喜欢她什么？"

"心跳的感觉。"秦风看着叶长乐的眼睛，深情地说，"那时我坐在她后面，她离我很近，我能清楚地听到她心跳的频率，和我爱的频率一模一样。"

一片唏嘘声响起，拍照的声音越发响亮。

叶长乐像见鬼一样地看着他，下意识地摇头。

秦风重新将她揽入怀中护着，对众人说："我喜欢的女孩，她是为了保护我，所以刚才说话难听了点儿，但我们确实是被人陷害了。有人抢了她的手机，给我发消息骗我来酒店，然后打晕我，还给她下了药，将她绑架到这里，我们醒来时就已经这样了。"

第三次大转折！

这些媒体人简直要疯了，拼命拍照，拼命提问。

秦风统一回答："我不知道这件事情是谁干的，但是对方既然这么清楚我的事情，想必是认识的人，我一定会配合警方调查，找到陷害我们的人，然后通过法律途径将他绳之以法。还有就是，我承诺，我一定会对我喜欢的姑娘负责，绝不会让她受委屈。"

众人心满意足。

叶长乐如坠冰窟……

6.

仅仅三个小时，各大社交 App 上的热搜都被秦风的新闻占据了，网友就秦风到底是不是道貌岸然的伪君子一事进行了激烈的讨论。彼时，叶长乐正抱着膝盖呆呆地坐在病床上，她的脑子一片空白。

在酒店的时候，秦风说的那些话她想否认，可是她不能，因为那种时候任何废话都会被过度解读，甚至一不小心会毁了秦风的一切。所以，她选择了沉默，直到蒋科带着保镖匆匆赶来，将两人带走。

叶长乐想说话，但蒋科制止了她，直接将两人带到了医院。

很快，秦风的团队在网上贴出了医院的检查报告，叶长乐体内有残留的致幻药物成分，秦风的脑后也有被袭击后肿起的包。

警方贴出叶长乐报案被抢手机的证明，秦风也主动提交了将他骗到酒店的那份聊天记录……

于是秦风彻底地从私生活不检点的渣男变成了被人设计陷害的无辜受害者，关键这个受害者还是个有颜值有演技又痴情的绝世好男人，于是全网都炸了。

社交网站上的热搜第一是秦风关于心跳频率的告白宣言，这令无数粉丝感动到声泪俱下，说这就是爱情最美好的样子。网友纷纷支持秦风，说他是个有担当的好男人，并祝福两人。

热搜第二是关于秦风和他心爱的女孩被人陷害的消息，全网都在激烈地声讨那个卑鄙无耻的家伙，并拼命艾特当地警方，请求一定要找出幕后主使。

热搜第三又带上了姜云，水军疯狂暗示这件事情既然是认识的人做的，那么一定是J君针对秦风与IG签约的报复行为，令姜云的人气大幅度下降，于是姜云的粉丝和秦风的粉丝骂成了一片……

公关部门紧急处理这些事情的时候，秦风终于推开了叶长乐病房的门，和蒋科一起走了进来。

“秦风！”叶长乐立刻想起身。

秦风连忙去扶她：“医生说你吸入了大量的药物，对身体伤害不小，让你躺着别乱动。”

叶长乐下意识地避了一下，秦风的动作僵了僵。

“秦老师，对不起，因为我害你有麻烦了，”叶长乐心乱如麻地说，“可现在该怎么办？大家都以为我们是情侣，非要让我们在一起，可我喜欢的是祁明信。”

“叶小姐！”不等秦风开口，蒋科脸色一变，制止她，“这种话以后请你不要再说了。”

“为什么？蒋先生，你知道的，我没有说谎，而且你最不希望我和秦风扯上关系。”

“那是从前。现在所有的网友都希望你们在一起，一旦有任何变化，他们就会觉得被耍了，到时候不仅叶小姐你会被骂，秦风也会受到严重的影响。”蒋科严肃地说。

“可我和秦老师，我们只是朋友，而且我有男朋友了，我怎么——”

秦风打断她：“长乐，没关系，如果你想把真相说出来，那么就由我来说吧，我会开记者招待会出面解释。我以前答应过你，绝不因为我的圈子让你受到打扰，抱歉，我食言了。”

蒋科立刻说：“秦风，你疯了，你知道你这么做的后果是什么吗？”

秦风抬手示意蒋科不要再说了：“蒋总，你放心，我会跟公司解约，一切后果我自己承担。”

“这是你能承担得了的吗？”蒋科火了，“一旦开了记者会，你的个人形象就会受到影响，商业价值就会一落千丈，到时候你要赔偿的违约金足以让你倾家荡产！”

“蒋科，你不用说了，这是我自己的决定，我只希望你看在我们相识这么多年的情分上尊重我的选择。”秦风笑笑。

“你疯了！”蒋科愤怒地抱着胳膊不再看秦风一眼。

叶长乐怔怔地和秦风对视。

秦风对她露出安抚的微笑：“对不起，长乐，当时那种情况，我只能想到这一个既不伤害到你又能把记者的注意力转移开的办法，否则新闻一出来，无论真相如何，你一定会被人攻击……我只是想保护你。”

“我没有怪你的意思……”叶长乐无力地闭上了眼睛。

“那就好。”秦风露出了微笑，对蒋科说，“帮我准备记者招待会——”

“秦老师，”叶长乐忍不住叫住了他，“先……别开记者会。”

秦风怔怔地看着她，蒋科立刻问：“叶小姐，你是答应不解释这段关系了对吗？”

“我要想一想，我现在脑子很乱，我想休息……至少，至少等我清醒一点儿。”叶长乐捂住了脑袋。

“好，长乐，你先好好休息，不要胡思乱想。”

秦风说完，和蒋科一起出去了。

叶长乐将脸埋进了膝间，她想，要是祁明信在就好了，仿佛只要他在，她就什么都不怕了……

第十六章

我在偷偷开心，因为你心疼我

1.

李言承万万没想到自己有一天会飞来横祸。

他那天在酒店给祁明信发完语音之后，就跟着随后而来的记者一起冲上了楼，结果震撼地看了一次现场版的深情表白，令他唏嘘不已，他还特意录了视频发给祁明信。

祁明信是凌晨的时候出现在他家门口的，当时他正在做梦，门被人敲得都快要脱框而出了，他骂骂咧咧地拉开门，祁明信二话不说就给了他一拳。

“李言承，我今天非要打死你不可。”

“祁明信，你疯啦？”李言承被打得晕头转向，脑子嗡嗡作响，气得破口大骂，“你女朋友被人抢了，抢她的又不是我，关我屁事儿？你凭什么打我？”

“李言承，你做了什么事情你自己知道，你为什么会在酒店？你为什么能拍到那个视频？你告诉我！”

李言承又挨了好几下。祁明信跟疯了一样，李言承毫无招架之力，连滚带爬地逃出门，狼狈地大喊："救命啊！救命啊！"

小区保安连忙赶过来拉架。

李言承躲在保安后面急眼道："祁明信，你个忘恩负义的王八蛋，你女朋友被人绑架了，老子为了帮你去救人才跟去酒店的，我给你打了多少个电话？是你自己不肯接的！"

"你帮我？你怎么可能会帮我？"祁明信怒吼。

"我说了不是我干的，"李言承怒了，"是你一直挂我电话，我才故意发视频气你的。我们认识这么多年了，你还不知道吗，我怎么有脑子干这事儿吗？"

祁明信终于停止了不理智的行为。

李言承鼻青脸肿的，全身都疼，气得眼圈都红了。

祁明信冷静了一些，是啊，他糊涂了，李言承这个傻子怎么可能会有这个心机？

保安们也气喘吁吁地劝："二位，冷静，冷静，再动手我们就要报警了。"

"真的不是你？"祁明信问。

"废话，老子是有底线的人……"李言承摸了摸脸上的伤，疼得"嘶"了一声。

见祁明信不说话，他面上讪讪的："不过我发誓，我发视频给你的时候，真的没想到事情会发展成现在这样，你女朋友直接成秦风的女朋友了……"

祁明信转身要走，李言承叫住他："喂，浑蛋，你就这么走了？"

"我要去找叶长乐，她关机了，也不在家，我不知道她现在怎么样，打了你的事，等我见了她，再让你打回来。"

"你知道她在哪儿吗？"李言承没好气地道，"你肯定也没来得及看新闻，叶长乐的手机被人抢了，你联系不到她的。"

祁明信的脚步顿住了。

"我之前不放心，跟着秦风他们，看见他们去了江明的私人医院，你不是跟江明很熟吗？你去问他。"

“多谢，还有，对不起打了你。”

“谢……”李言承受宠若惊地张了张嘴，脸一下子就涨红了。

愣了半天，他才结结巴巴地说：“不……不用谢，你今天打我这一顿，我一定会讨回来的。”

李言承底气不足地放完话，就一瘸一拐地往回跑，满脑子都是：祁明信对我说谢谢了，祁明信居然对我说谢谢了……老子居然也有今天！

2.

叶长乐没有睡着，所以当有人推开病房门进来时，她是知道的，但她以为是来查房的护士，就没有动。

然而进来的人走到她病床边后，就没了下一步的动作，叶长乐等了半天，那人没有出去，也没有说话。

她忍不住翻身看过去：“你——”

话音戛然而止，叶长乐怔怔地和来人四目相对，恍惚觉得这不过是一场梦。

“小叶……”祁明信满脸憔悴地看着她。

“祁明信，你不是在日本吗？”叶长乐坐起身，心疼地伸手去摸他的脸，“你怎么搞成这个样子了？”

祁明信不说话，伸手抱住了她。

叶长乐张着的手顿了顿，然后慢慢地回抱住他，她鼻子一酸，忽然就没有出息地哭了出来，硬撑起来的坚强在他抱住她的刹那土崩瓦解。叶长乐紧紧地抱着祁明信，哭得特别委屈，特别大声，像个没有安全感的孩子终于找到了可以依靠的人。

祁明信的心脏如抽搐般痛，他张了张嘴，竟一个字也说不出来。

她哭得太大声，秦风慌张地闯了进来：“长乐，你怎么了？”

秦风忽然顿住了，和祁明信四目相对。

“你怎么会在这里……”秦风喃喃着，目光落在祁明信抱着叶长乐的胳膊上，觉得很刺目，很想痛快地拉开，但是他不能……

祁明信没有跟秦风说话，他移开了目光。

叶长乐不管不顾地抱着祁明信号啕大哭，哭了足足半个小时才停下。

“祁明信，怎么办？我什么都不知道，还好你回来了，我就知道你会回来的，现在该怎么办？”叶长乐的眼睛都哭肿了，抽噎着，可怜兮兮地问他。

祁明信用两只手给她抹眼泪：“交给我来办，既然我回来了，就什么都交给我。”

“好，”叶长乐点头，“我都听你的。”

叶长乐看着祁明信的目光充满信任和依赖，这一幕落在秦风的眼中，他只觉得一种名为“嫉妒”的情绪在疯狂地灼烧着他的内心，几乎要将他的理智淹没。

她怎么可以这么相信另一个男人？怎么可以？！

“秦风，我们两个谈谈。”祁明信看向秦风，没有询问，也没有用不容反驳的语气。

秦风点了点头：“好，来我这边吧。”

祁明信扶着叶长乐让她重新躺好，她握着他的手，没什么安全感地盯着他。他低头吻了吻她的眉心，安慰道：“不要害怕，有我在。”

“嗯。”她终于破涕为笑。

3.

“为什么要当着媒体的面胡说八道？”关上门，祁明信单刀直入地质问秦风。

“叶长乐解释真相了，可是没有人听，我只是为了吸引开媒体的注意力。而在当时那种情况下，我和她的处境很尴尬，除了把不正当的男女关系解释得合情合理，还能有什么更好的办法吗？”

“不是没有人听，而是开口的那个人是叶长乐。”祁明信握紧了拳头，说道，“秦风，你不要把我当成小叶，你是故意的，你知道她心善，把你当朋友，不会忍心当众拆穿你，所以才那么说的。”

“祁副总，说话要有证据。”秦风笑笑，“我已经说了要开记者会澄清，是长乐不让我开的，她在乎我，我也在乎她，就这么简单。祁副总，你太敏感了，难怪长乐以前总说你有被害妄想症。”

“你把她逼到现在这个境地，她除了配合你，还能有什么办法？你算计她，虽然她看不出来，但你我心知肚明。”

“不错，”秦风忽然爽快地说，“我确实喜欢她，所以我只是跟她告白，告诉她我喜欢她，何至于算计？”

“你明知道她是我的女朋友，你这么做太卑鄙了！”

“假女朋友而已。”秦风嗤笑一声，“前几天跟纪煦聊天，她不小心说漏了嘴。”

见祁明信怔住，秦风淡淡一笑：“所以我最多和祁副总一样，只是‘套路’了长乐，谈不上卑鄙吧。”

“我和你不一样，”祁明信说，“我绝对不会这么对她，你这不是套路，你是在给她设圈套，对她耍心机，你在利用她对你的关心狠狠地伤害她。”

秦风顿了顿，说道：“那是我的事情，不劳烦祁副总操心，如果祁副总实在气不过，大可以去告诉叶长乐，看看她信不信。或者，你还可以多费些心，去抓那个设计我和长乐的人，如果不是他，我也没有机会告白，说起来……”

秦风低笑：“我还很感激这个人。”

“你的三观真是让我叹为观止。”祁明信点评。

“无论我做了什么，只要最后陪在长乐身边的人是我，祁副总你现在所说的一切就统统毫无意义。”秦风露出了招牌微笑，目光却寒冷得吓人。

祁明信忽然失去了继续跟秦风交流的欲望，这样的人，完全不值得他再多费口舌。

“秦风，你好自为之吧。”祁明信说完，转身出去了。

叶长乐还在眼巴巴地等着祁明信，一见到他，她就坐起身问道：“怎么样？你们两个想出办法了吗？”

祁明信摸了摸叶长乐的头，他当然不可能告诉叶长乐秦风做了什么，不是担心她不信，而是害怕她失望难过……

“眼下你就好好听医生的话，先把身体养好，之后我带你去国外避避风头。即使秦风在国内的人气再高，半年也足够热度彻底冷却了，到时候让公关团队引导一下风向，宣布你们已经分手。反正你是素人，没什么人会过度关注你，这件事情就可以结束了。”

“半年好久啊……那我跟你一起去日本吗？”叶长乐问。

“我带你去远一点儿的地方，你想去哪里都可以。”

“你……你和我一起去？”叶长乐惊讶地看着他，“你不上班了吗？你不是最在乎 IG 的吗？听说你是个工作狂来着……”

叶长乐忽然想起一件严峻的事情，她一下子从床上站了起来：“祁明信，你在日本的工作不是很重要吗？你这么突然跑回来，工作怎么办？”

祁明信被叶长乐吓了一跳，他哭笑不得地把她拉下来，重新塞回被窝里。

“不用担心，刘昊他们还留在那边，相信不用我说，刘昊也会把这件事情报告给祁知诚，我哥肯定会飞去处理的。”

“完了……”叶长乐瞬间愁眉苦脸了。

“怎么了？”祁明信一头雾水。

“我才跟你确定关系，就出了这样的事情，还害你因为我丢下工作飞回国，你哥对我的印象肯定特别差……”

“相信我，祁知诚要是听说你能让我丢下工作不顾一切地飞回国，一定会认定你这个弟妹，并且把你奉若上宾，逼都要逼着我娶你当老婆。”祁明信笑了。

叶长乐的脸瞬间红了，她拉过被子捂住了脸，闷闷地说：“滚，谁要嫁给你了？”

“叶长乐，你考虑好了再说话。”祁明信故作生气地说，“我现在可一肚子火呢，我女朋友被别的男人当众告白了，我憋屈着呢。”

叶长乐吓了一跳，连忙冒出头，伸手抱住祁明信的脖子，讨好地亲了亲他。

她可怜兮兮地问：“现在呢？有没有好一点儿？”

她哭过之后的嗓子有些沙哑，眼睛也有些红肿。

祁明信的心口疼了一下，故作严肃地说：“你刚刚是亲我了对吧？”

叶长乐愣愣地站在那里。

祁明信：“现在，你欠我两个吻了，咱俩清不了了。”

病房略显暗淡的白炽灯散发出柔和的光。

他扶着她的头，吻她的眼睛、鼻尖、脸颊、唇瓣，极尽温柔，细致得像是在对待这世间最最让他在意的珍宝……

4.

因为和人气影帝秦风的“恋情”曝光，叶长乐没办法再上班，也不敢回住的地方。

尽管蒋科和祁明信都出了手，尽力把网上所有流传的有叶长乐正脸的视频和照片都打了马赛克，但已经来不及，大部分人看过了视频和照片，叶长乐只要一出门，就会被人迅速认出并围观。

于是就叶长乐的去处，祁明信和秦风两人针锋相对地争执了一回，都不同意叶长乐去对方的家里，各执一词且都振振有词。

最后是纪煦出面，把叶长乐接到了她家里。

警方也在全力调查陷害秦风和叶长乐的人。

李言承那货跟打了鸡血一样，主动以目击者的身份跑到派出所去配合调查，祁明信知道他涉猎广泛，但没想到那么广泛。

因为绑架叶长乐的车没有车牌号，酒店房间也是用叶长乐被抢走的身份证开的，而进入酒店的两个人又包裹得严严实实，所以警方一时间都陷入了僵局。

而李言承仔细地看了一番酒店电梯监控里那两个几乎只能看见衣服帽子口罩墨镜的男人之后，笃定地说：“这是南水城区那一带一家信贷公司的人，我跟他们隔壁花店的老板谈过恋爱，那段时间天天去，信贷公司的每个人我都见过，这个一站起来就爱拿左脚蹭右腿的肯定是那个姓吴的，还有这个闲着没事就爱左右扭脖子，扭得咔咔作响的，肯定就是那个姓吕的。”

有他提供的这些信息，案子很快就破了。

信贷公司的老板没想到自己得罪的居然是秦风这样的公众人物，早就被最近的新闻搞得神经脆弱，准备随时跑路了，见到警察时，这老板就崩溃了。

他一五一十地交代，表示自己真的是被骗的，对方给他一大笔钱，说要给女朋友一个惊喜，让他配合把女朋友带过去。他当时其实是察觉出了有些不对，但对方给的金额太诱人了，他就昧着良心干了。

警方根据信贷公司老板提供的证据，顺藤摸瓜查到了姜云的助理马唐。尽管姜云拼命想撇清自己，表示对此一无所知，但没有人相信他的话。

不等警方出结果，网友们就纷纷跑到姜云的微博底下开骂，而姜云的粉丝觉得遭到了欺骗，不敢相信自己偶像的真面目的同时，反应比其他网友还要激烈，其粉丝后援会居然一起到姜云经纪公司楼下拉横幅，要姜云公开道歉，并退出娱乐圈。

事情一发不可收拾，姜云名誉扫地，犹如过街老鼠。

祁明信去警察局见姜云时，他显得异常颓废，连日来的唾骂与随之而产生的蝴蝶效应让他快接近崩溃的状态。

“早知今日，何必当初？”祁明信问他，“你为什么要做这种事情？”

“我承认，我确实想报复你和秦风，因为你们搞得我那段时间像个跳梁小丑，我在心里记恨你们，所以找人跟拍秦风，想挖到他的黑料。我雇的人无意中听到秦风说他喜欢你的女朋友叶长乐，便把这件事告诉了我，后来我的助理马唐怂恿我，说这是报复秦风和你最好的时机。”

姜云捂着头说：“不管你信不信，我只是想设计秦风和你的女朋友一起去酒店，然后拍几张照片发给你，让你们产生矛盾，仅此而已。但我不知道马唐为什么要做得那么过分，我根本没让他去匿名爆料，找记者大肆宣扬，我不傻，我怎么可能愿意把事情闹大？这对我一点儿好处都没有，还有可能搬起石头砸自己的脚。”

祁明信皱起了眉头："你现在还想狡辩，会不会有点儿来不及？马唐是你的助理，他和秦风无冤无仇，为什么要这么害他？"

姜云激动地拍桌子道："我怎么知道？我不知道！马唐一口咬定是我授意，可我没有，我没有！"

他愤怒得几乎失去理智，这样的反应，如果不是演技太好，那就是真话。

祁明信怔住了，如果不是姜云，还有谁会这么做？这么做又是为了什么呢？

5.

事情告一段落，然而网友们在被真相刺激的情况下，更加关注起叶长乐和秦风的"恋情"。

纪煦请大家去她家吃饭，问秦风和祁明信："接下来该怎么办？我可是拼了老命才让我闺密钟小倩她们闭嘴，不说祁明信跟叶长乐的恋情的。"

祁明信说："等签证办下来，我就立刻带小叶出国。蒋总那边也会引导风向，以秦风想保护叶长乐的名义，呼吁大家不要打扰素人小叶的正常生活，也不要过分关注秦风的私生活，多多关注他的作品，然后不再发布任何关于两人的消息。想必要不了多久，这件事就会淡下去。"

纪煦偷偷瞥了秦风一眼，想看他有什么反应。

秦风没有什么反应，他是微笑着给叶长乐夹了一筷子菜，说道："长乐，都是我不好，这段时间让你担惊受怕的，你多吃点儿，我看你都瘦了。"

祁明信目光不善地看着他。

"没关系，秦老师，我知道你比我更感到困扰，"叶长乐不明真相，笑着说，"等我和祁明信离开这里就好了。"

秦风握着筷子的手顿了顿，垂着眼眸勾了勾唇："嗯。"

纪煦心想：我这傻闺密，都这种情况了，你居然还看不出来秦风是真的对你有意思啊……

一顿饭，除了叶长乐因为安了心而吃得愉快，剩下的三个人都各怀心思，味同嚼蜡。

6.

等待的时间是煎熬的。

祁明信因为要跟叶长乐一起出国，所以这段时间忙着交接工作，空闲的时候，他每次去见叶长乐都偷偷摸摸的，还因为纪煦在，显得尤其不方便。

纪煦调侃他们两个现在的情况简直像是在私会，逃出国更是像私奔，被叶长乐按在地上揍，两人滚作一团。

“不过乐儿，你可要想好了哦，现在摆在你面前的，一个是温柔体贴、性格超好的暖男秦风，一个是嘴贱刻薄、脾气巨臭的祁明信，你真的确定要选后者？”纪煦跟她一起躺在地上，偏头问她。

“祁明信才不是你说的这样，他其实特别好。”

“哟哟哟，我看你就是情人眼里出西施吧？”

“讨厌，不要说出来嘛，你看祁知诚不也一样？”

“祁知诚是我的理想型，他多帅，多酷，多有型……”

叶长乐扶额：“姐，你这是典型的花痴症状，祁大哥多冷一个人啊，想追到他比去西天取经还要难，我劝你苦海无涯回头是岸。”

纪煦一把抱住她道：“我不管，反正我就是喜欢他，你不许说他坏话。”

“刚刚是谁说什么情人眼里出西施来着？”

纪煦笑了：“好吧，我承认，哪怕祁明信再差劲，他对你好，这就是他最大的优点，我身为闺密，由衷地祝福你们。”

“借你吉言。”

“早点儿睡吧，你们这签证的两天应该就可以下来了。”

“嗯，希望离开后一切就会好起来。”

“会的。”

7.

然而这一夜，网上再一次发生了变化。

叶长乐一觉睡醒，就发现不知道是谁把当初品仙楼的视频扒出来了。祁明信的那番话成了网上热议的内容，人人都在艾特秦风，提醒他他喜欢的姑娘人品也许并不怎么样。

秦风在第一时间回复，表示了对叶长乐的绝对信任。但这并没有什么用，很多人扬言要人肉叶长乐，挖出她不为人知的黑历史，以防偶像被骗。

祁明信也在第一时间出面澄清了误会，还特意邀请了刘总一家出面做证，祁明信更是当众道了歉。

叶长乐本以为这件事情结束了，却万万没有想到，虽然她洗脱了“罪名”，但祁明信不明真相胡乱指责别人一事被一些喷子拿来说事儿，引导了风向。网友们纷纷开始点评祁明信，指责他不尊重事实，自以为是，更扒出他相亲的事情，引得众人无不哗然……

热度持续不下。

叶长乐很担心祁明信会遭到网络暴力，想出面替他说话，却被制止。蒋科表示如果被网友发现她与祁明信的恋情，不仅是祁明信，就连她和秦风也会陷入困境。

祁明信倒是完全不在乎，还笑着跟叶长乐开玩笑：“我又不是什么公众人物，最多被骂两天也就没事了，而且他们骂得也没有错，谁让我当初那么误会你呢？你就当他们是帮你骂回来吧。”

叶长乐气死了，脱口而出道：“你个没心没肺的大傻子，别人这么骂你，我很心疼啊！”

祁明信安静了片刻。

为了避免意外，祁明信近期都没来见叶长乐，两人不得不暂缓出国计划，只能通过手机联系，所以叶长乐不知道手机对面的人到底在想什么，她很担心他。

“祁明信，你怎么不说话？”

“我在偷偷地开心，”祁明信声音含笑，“因为你心疼我。”

她红着脸挂断了电话，觉得这人这种时候还能调侃她，果然是没什么可担心的了。

秦风这段时间也经常来看叶长乐，叶长乐只希望这阵风头赶紧过去，她也可以早点儿和祁明信一起离开，所以每次跟秦风讨论得最多的，也是盼着事情快点儿结束。

然而事情并没有结束，没两天，又有人爆料，说当初秦风本来没打算为IG代言，是祁明信找人偷拍了两人见面的照片发布出去，秦风才不得不签约。

全网哗然，祁明信针对偶像的女朋友，居然还为难过偶像，秦风的粉丝怒了。

秦风的经纪公司立刻帮忙说话，表示这件事情是误会，双方合作得十分愉快。

然而爆料的人为了证明自己说的是真话，还晒出了祁明信的付款凭证，并且扬言如果大家还不信，自己愿意当面跟祁明信对质。

粉丝们深信不疑，无视经纪公司和秦风的态度，还觉得秦风太善良了，都被人欺负成这样了，还帮祁明信说话……

祁明信下班时，发现自己的车胎被人扎了，他皱起了眉。

周秘书怒道："这都什么乱七八糟的事情？还没完没了了是吧？"

他拿出手机打电话，先把公关部的人狠狠地骂了一顿，怪他们没把事情处理好，又给地下停车场的管理人员打电话，气势汹汹地问："每年IG交给你们多少管理费？你们就这么管理的？"

可怜公关部的人被骂得狗血淋头，地下停车场的管理人员也憋屈得赶紧过来处理情况，联系保险，报警处理……

祁明信安抚周秘书："您老人家别生气，一把年纪了，气坏了身体我还得送您去医院。"

周秘书："你还调侃我，你这回可是莫名其妙成了无数人的仇人，这些人怎么这么喜欢管别人的闲事，自己家的事情都处理好了吗？"

祁明信哭笑不得。

周秘书气愤地说："这个秦风怎么这么多事，早知道当初就不要日本这个项目了，也不跟他合作。你说你好不容易喜欢上一个姑娘，结果被他截和了，这还不算，你现在还要因为他被网友骂，被网友欺负，这叫什么事儿……”

“我也不是好欺负的，放心吧，周秘书，这事儿我会处理的，”祁明信拍了拍周秘书，哄他，“回头我跟小叶结婚，请你当证婚人。”

“真的？”周秘书果然开心了一点儿。

“真的，真的，我这车开不成了，得麻烦你送我回家了。”

“那好吧。”

周秘书开车送祁明信回家，结果车还没开到家门口，远远地就闻到一阵恶臭，一群保安正甩着膀子拼命清洗祁明信的家门口。

“怎么回事儿？”祁明信从车上下来，被臭气熏得往后退了三四步。

“祁先生，对不住，真对不住，是我们小区物业管理的失误，但也是见鬼了，我们保安巡逻那么密集，那几个女孩子也不知道是怎么混进来的，还拎着粪往你家门口泼，拦都拦不住啊！”

保安都要哭了：“你说这几个孩子，这都追星追疯了吧，小小年纪不好好读书，还以为自己是正义使者的化身，一边往你家门口泼粪，还一边直播，激动兴奋得跟拯救了地球似的。”

祁明信脸都快黑了。

“祁先生，你能不能不投诉我们？人我们已经送派出所去了，这些粪水我们也保证帮你处理干净，就是，就是得委屈你这两天闻臭气了……”保安的声音越来越低。

周秘书已经气得说不出话了，祁明信生怕这老头真被气出心脏病，连忙说：“行了，你们赶紧处理吧，作为号称全市安保系统最强大的小区，出了这样的事情，不需要我投诉，周围的业主也会找你们算账的。”

祁明信扶着周秘书上了车，开着车一溜烟走了。周秘书缓了半天才缓过气，说道：“太过分了……真是太过分了。”

顿了一下，周秘书又说：“明信，你最近不要出去了，我担心万一有不理智的疯子伤害到你怎么办？”

“祁知诚去了日本还没有回来，IG 的事情我得交接好，放心吧周秘书，他们应该不至于那么放肆。”祁明信安慰他。

但祁明信似乎想得太简单了，接下来的日子，他收到过别人寄的臭鸡蛋、辱骂信，IG的玻璃还被人砸过，就连普通职工都受到了牵连。

叶长乐逐渐不安起来，她每天抱着手机犹如惊弓之鸟，生怕网上又晒出关于祁明信的事情。尽管祁明信不断地安慰她，表现得毫不在乎，但他的生活和工作都受到了很大的影响，他根本瞒不了她。

叶长乐开始失眠，即便好不容易睡着，也频繁地做噩梦，梦里母亲和祁明信交错在一起，都被水泄不通看不清脸的人围攻，让她的精神几乎崩溃。

“啊！”半夜，她再一次被噩梦惊醒，猛地坐起身，满身都是冷汗，眼前一阵一阵的晕眩感袭来。

她缓了一会儿，下意识地拿出手机，然后就看见最新一条新闻显示，祁明信走在路上时，迎面而来的一个骑着摩托车的人忽然毫无征兆地撞向了他，尽管祁明信反应很快地躲闪了一下，也依旧被带倒在地，撞在了台阶上，当即被人紧急送去了医院。

“吧嗒”一声，叶长乐的手机跌落在了地上。

“长乐，长乐你怎么了？”纪煦被她的尖叫惊醒，匆匆忙忙过来敲门，“乐儿，我进去了。”

半晌听不到叶长乐的回应，纪煦不放心，打开房门进去。房间里的灯开着，叶长乐最近很怕黑，精神状态也不好，纪煦担心她再这么下去，身体会吃不消。

“纪煦，我要出去，”叶长乐忽然抓着她的手说，“祁明信出事了，我要去看他。”

很快，纪煦就开车带着叶长乐去了医院，江明认得叶长乐，径直带她去了祁明信的病房。

祁明信睡着了，她没有开灯，动作很轻很轻地进去，却依旧惊醒了浅眠的男人。

祁明信伸手打开了床头的灯，看到叶长乐时，他愣了愣。

“小叶？你怎么会来？没被拍到吧？”祁明信不放心地问。

他露在外面的胳膊上全是伤痕和瘀青，一眼望去，触目惊心，就连左脸也被粗糙的地面擦伤了些许……

祁明信察觉到了她的视线，不动声色地拉了拉衣服，遮住露出来的伤痕，放软了声音："怎么不说话？过来。"

叶长乐呆呆地被引导着坐在了他的右边，再看时，就一点儿也看不到他左脸上的伤了……

叶长乐的眼圈顿时便红了。

"来，让我抱抱我们家小姑娘，好几天没看到了，还怪想你的。"

他抱着她，轻轻地拍她的后背，真像在哄小姑娘一样。她将脸埋在他的肩头，滚烫的液体控制不住地从眼中涌出来，打湿了他肩头的衣服。

祁明信感到肩头一阵湿意，知道她在哭，也不戳穿，依旧拍着她的背，声音很低很好听地说："怎么感觉你瘦了？是不是纪煦小气，不肯买肉给你吃？没关系，明天我就让周秘书送一大堆肉过去填满她家的冰箱。对了，你是喜欢吃猪肉，还是喜欢吃牛肉？羊肉吃不吃……"

他絮絮叨叨自顾自地说，说了足足一个小时，嗓子都说得有些冒烟了，叶长乐一句话都没有说。

"小叶？"祁明信轻轻喊她的名字。

叶长乐没有反应，祁明信小心翼翼地把她从肩头移到臂弯里，才发现她已经睡着了，睡得很沉很熟，连他将她挪到了枕头上都没有察觉。她手里还紧紧地攥着他的衣角，祁明信没办法，只好保持着一个别扭的姿势和她并排躺在狭窄的病床上。

纪煦好久之后才小心翼翼地推开一点儿门缝往里面看，见叶长乐睡着了才蹑手蹑脚地走了进去。

"你伤势怎么样？"她小声问。

"没什么，皮外伤而已。"

"伤害你的人抓到了吗？"

"嗯，"祁明信语气轻松地说，"放心，会追究他法律责任的，给他一个教训，让他知道什么叫法治社会。”

“你怎么看起来一点儿都不在乎的样子？”纪煦觉得意外，“上次你被我的包包挂了一下，你都斤斤计较，不肯签和解书。”

“你对我有误解，我其实是个很大度的人。”祁明信笑着说。

纪煦无语了片刻，戳穿他：“行了吧，你就是怕叶长乐感到自责，所以才故作无所谓的吧？”

祁明信竖了竖食指：“嘘。”

纪煦看了看熟睡的叶长乐，叹了一口气：“她这几天失眠，精神萎靡，在你这儿倒是睡得挺香的，哎……行吧，我承认了，我这闺密是真的喜欢你。”

祁明信笑了。

“我先出去了，明儿早上再来接长乐回去。”

“注意安全。”

“你还是多关心一下你自己吧。”

纪煦关上门出去了，祁明信看着熟睡的叶长乐，她其实睡得并不安稳，眉头皱得紧紧的，攥着他衣角的手很用力，指尖都发白了。

他怔了怔，上一次她这么用力攥着他衣角，是品仙楼她晕倒后他送她去医院那次，当时她也是这样不安地攥着他的衣服，哭着说梦话……

祁明信只觉得心头隐隐作痛，他伸手继续拍着她的背，试图驱散她梦中的梦魇，让她能有一个好梦……

第十七章

时间总能冲淡一些东西，再加深一些东西

1.

叶长乐梦到了四年前。

那年她二十三岁，刚毕业不久，在姜源市一家医院的儿科实习，那时候她不叫叶长乐，她叫叶笙。

叶笙的父亲是个朝九晚五还拥有双休的银行职员，母亲张婕则是她实习的这家医院的医生，擅长心脏移植手术，忙起来经常熬夜加班不能回家。

虽然夫妻俩工作差异很大，但他们感情非常好，叶笙的父亲叶远道是个宠妻狂魔，连带女儿叶笙也是从小被宠着长大的，本来一切都很幸福，很美满。

可有一天，张婕很烦恼地回来说，本来同意捐献器官的一个脑死亡患者的家属忽然反悔了，说看了女儿的日记后才知道女儿很爱美，不想女儿死得太难看，死活不同意捐赠了，但有一个等待捐赠的患者正在危急关头，如果没有这颗心脏，本来可以活下来的人就有可能因此而结束年轻的生命……

那是叶笙第一次看到父母吵架，他们是赶在她下班之前争执的，可叶笙回来时，还是撞见叶远道拍着桌子说：“张婕，你想毁了这个家吗？”

然后他们看到了叶笙，张婕就没有再说话，叶远道很尴尬，勉强挤出抹笑容说道：“笙笙回来了？”

“饿了吗？”张婕也勉强笑着问，站起身才发现今晚没有人做饭。

叶笙察觉到气氛不对，她也不想拆穿让父母更加为难，于是笑着说：“老爸老妈，我晚上约了朋友一起去看电影，就是回来换件衣服的，你们不用等我吃饭了。”

“好，好的。”叶远道松了一口气。

叶笙换了条裙子就出了门，门关上没多久，父母果然又吵了起来，只是这次他们压低了声音，叶笙虽然没走远，但她在门外什么都没听到。

一连两天，张婕都没有再回家，叶远道的解释是，张婕要值班。可叶笙知道事情没这么简单，因为父亲这两天魂不守舍的，做菜不是忘记放盐，就是放多了盐。

叶笙受到影响，也寝食不安，想让父母和解，又不知道该如何是好。

也不知道是不是老天听到了她的愿望，当晚她阑尾炎就犯了，疼得满床打滚，叶远道吓得不行，立刻抱着她去找张婕。叶笙一边疼得想死，一边暗喜不已，因为父母终于说话了，还一起为她担心。

叶笙被推去做阑尾手术时，心情好得不得了，想着等她出手术室时，老爸老妈肯定和好了。

然而等她手术做完醒过来后，听到的第一个消息却是她的母亲张婕在未经家属同意的情况下，将今早刚宣告死亡的一个患者的心脏移植给了别人……

叶笙穿着病号服，捂着自己还在隐隐作痛的伤口，抓着挂着盐水瓶的移动杆子就跑了出去。护士急了，跟在后面喊：“你别跑，你不能跑！”

彼时，张婕正被围在自己的办公室门口，死亡患者的家属正揪着她的头发疯了一样地施暴，而张婕不但不反抗，还一直在低声下气地道歉。

“我说了我们家岑岑的心脏不捐了，不捐了，你听不懂吗？！”

“对不起……但那个女孩还很小，还很年轻，她没有这颗心脏会死的，我真的不忍心看到那么年轻的生命就这么没了，但还是对不起您，我理解您的痛苦……”

“你少在这里说这冠冕堂皇的话，装得大仁大义，那又不是你的女儿，你怎么可能会这么为别人付出？你是不是拿我女儿的心脏去卖钱了？是不是？”

“我没有……我真的没有……”

于岑岑的母亲哭喊着：“那你把我女儿的心脏移植给了谁？给了谁？你为什么不敢说？”

张婕不停地解释：“对不起，但我不能泄露病人的信息，而且那孩子还很脆弱，她不能受到任何的刺激……”

“你把我女儿的心脏还给我！还给我！”

科室的医生和护士们过来拉架，可对方家属带的人太多，而张婕又根本没有躲闪的意思，任由于岑岑的母亲一巴掌接着一巴掌地往她的脸上和身上打……

“妈！”叶笙因为受惊，眼睛睁得大大的，她震惊地看着这一幕，甚至不知道自己喊出来的那一声究竟有多大。

所有人都朝她看了过来。

张婕终于慌了：“笙笙，你出来干什么？你才刚做完手术，你赶紧回去！回去！”

叶笙呆呆地站在原地，那个家属看了看她，又看了看张婕，似乎误解了什么，她颤抖着手指着叶笙道：“你女儿……你……你把我女儿的心脏给了你的女儿？”

“阿姨，您误会了，”追着叶笙跑出来的护士急忙解释，“笙笙做的是阑尾手术，不是心脏移植手术。”

可是于岑岑的母亲根本不听，她像疯了一样朝叶笙扑了过去：“你把我女儿的心脏还给我！”

张婕哪里肯让她伤害叶笙，也朝她扑了过去，瞬间医患双方打了起来，扭作一团。

叶远道也赶了过来，张婕冲他哭着喊：“带笙笙走，带笙笙走！”

叶远道红着眼圈，抱起挣扎的女儿就跑了。

后来的事情叶笙不知道，她只知道没过多久，于岑岑的母亲就在网上发了长长的文章，歪曲事实，不顾真相，声泪俱下地煽动起所有人对张婕的鄙视与指责。

偏偏死亡的于岑岑还是个刚出道的歌手，人气不错，她因为车祸死亡的消息已经让很多粉丝悲痛不已，却在此时传出无良医生为了自己的女儿不顾家属意愿取走了于岑岑的心脏的谣言……

消息一出，粉丝哗然，纷纷转发这篇文章。

医院出示的关于张婕女儿是做阑尾手术的证明无人相信，被认为医院内部沆瀣一气，包庇张婕。

张婕的解释无人在意，被认定是狡辩，因为那个能帮忙做证的心脏移植病人自始至终没有站出来……

路人们被于岑岑母亲声泪俱下的痛斥所煽动，只一味地发泄着自己的一腔愤怒，自以为正义地声讨无良医生全家。

医院无法，只好开除了张婕，并对参与那场手术的所有医护人员都做出了处罚。叶远道受到事件牵连，也被领导委婉地劝退。叶笙更是众矢之的，不敢再踏出家门一步。

然而即便是这样，那些人还是不肯放过他们，他们人肉出了张婕的联系方式和家庭住址晒在了网上。于是从那天起，张婕就不断地接到各种骚扰电话，家门口也会有陌生人晃来晃去……

尽管叶远道每天都在开解她，张婕也表现得好像没有什么事儿一样，但张婕整晚整晚地睡不着，头发大把大把地掉，叶笙非常担心她再这么下去会得抑郁症，却没有想到她的担心会成真。

叶笙只知道那天早上有人在家门口扬言，如果张婕再不为自己的行为付出代价，他就要让张婕全家为她的行为付出代价……

说话的那个人或许只是在逞一时的口舌之快，却成了压垮骆驼的最后一根稻草。

叶笙记得，那天晚上张婕哭了一场，然后她擦干眼泪从房间出来时，又像是什么事儿都没有发生一样，她还第一次做了饭。

因为张婕工作性质，家里一直以来都是叶远道做饭，叶笙是第一次吃到妈妈做的饭，她还很惊讶张婕居然做菜很好吃。

叶远道见妻子居然有心思做饭了，也很开心，家里一直以来的抑郁之气一扫而空。叶远道还乐观地给妻子和女儿打气，说反正自己还有五年就要退休了，正好就当提前退休了。

等熬过这段时间，一切就会变好的，到时候把房子卖了，一家人搬回老家，种田也好，养鱼也好，只要一家人在一起好好的就好。

叶笙也非常赞同，张婕还笑了，那时候叶笙还不知道，这是她最后一次看到母亲笑，因为第二天早上她醒来时，张婕已经再也醒不过来了……

她吃了过量的安眠药，死的时候嘴角还带着解脱的笑容。

叶远道当场就晕倒了。

一个好好的家，就这样破碎了。

那些人得知张婕自杀的消息，除了悻悻地丢下一句“畏罪自杀”，竟好似逼死一个活生生的人与自己无关一样。

叶远道醒来后，对叶笙说：“笙笙，你走吧，改名换姓走得远远的，好好地，快乐地活着，不要回来，哪怕我死的那一天你也不要回来。爸爸没能保护好你妈妈，要是再保护不了你，爸爸真的活不下去了。”

于是她就走了，如她那天被父亲逼着承诺的那般，改名换姓在另一座城市好好地快乐地活着，哪怕在叶远道去世的时候，她都没有再踏回那个地方一步……

2.

眼泪不知不觉打湿了枕头，叶长乐从梦魇中醒来时天还没有完全亮，祁明信正熟睡着，而他的手以一种保护的姿势将她揽在怀中。

她没有动，在晨曦微弱的光线中欣赏眼前这个男人的模样。

她是个理科生，不会那么多华丽又丰富的修饰词，她只知道他的眉毛很好看，睫毛很好看，眼睛很好看，嘴唇也很好看，他哪里都好看。她想，就算以后再也看不到他了，她也一定还会喜欢他很久很久……

这时，病房的门突然被人撞开了，一片嘈杂的脚步声响起，祁明信睁开了眼睛，皱眉看向了门口。

秦风闯了进来，怒气冲冲地指责祁明信："祁明信，你疯了吗？你不知道自己现在是什么处境吗？你还让长乐留在这里，你这是不顾她的安危你知不知道？"

秦风愤怒到失去理智，居然当着叶长乐的面将一沓照片摔在了病床上，说道："你自己看看，别人已经拍到她深夜来医院的照片了，还发来威胁我！你知道我花了多少钱才摆平的吗？祁明信，你能不能不要这么自私？"

"够了！"叶长乐在祁明信去看那些照片之前，将被子连同那些照片一同掀翻在了地上。

"是我自己来找祁明信的，是我非要留下来的，都是我的错。"

秦风怔了怔，说道："对不起长乐，我不是这个意思，是我说话过分了，我向你道歉。"

"抱歉，我的情绪太激动了。"叶长乐闭了闭眼睛，看向祁明信，"你好好休息，我先走了。"

"小叶，"祁明信叫住她，露出一抹笑容来，"不要再看网上那些乱七八糟的东西了，你要是想我了，就给我打电话或者发消息，我最近好不好，让我自己告诉你。”

“好。”叶长乐也露出一抹笑容来。

在视线被水汽模糊之前，她飞快地转身出去了。

秦风跟着出去了，然后给纪煦打电话，告诉她叶长乐已经被自己接走了。

“秦风，你帮帮我，”叶长乐苍白着脸坐在副驾驶的位置上，忽然无力地说，“我不想让他再受到任何伤害了，请你帮帮我，哪怕让我去承受这样的攻击都可以……”

“你……就这么喜欢他吗……”秦风轻轻地问。

“他总是在保护我，我也想保护他。”

“那如果你要保护他就不能再喜欢他了，你还要保护他吗？”

“不会的，我觉得就算有一天他不喜欢我了，我也还会继续喜欢他。”叶长乐忽然笑了，“你说他有什么好的，我怎么就这么喜欢他呢？”

她笑着笑着，眼圈就红了。秦风瞥见她垂下眼睑，几滴眼泪无声地滑落，湮灭在她的衣角上，留下一片湿漉漉的痕迹……

3.

三天后，秦风给叶长乐带了一件礼服，让她换上后跟自己去一个地方。

叶长乐不解地问他去哪儿，秦风反问：“你不是想帮祁明信吗？”

叶长乐立刻不再废话，换上礼服就跟着秦风走了。

秦风带叶长乐来到了青城大剧院，他将她带到门口，自己就先进去了，交代她五分钟后再进去。

叶长乐点了点头，五分钟后，她才推开大剧院的门走了进去。剧院内原本一片漆黑，却在她走上舞台的刹那，灯火通明，无数粉丝和记者冒了出来。

叶长乐还没有反应过来之前，秦风再次出现，他穿着精致的西装，手里拿着戒指，走到了她的面前：“叶长乐，我爱你，嫁给我吧。”

“哇！”大剧院内传来排山倒海般的欢呼，记者们拼命地拍着照，万千粉丝齐呼，“嫁给他！嫁给他……”

那声音震耳欲聋，叶长乐便像真的听不见了一样，愣怔地看着秦风，一副难以置信的样子。她张了张嘴想要拒绝，他却像是料到了她要说什么一样，抬手将她揽入怀中，在她的耳畔轻轻地说：“这就是我想到的，能够转移公众对祁明信的注意力的办法，只是需要你配合。”

叶长乐僵住了。

秦风缓缓地放开她，看着她的眼睛，然后缓缓地单膝跪下：“嫁给我吧，长乐。”

她怔怔地和他对视，许久许久后，她听到了自己的声音，说：“好。”

秦风开心地笑了起来，将那枚戒指戴在了她的手指上，媒体疯了一样地拼命拍照。

秦风牵起叶长乐的手，对着在场所有的媒体和粉丝宣布：“谢谢大家最近对我和长乐的关心，我们就要结婚了，希望得到大家的祝福。”

粉丝激动地欢呼，有人甚至哭了，声嘶力竭地吼着：“这就是爱情啊！”

秦风继续说：“还有一件事情要再跟大家说一下，虽然IG的祁副总跟我和长乐之间有过一些小小的不愉快，但是我们已经和解了，我和IG现在还是合作关系，合作也真的非常愉快。过去的事情就让它过去吧，现在我和长乐就要结婚了，只希望一切都越来越好，谢谢大家一直以来的喜爱与支持……”

后面的话，叶长乐其实都没有怎么听，她浑浑噩噩，像个木偶一样地配合着秦风表演，看着所有人被他们所以为的“爱情”感动到哭泣的样子，忽然觉得一切都滑稽到可笑。

这些人是怎么了？

真实的事情他们一句也不信，虚假的事情他们却感同身受……

多可笑！多滑稽！

求婚仪式被直播到网上，连本市最高建筑物上的电子屏也转播了这条新闻，可以说是非常轰动了。

事情结束不到半个小时，蒋科就来了，他质问秦风：“你为什么要这么做？你知不知道你这么做无论如何也没办法再跟叶长乐分手了？现在你们必须要结婚了！”

叶长乐没有什么反应。

秦风看了她一眼，开口道：“那就结婚吧。”

蒋科难以置信：“你疯了？你明知道她是祁明信的女朋友！”

“是，我知道。”

蒋科气得发抖，他指着叶长乐道：“行啊，你们两个都疯了，叶长乐我告诉你，事情到了这个地步，你要是不想害了祁明信和你自己，你就跟他断得干干净净的，再想在一起，就只能是你和秦风离婚的时候。”

秦风皱眉：“蒋科，你过分了。”

“你不过分吗？”蒋科提高了嗓音，“你和叶长乐，你们两个背着我干的好事儿，你知道我现在有多被动吗？我快要疯了！”

他压抑着怒火对秦风说：“我现在跟你打赌，祁明信看了新闻之后绝对会冲去找叶长乐，为了避免麻烦，你这几天让她住你家，至少他冲进你家之后，就算被拍了，我们也有一万种理由可以解释。”

又斥责了他们几句之后，蒋科愤怒地走了。

蒋科的猜测没错，祁明信在看到新闻之后，几乎是立刻就从医院跑了出来。他没有去找叶长乐，而是径直来找了秦风。祁明信握着拳头一拳打在秦风的侧脸上，揪着他的衣襟质问：“秦风，你居然敢这么对叶长乐，你怎么敢这么对她？”

“祁明信，够了！你放开秦老师！”

“小叶你不要管，我知道你什么都不知道，是他骗你去的求婚现场。”

祁明信不放手，叶长乐也拉不开两人，绝望之余，她吼道：“是我的意思！祁明信，如果我不同意，秦风逼不了我。”

祁明信的动作僵住了，他看向她：“撒谎，你不可能知道！”

“祁明信，你不要这么无理取闹，只有这样才能保护你，你懂点儿事，我和秦老师是为了你好。”

“我无理取闹？为了我好？”祁明信怔了怔，他说，“叶长乐，我以为你懂我，可你怎么能说出这种话？”

叶长乐说：“祁明信，你知道为了你，秦老师付出了什么吗？他得娶我，他不得不娶我！”

祁明信怒了：“你以为他很为难吗？我告诉你叶长乐，他巴不得，他就是想娶你，这是他的阴谋，他的诡计，他设下的圈套。”

叶长乐难以置信地看着他：“祁明信，你太可笑了，秦老师根本不是这种人。”

“他就是这种人，包括在酒店的时候当着所有的媒体向你表白，都是他故意的，他在设计你。”

叶长乐和祁明信对视，秦风似乎有些慌，张了张嘴：“叶——”

不等他开口，叶长乐打断他，一字一顿地说：“我不信。”

所有的话音戛然而止。

祁明信愣愣地看着她，或许是因为太震惊，他揪着秦风的手指终于松开了，他张了张嘴：“你不信……不信我说的话？”

祁明信喃喃道：“你居然真的不相信我说的话……秦风在你眼里就这么好吗？”

叶长乐的唇瓣在轻轻地颤抖，她却冷冷地说：“我不知道他好不好，但我知道你一直都在莫名其妙地针对他。我不管你们之间有什么矛盾，祁明信，你不该信口雌黄，诋毁秦老师的名誉。”

祁明信的眼圈红了，他忽然笑了一声，又笑了一声：“你说得没错，我真可笑，我怎么这么可笑啊，可笑地瞒着你，怕你知道了真相会失望难过，却从来没有想过，原来你根本不信我。”

他点了点头，深吸一口气说：“叶长乐，你听着，你说的话伤到我了，我在生气，你要是现在就跟我道歉，我还是会原谅你。”

他看着她的眼睛，她没有避开，直直地和他对视，用失望至极的口气说：“祁明信，你太幼稚了。”

如被击中了要害，祁明信终于觉得难过了，他不敢再看她的眼睛，蹒跚着转身，逃一样地离开了。

他没有回头，所以不知道在他转身的刹那，叶长乐就再也支撑不住地闭上了眼睛，大颗大颗的眼泪从她的眼中掉了下来。可她硬是死死地咬着下唇，咬到下唇出血也没有发出声音，直到再也看不到他的影子。

他说得对，她很了解他，所以知道怎样才能让他受伤，怎样才能让他难过，直到……他对她失望。

秦风轻呼：“长乐，你的手。”

叶长乐垂在身侧的手在渗血，她刚刚一直握着拳头，指甲深深地扎进掌心的肉里，他有多痛，她都知道，一定比指甲刺进肉里还要痛。

秦风要来扶叶长乐，却被叶长乐避开了，她看都不看他一眼，声音带着轻颤的哭腔，语气却十分冷漠：“秦风，我不喜欢你，也不知道你有什么目的，你要是非要娶我，那就如你所愿，但希望你不要再伤害祁明信，这是我的底线。”

“长乐……”秦风落空的手还保持着伸出去的姿势，他喃喃道，“你就这么相信祁明信吗？”

“是。”

只这一个字，就令秦风顿在半空的手臂终于颓丧地落了下来，垂在身侧，恍若无力。

叶长乐进了房间，关上了门，而他呆呆地站在原地，满脸都是自嘲。

……

隔日，叶长乐打开房门出来时，秦风已经做好了早餐，他像什么都没有发生那样对她露出暖暖的笑容：“早，长乐，昨晚睡得好吗？我给你做了早餐，也不知道你喜欢吃什么，所以就每样都做了一些。”

“谢谢，我不饿。”叶长乐拿起外套往外走。

“你去哪儿？”秦风解释，“长乐，你别误会，我是怕你一个人出去不安全，你要去哪里，我可以让人送你去。”

“我去纪煦家把我的东西拿过来，你要是不放心，那就麻烦你派人去帮我拿一下吧。”叶长乐转身又回了房间。

秦风站在原地，看了看紧闭的房门，他坐了下来，看着满桌的早餐，告诉自己：“没关系。”

因为时间总能冲淡一些东西，再加深一些东西，而她的整个余生都是他的，他有的是时间来让那颗心重新爱上他，他们注定是要在一起的……

4.

为了让祁明信彻底死心，叶长乐主动要求陪秦风出席一些商业活动，她似乎一点儿也不担心过多地暴露在公众的目光之下会给自己带来怎样的隐患。

秦风一开始是不同意的，但蒋科觉得这样非常好，因此安排了很多活动让两人一同出席。叶长乐发现自己或许天生就该是个演员，她演得非常好，所有人都以为她和秦风伉俪情深，她相信祁明信能从每一次她和秦风出现在同一个画面里时的变化里，看出她在逐渐地爱上别的男人，逐渐在对别的男人动心……

因为演得太入戏，在越来越频繁的失眠之夜里，叶长乐躺在床上看着手腕上的手链时，感觉自己似乎已经真的不再喜欢祁明信了，不然怎么能看着他送给她的东西，内心连一丝丝的波澜都没有了呢？

她没想到，只需要一个电话，就让她所有的伪装都瓦解了。

酒保在凌晨的时候给她打电话：“这位小姐，祁先生在我们这里喝醉了，我们询问他要不要帮忙联系人来接时，他就报了这个号码，请问您现在方便过来接一下祁先生吗？”

“好。”她下意识地答应了。

结束通话，叶长乐闭了闭眼睛，腕上的链子顺着她垂下手臂的动作往下滑了滑，她苦笑，要是真的一丝波澜都没有了，怎么到现在还舍不得取下来呢？

叶长乐去了酒吧，把祁明信送回了他家。

小区门卫都认得她，所以她包得再严实也没有用，那个见她次数最多的保安讪讪地问："叶小姐，你真的跟祁先生分手了吗？"

保安觉得挺难过的："我觉得你俩挺般配啊……"

"麻烦帮忙开下门。"叶长乐没有回答保安的问题，只礼貌地说道。

保安不再废话，打开门禁让她进去了，然后疑惑地嘀咕："不是都分手了吗，为什么还一起回家？"

另一个保安嗤笑："你懂什么，现在的有些人，道德底线不要太低，吃着碗里的瞧着锅里的，有了新欢还跟旧爱不清不楚的，这种人多了去了……"

叶长乐刚把车开进去没多久，又一辆车出现在了门禁外，显示是临时车。

秦风打开车窗，对保安说："抱歉，能让我进去一下吗？刚刚我未婚妻送祁先生先进去了，我忙着送其他人，来晚一步。"

保安们愣了愣，然后恍然：原来秦风知道啊……

临湖别墅区本来就住了不少名人，保安们见到秦风倒也没表现得太失态，恭恭敬敬地把人放进去了。

其中一个保安感慨不已："叶小姐真厉害，居然敢带着男朋友见前男友，关键她男朋友还一点儿也不介意，还让她送祁先生回家……"

叶长乐艰难地把祁明信扶回了家。祁明信醉得厉害，全身的力量都靠在她的身上，她费了很大的力气才把他扶到了床上，又去拧了一条热毛巾给他擦脸擦手。

祁明信身上烫得厉害，也不知道到底喝了多少，才一会儿，整个房间就充满了酒气。

"叶长乐……"他忽然抬手握住她的手腕，含糊地问，"你不要我了吗？"

叶长乐被他忽然拉住，手中的毛巾无声地落地。

祁明信闭着眼睛，握着她手腕的五指却非常用力，她皱了皱眉，给他脱下外套，擦了擦脸和手之后，他身上的酒气似乎淡了很多……

“祁明信，你知道我最怕什么吗？”她没有拆穿他，任由他抓着她的手腕。

她说：“就是现在这样。”

他的身体不易察觉地颤了颤。

“祁明信，你让我感到进退维谷。”叶长乐平静地说，“其实我有一个秘密一直都没有告诉过你，是关于我从前的，但现在我觉得，告诉你其实也无所谓。”

她缓缓地说：“我原来不叫叶长乐，我叫叶笙，我也不是青城人。我的老家在距离青城很远很远的姜源市，我的母亲，叫张婕……”

她说得很慢，也不管他听没听，便将一直缠绕她的梦魇一股脑地告诉了他。

末了，她说：“所以祁明信，为了我们都不为难，我们就这样吧。”

她起身要走，手腕上的那只手却忽然用力，她被这股大力拉得摔倒在被子上，祁明信压住了她，将她困在他与被子之间。

叶长乐面无表情地和他对视片刻，说道：“你果然是装醉。”

“叶长乐，如果我说，我不会变成你母亲那样，选择你母亲选择的路，你是不是不相信？”

“当初我母亲也是这么告诉我的，你说我信不信？”

“你打定主意要跟我结束了，对不对？”

“是。但如果你继续纠缠我，我们早晚会被发现，我就会落到我母亲那样的下场，成为众矢之的，千夫所指，我可以肯定地告诉你，祁明信，我扛不住的。”

他可以不在乎他自己的处境，但他不可能不在乎她……

果然，祁明信的眼底闪过一抹痛色。

但他没有放开她，他说：“既然要结束，那就结束得彻底一点儿，叶长乐，把你欠我的东西都还给我吧。”

叶长乐皱眉："我还欠你什么——"

她话还未说完，他便俯身吻住了她……

后来叶长乐想，那一定是他们之间最悲伤的一个吻，因为吻完他们都哭了。

"叶长乐，现在我们两清了。"

祁明信松开叶长乐，翻身背对着她，再没有开口说话。

叶长乐慢慢地坐起身，手脚麻木地离开，也不曾回头。

打开门时，夏天的晚风迎面吹来，明明是温热的，她却哆嗦了一下，然后她就看见了站在门口的秦风。

"长乐，抱歉，我只是担心你一个人出来被狗仔拍到，到时会解释不清，所以才跟着你，还等在这里。"秦风解释。

叶长乐点了点头，然后说："秦风，我们结婚吧。"

"你说……什么？"秦风愣住了。

"我说，我们结婚吧。"

秦风一脸愣怔的表情瞬间变得欣喜若狂。

第十八章

掩藏了四年的旧事

1.

秦风和叶长乐即将举行婚礼的消息很快就被官方发布了出来，秦风微博底下的评论高达上百万条，都是祝福他们的。

消息发出去的第二天，秦风家里就闯进来一个骄纵跋扈的大小姐。大小姐进门之后，二话不说，上下打量叶长乐一番，毫不客气地问："你就是叶长乐？就你这样的，也配得上我秦风哥哥？"

叶长乐没理她，而是问跟着跑进来的助理："她什么情况？"

助理抹汗，忙道："叶小姐，对不起，这是柳世妍柳小姐，秦老师家里跟她家里是世交，她以前也经常来找秦老师，所以……"

助理苦不堪言地对柳世妍说："柳小姐，秦老师很快就回来了，你先坐，喝点儿茶，你不是刚下飞机吗？要不要休息一会儿？"

"休息什么呀，你和蒋科是什么情况？你们天天跟着秦风哥哥，居然都没有看住这些乱七八糟的企图靠近秦风哥哥的人吗？"柳世妍细长的手指指着叶长乐。

叶长乐觉得烦，一针见血地问：“柳小姐，你是不是喜欢秦风？”

柳世妍愣了愣，脸一下子就红了，结结巴巴地说：“你……”

她恼羞成怒：“我就喜欢他怎么了？我长得比你好看，学历比你高，家世也比你好，要不是你用了见不得光的手段，秦风哥哥绝对不会喜欢上你。”

“你这么有本事，那还得麻烦你去把你的秦风哥哥追回去，我无所谓。”叶长乐说完后，转身回房。

柳世妍气蒙了：“你……你说什么？”

她大小姐的脾气上来了，使劲儿敲叶长乐的门，喊道：“你给我出来，你什么意思，居然还看不上我秦风哥哥？”

“柳世妍，你干什么？”

秦风听到柳世妍要来急忙赶了回来，回来就见她在砸叶长乐的房门，他脸色顿时变了：“柳世妍，你不是去了法国吗？怎么会在这里？”

“我要是再不回来，你是不是就真的要跟这朵白莲花结婚了？”柳世妍回头见到他，委屈地质问。

秦风严厉地说：“你好好说话，她叫叶长乐，是我的未婚妻。”

“什么未婚妻啊，她一点儿也配不上你，我都打听过了，她只是个卖保险的业务员，连学历都没有，如果不是她费尽心机地勾引你，你怎么可能会看上她？”柳世妍口无遮拦地说，“而且你最爱的不是岑姐姐吗？岑姐姐那么优秀，只有她那样的女孩才配得上你，这个叶长乐，她算什么啊？”

“柳世妍！”秦风喝道，“你够了！”

柳世妍被秦风严厉的样子吓到了，眼睛睁得大大的，半晌才反应过来，顿时红了眼圈：“秦风，你怕什么，你怕叶长乐知道岑姐姐的存在吗？”

“滚，”秦风怒了，指着门道，“柳世妍，从我家里滚出去。”

柳世妍震惊地看着他，助理尴尬不已，连忙去扶她：“柳小姐，要不你今天先回去——”

“走开！”

柳世妍哭着跑了。

秦风像是一瞬间被抽尽了力气，跌坐在了地上。助理十分头大不知道是去追柳世妍好，还是留下来管秦风好，无措地问："秦老师，这……这怎么办？柳小姐肯定要去你家告状。"

"无所谓，反正我和家里早已经不再联系，还会怕他们来找我兴师问罪吗？"

秦风说："给我拿酒。"

"秦老师，你还有工作——"

"拿给我！"秦风大声吼道。

助理只好给他拿酒。秦风靠着叶长乐的房门喝得酩酊大醉，醉了就敲她的门，叶长乐不开门，他就在门口低低地哭："你怎么对我这么狠心啊……"

他一遍一遍地问："你怎么能对我这么狠心……"

"你心里最爱的人应该是我才对啊……"

叶长乐和他隔着一扇门，听着他悲伤地质问她，她觉得他说的话有些不对劲，却也没有多想，只当他喝醉了说胡话。她和他，本来也不存在关心和在乎。

2.

那天之后，柳世妍果然没再来找过秦风，秦风酒醒之后，也不再提那天的事情。

蒋科给叶长乐送了一张请柬，说："演员张蒙蒙添了个千金，她丈夫是青城人，所以酒宴在青城举行，明晚你和秦风一起去参加孩子的百日宴，给媒体添点儿话题。"

"好。"叶长乐照例配合。

然而她没有想到的是，祁明信居然也会来参加张蒙蒙孩子的百日宴。

秦风的助理一个劲儿抹汗，低低地解释："张蒙蒙的丈夫是青城有名的富豪，肯定也会邀请一些自己圈子里的人来……其实蒋总的意思是，如果你们能跟祁副总说说话，被媒体拍到，会更有利于祁副总洗白，顺便也能给秦老师增添人气。"

秦风还没有说话，叶长乐就点了点头：“好。”

秦风的表情不太好看。

两人一起去看了张蒙蒙的孩子，张蒙蒙一见到秦风，就调侃他：“没想到我们出道以来从没有绯闻的秦影帝这么快就要结婚了啊？恭喜恭喜啊！”

“同喜同喜。”秦风好脾气地笑了。

张蒙蒙身边有很多娱乐圈的人，认识的不认识的都想跟秦风说话，叶长乐不自在，于是跟他说了一声，就先出去了。

然而她的运气似乎不太好，一出门就遇见柳世妍和几个人在客厅里鉴赏名画，叶长乐有意要躲，柳世妍却眼尖地看到了她：“这不是秦风哥哥的未婚妻，叶长乐叶小姐吗？”

柳世妍一开口，所有人的视线都看了过来。

“叶小姐好。”

“原来这就是最近的风云人物，叶小姐呀？”

叶长乐不得不过去跟他们打招呼。

柳世妍亲亲热热地拉过她，指着画说：“我和我朋友正在鉴赏这幅画，这是我特意花重金托人购来送给张小姐孩子的礼物，叶小姐也帮忙赏鉴一下呗？”

叶长乐怎么可能会懂这个？

柳世妍分明是想让她出丑，她正要开口，身后却传来嗤笑的声音：“一幅赝品而已，有什么好赏鉴的？”

众人看过去，就见祁明信不知何时过来了。柳世妍生气地道：“你胡说，这可是我花了重金从一个老收藏家手里购来的，不可能是假的。”

“这画无论是纸张还是用色，一看就是故意做旧的，你连真假都分不清吗？”祁明信嘲讽道。

李言承那货也冒了出来，闻言立刻说：“哎，这高仿画我知道，我认识一个家伙，一个月能画六七幅出来，专门骗你这种人傻钱多的富家小姐。”

柳世妍被忽悠住了，气得将画砸向身后的人：“老朱，你怎么办事的？花了那么多钱，你居然给我买了一幅假画回来？”

老朱被砸了个正着，满头大汗地解释："不是的柳小姐，这是高价从一个非常靠谱的老收藏家手里买回来的，绝对是真迹啊。"

"你还狡辩。"柳世妍气得要撕画。

祁明信这才不紧不慢地阻拦："柳小姐，我开玩笑的，您居然真的以为这是假画？这可是真迹啊。"

柳世妍一头雾水。

李言承哈哈大笑："你们这几个人真逗，真假都分不清，还在这儿鉴赏个屁啊？"

柳世妍的脸都绿了，气得正要发作，秦风及时出来了，远远地就笑着说："今晚的主角是张蒙蒙家的小千金，你们都围在这里对着一幅画较什么劲？"

大明星出场，自然吸引了所有人的注意力，大家立刻过去跟秦风打招呼。秦风却径直走到叶长乐的身边，牵住了她的手，温柔地问："怎么一个人走这儿来了？"

周围立刻响起起哄的声音，柳世妍的脸色非常难看。

祁明信转身就走，李言承小跑着追上他，同情地说："祁明信，老子现在觉得你好可怜。"

祁明信瞥了他一眼，面无表情地说："你牙齿上有菜叶。"

李言承连忙去擦。

祁明信冷笑："这你都信，果然智障。"

李言承："祁明信，老子刚才帮了你，你就这么对我，活该你被人甩。"

祁明信甩掉他，扬长而去。

柳世妍在花园里拦住了祁明信，质问他："喂，你为什么跟我作对？"

祁明信懒得理她，但她拦着路死活不肯让，祁明信站定，不耐烦地说："因为讨厌你。"

"我打听过你，你是祁明信，之前因为叶长乐，你被人骂惨了，我想你应该比我更讨厌她吧？"

"抱歉，如果是因为这个，那我更讨厌的应该是你的秦风哥哥。"

“那么我确定了，你真的喜欢叶长乐。”柳世妍笃定地说。

祁明信目光锐利地盯着她，柳世妍勾唇：“网上流传的那个品仙楼的视频还有后续，虽然现在网上的视频都被删掉了，但我早就看过了，那时候我看到的版本和现在的可不一样，你紧张地抱着叶长乐匆匆忙忙跑去医院的样子，被所有人说成是喜欢。”

“网友的胡乱猜测罢了，有谁会当真？”

“我啊。你今晚这么明显地帮叶长乐解围，别人看不出来，我却看得出来，你放心，你要是真的喜欢她，我会帮你的。”柳世妍抱着胳膊说，“毕竟比起她装成白莲花，妄图当我秦风哥哥的灰姑娘，我更乐意她跟你在一起。”

祁明信皱眉：“你想干什么？”

“当然是对付叶长乐。你要是帮我呢，我就对她小惩大诫，让她知难而退，自己灰溜溜地滚蛋。你要是不帮我呢，我也不介意曝光你俩的恋情，让广大网友来人肉她，让她知道当白莲花的下场是什么。”

“你喜欢秦风？”祁明信问。

“是，我就是喜欢秦风，所以我一定会不惜一切代价——”

柳世妍的话还没有说完，祁明信忽然伸手抓住了她的手腕，柳世妍一愣：“你干什么？”

祁明信没有说话。这时，空中“嗖”的一声蹿上一簇烟花，所有的客人都涌到花园里来观看，然后就看见不远处，烟火盛开的斑斓光华下，祁明信和柳世妍紧紧地相拥在一起，仿佛一对约会的璧人……

“天哪……”张蒙蒙捂住了嘴巴，不可置信地道，“柳大小姐和 IG 的祁副总什么时候在一起了？”

“刚在客厅他们两个针锋相对的，我还以为他们关系不好呢。”

“原来是在打情骂俏啊……”

“吃瓜群众”不明真相，只觉得这一幕很美很浪漫，纷纷鼓起掌来。李言承目瞪口呆地喃喃道：“祁明信……疯了吧？”

叶长乐的脸色瞬间变得惨白，却在璀璨的烟火下看不出颜色，她按住了心口的位置，秦风慌忙扶住她："怎么了，你的心脏怎么了？"

叶长乐听不见他说什么，她的心脏疼得厉害，疼得她几乎喘不过气来。她推开秦风，转身踉跄着跑了，秦风连忙去追，竟没有追上。

柳世妍被祁明信死死地抱着，她连挣扎的力气都使不出来，烟火的声音太大，她的尖叫声只有祁明信听得见。

烟火燃放结束，所有人都陆续离去，祁明信才松开柳世妍。柳世妍用力推开他，骂他："祁明信，你就是个疯子。"

然后哭着跑了。

祁明信还站在原地，烟花已逝，一片黑暗里，他低低地笑："是啊，我就是个疯子……"

3.

叶长乐跑到纪煦家，纪煦拉开门就被她一头撞进了怀里，脸上的面膜都被撞掉了。

"叶长乐，你干吗？"纪煦一连退了好几步才稳住身子。

叶长乐抱着她，闷声闷气地说："纪煦，我饿了，我想跟你去路边摊撸串，还想跟你喝啤酒。"

"乐儿，你怎么了？"纪煦察觉到她不太对劲，担心地问，"你没事儿吧？新闻不是说你今晚跟秦风一起去参加明星张蒙蒙女儿的百日宴了吗？"

"我快饿死了，纪煦……"叶长乐撒娇，摆明了不想谈这事儿。

纪煦无法，只好说："行，那你放开我，我给你叫外卖行吧？"

叶长乐拼命点头，立刻放开她，乖乖地扑到沙发上去等着。

外卖送得挺快，不到半小时就到了，叶长乐跟饿死鬼投胎一样大快朵颐。纪煦看得目瞪口呆："喂，秦风不给你饭吃吗，你怎么这个吃相？"

叶长乐递给她一根串儿，问道："你不吃吗？"

纪煦无奈，摸了摸自己的小肚子，一咬牙："算了，舍命陪君子，胖死就胖死。"

两人毫无形象地坐在地上，围着茶几撸串，喝啤酒，虽然不如在路边摊过瘾，但也算是叶长乐这段时间以来吃得最痛快的一顿饭了。

她感觉好像回到了从前，虽然日子平平静静的，但每天都很幸福。

“纪煦，我好想回到认识秦风之前的日子……”叶长乐靠着沙发，难受地说，“我现在不开心，一点儿也不开心，每天都不开心。”

“乐儿，你是不是不喜欢秦风啊？可如果不喜欢，你为什么还要答应他的求婚啊？”

“因为，我害怕啊……”

“怕什么？”

“怕……怕死啊……”

纪煦听不明白，她胡乱地挥挥手：“算了算了，我真是被你搞糊涂了，还是喝酒吧。”

两人喝得酩酊大醉，秦风几乎打爆了叶长乐的手机，但她一个都没有接，他找了半天，才想起来叶长乐也许去了纪煦家，于是又匆匆地赶来纪煦家。

叶长乐认错了人，以为进来的是祁明信，她喝得傻了，一把抓住秦风的袖子，疯狂地表白：“祁明信，我喜欢你，我好喜欢你，我最喜欢你了，我只喜欢你啊……”

秦风愤怒地推开她，她没站稳，一下子跌在了沙发上，还抱着抱枕打滚乱喊：“祁明信，我这么喜欢你，你可不可以不要喜欢别人啊？你喜欢别人，我觉得心好痛啊……”

叶长乐滚到地上，捂住了心脏的位置。

秦风转身想走的脚步便顿住了，他铁青着脸回身，弯腰将她抱了起来，离开了纪煦家。

叶长乐醉得厉害，一路都在闹，闹到家门口时，才总算睡了过去。

秦风轻轻地将她抱回了房。

黑暗中，他看不清她的样子，只听到她浅浅的呼吸声和几不可闻的心跳声，他缓缓地俯身，将耳朵贴近她心脏的位置，听着那缓慢而有力的跳动声。

秦风闭了闭眼睛，无声地唤出一个名字：岑岑……

4.

秦风一连两天没有回来，叶长乐也没有多问，想他大概是因为她跑去纪煦家喝酒，没接他电话，所以为此感到不高兴了。

没几天，秦风回来了，对叶长乐说要带她去一个地方。

叶长乐就跟着去了，结果没想到秦风是带她来试婚纱。

到了这一刻，叶长乐才恍然发现，原来她真的要嫁给秦风了，从心里升腾而起的排斥让她几乎想立刻转身逃跑，但到底是忍住了，她问秦风："你真的要我试？"

秦风点了点头，对她露出微笑："期待至极。"

她和他对视片刻，然后跟着导购员去试婚纱。

秦风给叶长乐挑选的婚纱每一件都很保守，是那种连锁骨都没有露出来的款式。叶长乐换婚纱的时候，导购员还笑着说："叶小姐身材这么好，怎么挑选的都是这么保守的款式？"

叶长乐也不知道，她试了好几套，秦风都不太满意，于是导购员又带她去换了几套，叶长乐忍不住说："差不多就行了。"

"不，"秦风说，"我要让你成为最美丽的新娘，要给你最盛大的婚礼。"

导购员"哧哧"地笑了，叶长乐只好又进去换。

"秦风哥哥！"柳世妍却不知怎么跑了过来，保镖们连忙拦住了她。

她急了，大声地说："秦风哥哥，我有话跟你说，很重要的话，是关于岑姐姐的。"

秦风瞬间变了脸色，他快步走到柳世妍身边，将她拉进了一间无人的会客室。秦风关上了门，压低了声音警告她："柳世妍，你要是再敢提一句'于岑岑'的名字，我就对你不客气。"

柳世妍震惊地看着他表情扭曲的样子，似乎从来不知道，原来秦风哥哥温柔阳光的背后，还有这么可怕的一面。

但她没有被吓退，她大声地说："好，不提于岑岑，我们聊一聊叶笙吧。"

秦风顿时僵住了。

"秦风哥哥，你还不知道吧？叶长乐的原名叫叶笙，她母亲就是当年姜源市的那个医生张婕，岑姐姐的心脏就是被叶长乐的母亲换给了她——"

"你闭嘴！"秦风吼道。

柳世妍被吓得哆嗦了一下，水汽立马弥漫了她的视线，她带着哭腔说："你不信我吗，秦风哥哥？我遇到了叶长乐的姑姑叶红梅，我给了她一大笔钱，是叶红梅亲口告诉我的，我可以让她来给你做证，叶长乐真的就是叶笙。"

"我告诉你柳世妍，我知道叶长乐是叶笙，我早就知道了，我要娶的，就是叶笙。"秦风的表情显得很可怕。

"你……你知道了？"

柳世妍惊呆了，眼泪顺着她好看的脸颊滑落下来："你知道了，你还要娶她？"

"秦风哥哥，你……你是因为岑姐姐的心脏对吗？"柳世妍语无伦次地道，"你是因为岑姐姐的心脏在叶长乐的身体里，所以才要娶她对不对？"

秦风大怒："你不要再说了。"

他转身要出去。

"如果你是为了于岑岑的心脏，那你可以不用娶叶长乐，因为那颗心脏根本没有换给叶长乐！"柳世妍声嘶力竭地喊了出来。

秦风握着门把手的动作僵住了，他震惊地回头看着柳世妍："你在胡说八道些什么？"

柳世妍哭着说："我去查过了，我找了好多关系，我都查清了，叶笙当时在医院做的是阑尾手术，于岑岑的心脏换给了别人。"

"不可能。"秦风喝道，"所有人都知道，那颗心脏换给了叶笙。"

"不是的，那都是谣言，你可以去查，你去查啊！"柳世妍哭着说。

秦风的脸色非常难看，他摇头："不可能的，如果岑岑的心脏不在叶长乐的身体里，张婕当年为什么不解释？为什么宁可自杀都不解释？"

身后的门被打开了，柳世妍愣愣地看着来人：“叶长乐……”

秦风猛地回身，慌乱地下意识地开口：“叶——”

“柳世妍说的没错，那颗心脏确实不在我身上。”叶长乐苍白着脸，轻轻地开口道，“原来，这就是你接近我，想要娶我的原因啊。”

“长乐，你别听柳世妍胡说……”秦风喃喃道，他慌得竟不知所措。

叶长乐关上门，然后当着秦风的面，缓缓地解开了婚纱的扣子，露出心口的位置，那里一片洁白无瑕，没有任何开过刀的痕迹……

秦风仿佛不能承受，往后退了几步。

叶长乐将手指上硌人的求婚戒指取了下来，弯腰放在了地上，转身要走。

“叶长乐，”柳世妍语气恶劣地喊住她，“你知道那颗心脏换给了谁吗？”

叶长乐的脚步顿住了。

“你去问纪煦吧，”柳世妍冲她喊，“你永远想不到，你妈宁可自杀也要保护的那个人会是纪煦的妹妹吧？而纪煦他们一家为了不被你妈牵连，选择了沉默，最终让你妈承受不住一切，选择了自杀，而你……居然还和纪煦成了好朋友？”

叶长乐身子晃了晃，惨白着脸拔腿跑了。

“长乐！”

秦风要追，柳世妍拼命地拦住了他：“秦风哥哥，你不要去，我喜欢你，我从小就喜欢你，可是你喜欢于岑岑，你知不知道于岑岑去世后我有多庆幸，我以为老天可怜我，你终于是我的了，我等了你四年，等你忘记于岑岑，你就不会这么对我。”

“你走开。”秦风残忍地推开她追了出去，却被路人认了出来。

“秦风！”

“是大明星秦风！”

路人惊喜地围了过来，秦风被困住，眼睁睁地看着叶长乐上了出租车离开……

5.

秦风和叶长乐去试婚纱的新闻刚被发布出来不到一个小时，就被新娘无故冲出逃跑的新闻覆盖，引发热议。

蒋科焦头烂额地紧急处理这个突发情况，派人到处找叶长乐和秦风，然而一个也找不到。

祁明信和纪煦也在到处找叶长乐。

祁明信找了好久，才在叶长乐的家里找到她。她躲藏在床底，要不是手机落地，祁明信弯腰去捡，根本不会发现藏在床底的叶长乐。

他震惊地看着蜷缩在床底，紧紧地捂着嘴巴流泪的叶长乐，只觉得心口的位置一阵一阵抽痛。

“叶……”他张了张嘴，因为焦急而干燥到起皮的唇上传来撕裂的疼痛。

叶长乐不说话，也没发出声音，翻身朝着里面的墙，不看他。

祁明信趴在地上，也挤进了床底，伸手抱住了她。她抗拒了几下，但他用的力气很大，她没有办法，被他强行拉进了怀里。

“哭吧，叶长乐，我不问你为什么哭，也不告诉别人你在哪里，你放心地哭吧。”

于是她就哭了，对着他号啕大哭，仿佛躲在这床下，躲在他怀里，就是躲开了全世界。她终于可以放心地哭，放肆地哭，不必担心再看到其他人异样的眼光，听到其他人指手画脚的言论。

“祁明信，你知道我叫叶笙吧？”她哭着，语带自嘲说，“你知道我妈违背死者家属的意思，把死者的心脏移植给了另一个急需手术的患者吧？”

“秦风知道这件事了？”祁明信抱着她道，“如果他是因为这件事对你有偏见，那他就不配让你喜欢他。”

叶长乐闻言笑了：“那颗心脏的主人叫于岑岑，是秦风的女朋友啊……当时所有人都以为那颗心脏移植给了我，秦风也一直这么以为。”

祁明信的心脏仿佛被人一把攥住了，他的眼圈瞬间就红了——王八蛋，他想，秦风这个王八蛋！

“可实际上，那颗心脏是移植给了纪煦的妹妹。”

眼泪顺着叶长乐的脸颊往下落，哭着哭着她突然大笑了起来，笑得身体蜷缩成一团。

“那时候我妈被逼得走投无路，我们全家都被人戳着脊梁骨，我们拼命地解释，即使在那种情况下，我妈为了保护患者也没有泄露患者的资料，连我和我爸都不知道心脏到底给了谁，可纪煦他们一家自始至终没有出来替我妈说一句话……直到我妈自杀都没有……”

“叶长乐……”祁明信完全惊呆了，喃喃地喊她的名字。

叶长乐捂住了脸：“祁明信，我现在觉得我就像一个笑话，我们全家都像一个笑话，什么善有善报，什么友谊地久天长，假的！全是假的！我什么都没有——”

之后所有的话都被祁明信吻住了，他吻得那么用力，那么凶狠，像是要吻得她窒息而亡。

“你还有我，”祁明信用力地抱着她，“叶长乐，你听好了，你还有我。”

叶长乐像是被他吓坏了，水汽再次从她的眼中凝聚成泪珠滑落，她放声大哭起来。

6.

秦风被人拍到追着叶长乐跑出来的画面，紧接着又被拍到柳世妍追着他跑出来的画面，“吃瓜群众”纷纷留言质疑，想知道这是个什么情况。

蒋科不得不替他处理这些事情，发了一条又一条消息，解释两人只是情侣之间正常的小吵小闹，不是什么大事，至于追着秦风跑出来的柳世妍，其实是秦风家世交的女儿，他们是很好的朋友关系。

媒体纷纷询问秦风和叶长乐的婚期，蒋科含糊回应：“有好事情一定会通知大家。”

秦风去祁明信家找叶长乐，祁明信给了他一拳，然后问他：“当初姜云准备陷害你和叶长乐这件事情，你是不是早就知道了？你是不是和姜云的助理马唐有勾结？那些记者是不是你找来的？”

“是……”

祁明信又给了他一拳：“你是人吗，秦风？”

“我不是人，都是我的错，我找了叶长乐四年，我接近她，跟她做朋友，我所做的一切就是想报复她。可是她太善良了，她明明那么怕镜头，怕被曝光，可她还想着保护我，她就像岑岑一样善良，我又不想伤害岑岑的心脏，所以我就……我就……”

秦风痛苦地说：“都是我的错，你让我看一眼叶长乐，我想跟她道歉，我真的想跟她道歉。”

“不用了，秦风，你滚吧。”祁明信说，“从今天开始，我不会再让你伤害她一根头发。”

“我不会再伤害她了，你让我跟她道歉吧，我真的没想到会这样，我——”

“如果依旧是这样呢？如果那颗心脏就是给了叶长乐呢？你就可以心安理得地报复她了吗？”

秦风怔住了。

“秦风，如果可以，我真想亲手宰了你。”说完，祁明信用力地关上了门。

秦风颓废地坐在祁明信家门口，他捂住了脸，呜咽道：“怎么会这样……怎么会是这样啊……”

柳世妍找到秦风时，秦风已经在祁明信的家门口守了整整一夜，她看到他脸上的伤，难过得不行，流着泪问他：“秦风，你喜欢于岑岑，她那么优秀，我认了，可是叶长乐哪里比我好，除了你误以为于岑岑的心脏在她的身体里，她还有什么值得你这么做的？你知不知道你现在的行为如果被人拍到，你会怎么样？你不要你的星途了吗？”

“闭嘴吧，柳世妍，我不想看到你，”秦风头也没抬地说，“就算没有岑岑，就算没有长乐，也不会轮到你。”

“为什么？”

“因为我不喜欢你，从前不喜欢，现在不喜欢，以后也绝对不会喜欢你。”

"好……秦风，你不要后悔。"

柳世妍哭着跑了，她离开小区就给媒体打了电话："喂，汪主编，我有一个大新闻要爆料给你，你一定会很感兴趣……"

7.

纪煦打不通叶长乐的电话，所以一直在给秦风和祁明信打电话，但后来不知道为什么，这两个人的电话也打不通了。

她去了秦风家，两人都不在，于是她又跑去了祁明信家，然后在祁明信家门口碰到了秦风。

她怔了怔，问："秦风，你怎么会在这里？叶长乐呢？祁明信呢？"

秦风没有理她。

纪煦急着想去敲门，手还没有碰到门，就被秦风一把抓住了手腕。

她不解："你这是干什么？到底发生了什么事情？我还没有问你呢，秦风，你到底对叶长乐做了什么，她为什么会穿着婚纱跑出去？我告诉你，她可是我最好的朋友，你要是敢对她不好，我——"

"当年叶长乐的母亲，真的把岑岑的心脏换给了你妹妹吗？"

这一句话，让纪煦僵住了。

她张了张嘴，声音仿佛不是她的："你……说什么？"

"我问你，当年叶长乐的母亲，真的宁可自己背负骂名，甚至被逼自杀，也要把岑岑的心脏移植给你的妹妹，只为了救她的性命吗？"秦风一字一顿，不容她逃避地质问。

他盯着她的眼睛，她无路可逃，无处可躲。

"你怎么……怎么会知道？"纪煦的头脑一片空白。

竟是真的……秦风如遭雷劈，仿佛承受不住往后踉跄了几步。

纪煦无措地看着他："秦风……是……是谁告诉你的？长乐知道了吗？她……她知道了吗？"

"你还想瞒着她吗？纪煦，纸是包不住火的。"秦风嫌恶地看着她说，"你帮我转告你的家人，尤其是你的妹妹，她不配用岑岑的心脏。”

秦风踉跄着走了，纪煦呆呆地站在原地，隔着一扇门，她明知道叶长乐就在里面，可她没有勇气去推开那扇门，因为她无颜面对叶长乐，因为她无话可说……

8.

很快，因为柳世妍的报复，叶长乐的身世彻底被曝光了，关于她本来的名字，关于她母亲当年所做的事情，一五一十都被翻了出来，再一次被摆在阳光下，引起了一场轩然大波。

秦风去找柳世妍，掐着她的脖子质问她为什么要这么做。

柳世妍疯狂地说：“我就是想看看，你到底是在乎她，还是在乎你的前途。当年你和于岑岑谈恋爱时，还只是个刚出道的新人，可是你为了你的星途，一直到于岑岑死，你都没敢承认你们的恋情，没敢去医院看她最后一眼，甚至连她的葬礼你都没有参加。现在你是大明星了，影帝啊，我就不信你敢为了叶长乐说出真相！”

她哈哈大笑：“秦风，有本事你就告诉大家，说于岑岑是你的女朋友，说你是为了她的心脏才要娶叶长乐，说你发现心脏不在叶长乐的身上，说叶长乐的母亲真的是个圣母，为了救人愿意牺牲自己的生命。你去说啊，只要你开口，叶长乐不仅没事儿，连她母亲都会被洗白。你去说啊！你敢吗？你不敢的秦风，因为只要你说了，你就会失去你现在所拥有的一切，如果你不想让我把真相捅出去，你就娶我，娶我！”

秦风推开她，忽然笑了：“柳世妍，我到今天才发现，蒋科拿着岑岑的秘密要挟了我这么多年，原来我早就受够了。”

“你什么意思？”柳世妍的脸色微变。

“我会承认一切。如果知道会有今天，早在四年前，我就会站出来说出一切，然后亲自去查实那件事情。如果我那么做了，至少叶长乐的母亲就不会死，至少叶长乐现在还可以叫叶笙。”秦风说，“柳世妍，就算失去一切，我也会说出真相的。”

“秦风……秦风哥哥，我错了，我不要你娶我了，你……你别……”柳世妍慌了，拉住他，“你不要去说出真相，我错了，我不该逼你，我不该威胁你，你不能说，你绝对不能说。”

秦风推开了她的手：“柳世妍，回你的法国去吧，总有一天你会明白，能平平淡淡地和在乎的人幸福地生活在一起，比任何虚无缥缈的掌声与追捧都要重要。”

“秦风哥哥！”柳世妍怕极了。

然而秦风已经下定了决心，谁也无法改变他的决定。

第十九章

童话的结局都是美好的

1.

叶长乐在祁明信熟睡之后离开了，以她现在的处境，如果还和祁明信待在一起，一定会牵连到他，甚至影响到整个无辜的 IG。

终于还是到了这一天，母亲遭遇到的事情轮到了她身上，当自己亲身经历的时候，才明白这是一种怎样的压力。她忽然就不怪母亲了，不怪她怎么就那么不坚强，非要丢下她和叶远道，选择了一条不归路。

因为张婕想要保护她的女儿和她的丈夫，她害怕他们受到伤害，当心底的坚守与现实的残酷折磨得她别无选择时，她只能选择解脱……

叶长乐也有想保护的人，但她绝不会选择母亲所选择的路，她录了视频，将当年母亲说过很多遍的真相又说了一遍，然后向于岑岑的家人再次道歉，却也像当年母亲守护病患的隐私一样，没有提及心脏受赠者的资料。

她把这个视频发到了社交网站上后，给秦风打了个电话。

秦风几乎是一接通就急促地说："长乐，对不起，我——"

“我原谅你了，”叶长乐轻轻地说，“其实当年的事情被爆出来我很开心，因为我终于找到机会可以正大光明地替我的母亲再把真相完完整整地说一遍，也可以趁机跟你分手。这种时候我们分开，不会影响到你的事业，大家的关注点只会在当年的事情上，所以我们就这样结束吧，挺好的。”

“叶长乐，不是这样的……”秦风的声音在轻颤，他几乎说不出一个完整的句子，“我只是想跟你道歉……”

“秦风，我妈当年对于岑岑做的事情我没办法补偿你，你对我做的事情我选择原谅你，我们就这样吧。”

然后她扔掉手机，离开了青城。

说不说是她的态度，信不信是别人的事情，她不会再去看网上那些乱七八糟的言论。她孑然一身，只要不拖累在乎的人，她可以去任何地方，不让任何人找到她。

这就是她的选择，尽管她承认自己很懦弱。

2.

叶长乐走了，不知道去了哪里，谁都找不到她，网上却翻江倒海般吵得不可开交，有人骂叶长乐，有人主张应该彻查当年的事情。

而在这样的混乱之中，秦风未经过经纪公司的同意，私自开了记者招待会。

他从向媒体发邀请到开始陈述，不过短短二十分钟，蒋科完全没有反应过来，有些媒体甚至没能来得及赶到，赶来的基本是青城本地的媒体。

秦风还开了直播，完全没有给蒋科留任何的后路。

蒋科心如死灰，放弃了阻拦的意图……

对着镜头当着媒体的面，秦风缓缓地开口：“召开这个记者会的原因是，我想告诉大家一些真相，或许说完这些真相后，我所有的粉丝都会离开我，我所有的合作方都会跟我解约，但我还是决定把真相说出来……”

秦风从他出道时说起，说他和于岑岑是怎么遇到的，又是怎么被她的善良和美丽吸引，然后和她开始了一段恋情。

但因为他还是个新人，只有颜值没有作品，一旦承认恋情，人气肯定会大幅度下跌，所以他和于岑岑选择了秘密恋爱。恋情瞒过了所有人，却被秦风的家人知道了，他的家人本就反对他进入娱乐圈，如今更是反对他和于岑岑在一起，希望他和世交的女儿柳世妍结婚，然后安心地继承家业。

因为这件事情，秦风和家里产生了矛盾，并和于岑岑也产生了分歧，他们开始频繁地吵架。于岑岑出车祸那天，其实秦风就在现场，他在拍戏，而于岑岑想给他一个惊喜，前去给他送吃的，他却因为担心被狗仔拍到而没有表现得很开心。

于岑岑生气地离开，他追出去，却亲眼看到她被车撞飞……

秦风是想去救她的，但是蒋科拉住了他。义正词严地告诉他，现在已经有很多人冲过去救人了，如果此时此刻他冲出去，不仅起不到任何作用，相反还会曝光他们的恋情，对他的前途造成致命打击……

于是他就真的没有过去，眼睁睁地看着别人焦急地叫救护车，看着别人将她送去了医院。

他正为自己的退缩感到愧疚时，又得知于岑岑去世后心脏被一个医生换给了自己的女儿……

他为自己的愧疚找到了借口，他和家里彻底决裂，他拼命地努力，拼命地拍戏，拼命让自己红起来。他要让自己成功，要让自己的能力足够强大，然后，他会找到那个自私自利的医生，让她付出代价。

可是那个无良医生畏罪自杀了，秦风仿佛一下子失去了目标，好在那时候他最好的朋友告诉他，岑岑的心脏还在那个无良医生女儿的身体里，而那个叫叶笙的女孩离开了姜源市，失去了联系。

于是他重新找到了目标，这四年里，他一步一步地逼着自己走上巅峰时，也在不断地寻找叶笙。

终于，他找到了改名换姓的叶筐，也就是叶长乐。他接近她，和她做朋友，假装喜欢她，明知道她有喜欢的人，却想方设法地破坏她的幸福。

他花钱买通了姜云的助理马唐，让他把姜云的一举一动都泄露给他。所以，当他得知姜云准备报复他和祁明信时，他选择了将计就计，故意找记者爆料，故意把记者引到酒店。他本来是想曝光叶长乐的，然后再让早就准备好的水军翻出当年的旧事，把她打入万劫不复之地。

只是他没有想到叶长乐会为了保护他不顾一切，他产生了一个疯狂的念头，觉得那是岑岑的意思。岑岑的心脏在叶长乐的体内跳动，他如果伤害叶长乐，或许害死的就是岑岑的心脏。

于是他改变了主意，他要把她从她喜欢的人的身边抢走，这样一来，既报复了叶长乐，又守护住了岑岑的心脏。

得知叶长乐要跟祁明信出国，他故意让人放出品仙楼的视频，让祁明信不得不暂缓出国的计划，然后他再下一剂猛药，让祁明信成为众矢之的，让叶长乐为了保护他而做出牺牲。

他成功了，叶长乐答应了他的求婚，最终还亲口说要嫁给他……

这一切都按照他的计划在进行，他报复得很成功，却一点儿也不觉得开心，反而觉得不安。这样的不安在他确定于岑岑的心脏根本没有移植给叶长乐的时候，到达了顶点。

原来那种不安，是源自良心的谴责，他所做的事情看似在折磨叶长乐，其实又何尝不是在折磨他自己？

"……我对不起大家，我到最后才得知真相，才得知叶长乐的母亲张婕女士是一位好医生。她当初真的是单纯地为了救一个年轻的生命才会做出那样的事情，最后自己却被舆论逼死了。这一切都是我的错，如果当初我勇敢地承认我和岑岑的关系，如果当初我以她男朋友的身份将这一切调查清楚，就不会有后来的悲剧发生。"

秦风深深地弯下腰："我向岑岑和岑岑的家人道歉，向叶长乐的母亲和她的家人道歉，向所有的粉丝道歉，我是一个自私卑鄙的人，我不值得你们喜欢……”

所有人都被这个令人难以置信的消息震住了，直播上的弹幕几乎覆盖住了视频，满屏都是拒绝相信和难以置信。就连现场的记者也愣了半天才反应过来。

“秦老师，您说的真的是事实真相吗？”一个记者提问。

“当然。”

“您确定您不是因为深爱叶长乐，为了帮她洗白，才选择用这种极端的方式来帮她解释的吗？”另一个记者提问。

“我发誓，我说的每一句话都是真话，这一切都有迹可循，大家可以去查。”

“秦老师，如果您说的这一切都是真的，那么为什么叶长乐母亲当年死活不肯说出心脏移植给了谁呢？”有记者犀利地问。

“不错，当年有传言说叶长乐的母亲把心脏移植给了自己的女儿，就算您亲眼证实心脏没有给叶长乐，那么又怎么证实她没有将心脏高价卖给别人呢？”

“是啊，秦老师，如果不是有利可图，张婕为什么要这么做？真的是因为大爱无私吗？”

“如果她这么大爱无私，为什么到死都不敢说出心脏移植给了谁？”

“对啊，如果她没有收别人的钱，那个受益者难道就这么没有良心，连站出来帮救命恩人说句话都不肯吗？”

“秦老师，请你正面回答，于岑岑的心脏到底移植给了谁？”

秦风怔住了，此时纪煦站了起来，说：“这个问题，让我来回答吧。”

所有人都朝她看了过去，却发现根本不认识她，不由得窃窃私语起来。

秦风皱起了眉头，纪煦却毅然地走上了台，她站在秦风的身边，对着话筒，对着直播的镜头，用略显颤抖的声音说：“当年于岑岑小姐的那颗心脏，被张医生移植给了我的妹妹，纪尔。”

媒体人无不哗然。

纪煦从包里拿出几张陈旧泛黄的纸，说道：“这是当年我妹妹纪尔在姜源市医院住院的付款单据，这是当年我妹妹纪尔无偿接受心脏捐赠的确认书，这是我妹妹多年来服用抗排异现象药物的证明……”

她将那些纸一张一张地举起来，举到镜头前，末了，将最后一张纸举起来：“这是当年我妹妹纪尔亲手写的感谢信，本来想寄给张医生的，但是当时于岑岑家属的情绪太激动了，网上的舆论太可怕了，而我妹妹的心脏太脆弱了，我的父母生怕纪尔受到刺激，于是全家匆匆出了国……”

纪煦哽咽着说：“等我妹妹的病情稳定了，我才回了国，却得知张医生因此自杀了。我们全家都很愧疚，却也彻底地被舆论的威力吓到了，我们没敢站出来，只敢偷偷地在张医生的坟前磕头谢恩。后来，我父亲费尽周折打听到了张医生的女儿叶笙的下落，得知她改名换姓，还换了职业，重新开始生活，我便以找她买保险的名义成了她的朋友。可无论我怎么陪伴她，我的父母怎么在逢年过节时让我把她带回家，我们都知道，这一切都抵不过我们家欠她家的债……”

纪煦哭着说：“叶长乐，我们家对不起张医生，对不起你们家，当年我们没有及时站出来，可张医生为了保护我妹妹，甚至在我们那么忘恩负义的情况下，也没有说出心脏移植给了谁，而我们，我们事后都没敢说出真相……我父母和我在这四年里都饱受着良心的煎熬，我们都很后悔，所以今天他们让我站在这里，让我说出全部，让我道歉，尽管这根本换不回来张医生的生命，也赔偿不了你失去的幸福家庭，但……但我们……”

她忽然就情绪崩溃了，哭着喊：“是我父母当初跪在张医生面前求她救纪尔的，是我跟张医生说，纪尔才十六岁，她不能眼睁睁地看着这么年轻的生命在她的眼前消失。是纪尔亲口告诉张医生，她还想学舞蹈，想参加钢琴比赛，还有很多很多的事情想做，她还不想死，所以张医生才不顾于岑岑家属的意思，把心脏移植给了纪尔……”

纪煦失声痛哭，哽咽得已经说不出一句完整的话了："张……张医生，对不起……叶笙，对不起……"

全场寂静一片，竟没有一个记者开口说话，方才还一片沸腾的弹幕也彻底地安静了下来。

所有人都被这惊人的真相震住了。

这一天，经历了这件事情的所有人都不知道是怎么结束的，新闻出来后，涉及此事的人都在扪心自问，没有涉及此事的人都觉得难以置信，一时竟无人再有心思去谴责秦风的所作所为。

也不知道是谁起的头，社交网站上有人为张婕点起了一根蜡烛，并说了一句"对不起"，于是陆续地，无数根蜡烛在虚无缥缈的网页上被点燃了，无数句"对不起"覆盖了所有的消息……

然而所有人都清楚，就像纪煦所说的那样，这根本换不回张医生的生命，也挽回不了叶笙失去的幸福家庭。

3.

网上一片安静，就连媒体似乎也失去了炒热度的兴趣。

于岑岑的家属在历经四年之久后终于看到了真相，他们选择了原谅，并为自己当年的过激行为所导致的后果道歉。

秦风跟蒋科解约了，宣布退出娱乐圈，他赔偿了一大笔违约金，几乎是他这几年所有的收入，他却感觉到了前所未有的轻松。

柳世妍在秦风直播时就崩溃了，她流着泪却笑着指着屏幕里的那个人说："疯了，哈哈哈……为了所谓的真相，连前途都不要了，哈哈哈……你疯了吧，秦风……"

她终于绝望地明白了，自己这一辈子都不可能得到秦风的心了，她买了最近的一趟航班，飞去了法国，再也不打算回来了。

秦风也打算前往国外，临走之前，他去见了祁明信。

祁明信问他："和蒋科解约后，你赔了不少钱吧？光我们IG的代言，蒋科他们公司就赔了一大笔钱。"

"我能赔的都赔了，剩下的，没关系，蒋科自然会去问我家里要。"秦风苦笑了一声，说，"虽然我跟我家两个老顽固闹掰了，但如果他们听说我要离开娱乐圈，想必会非常开心，然后心甘情愿地支付这笔钱。"

"接下来你打算去哪里？"

"去澳大利亚吧，先去看看那个叫纪尔的女孩，我总得看看岑岑的心脏到底移植给了什么样的人，然后可能就会留在那边继续学习。我大学学的其实是工商管理，但我不太喜欢，我想改学建筑。"

"挺好的，祝你好运。"祁明信说。

"这个祝福真不走心，"秦风道，"你呢，叶长乐丢掉了手机，谁也联系不到她，而且她不想和外界联系，我都担心她会找一个原始森林与世隔绝，那你想要找到她，可是比登天都要难了。搞不好一二十年后，你好不容易找到了，却发现她已经结婚了，孩子都可以谈恋爱了。"

祁明信没好气地挥挥手："行了，你可以滚了。"

秦风笑了，果然听话地滚了。

4.

祁明信愁死了，已经快一个月了。

他本来以为，叶长乐看到网上的消息，知道一切都过去了之后，一定会回到他身边的，没想到她却依旧没有动静。

这丫头可真狠心啊，说抛弃他就抛弃他，说不要他就不要他，他怎么就这么惨，找了个这么狠心的姑娘？

已经从日本回来的刘昊，一针见血地给他总结："大约是当初副总您的行为太过人神共愤，天理不容，以至于遭到了报应——"

他话未说完，就被祁明信拿文件夹拍苍蝇一样拍在了脑门上。

刘昊捂着头逃窜，还委屈地道：“副总您听我把话说完啊，虽然说这是个报应，但您得知道这个套路大多是美好啊！等您和叶小姐历完劫，那肯定就是王子和公主幸福地生活在了一起啊！”

“滚蛋。”祁明信的心情差到了极点。

刘昊圆润地滚蛋了，然后祁知诚面无表情地进来问他：“你联系到叶小姐了没有？”

祁明信没好气地说：“如果我联系到了她，我还会坐在这里听你问话？”

祁知诚蹙眉：“那纪煦呢，她又去哪儿了？”

祁明信糊涂了：“纪煦去哪儿了，你问我干吗，她又不是我什么人，我管她去哪儿？”

“你什么都不知道，要你有什么用？”

祁知诚转身就走了。

祁明信一头雾水。

他做错什么了，要莫名其妙地挨骂？

谁知祁知诚前脚刚走，李言承那货就不怕死地跑来了。

“听说你找了一个月，都找不到叶长乐？”

“我说祁明信，你要是找不到她，要不求求我呗？”

李言承得意扬扬地说：“你不要不好意思嘛，我也不为难你，要你三跪九叩或者去胳膊断腿什么的，你呢，就叫我一声哥哥，以你李哥哥我的人脉和渠道，我保证三天之内给你把人找回——”

“来”字还没出口，祁明信就面无表情地当着他的面报警了：“喂，警察叔叔，我要报一个人口失踪……有没有二十四小时？已经失踪不止二十四天了……”

5.

叶长乐万万没有想到，自己居然会被警察找到。

她明明已经彻底断绝了跟信息化世界的联系，躲在最偏僻最与世隔绝的一个乡下打算过田园生活，结果种下去的菜籽都还没有发芽，她就被警察叔叔当作失踪人口带了回去。

叶长乐气得要命。

祁明信亲自来派出所接人，还嘲笑她："臭丫头，敢跟我玩离家出走，还断绝联系，可把你能干坏了。"

叶长乐："哼！"

"你在外面浪了一个月了，现在看到你担惊受怕这么久的男朋友，你就不心疼吗？"祁明信忽然放软了语气。

叶长乐这人一向吃软不吃硬，听到这话果然有了反应，她瞥了祁明信一眼，发现他确实是瘦了。

她嗫动唇瓣，低低地问："你……你还好吧？"

"我不好，我被你抛弃了一次又一次，你真当我是泥人没脾气？"

"我错了……"

祁明信冷笑："就这样？"

叶长乐："那你还要怎么样？"

祁明信提醒她："那天在床底下，我不是亲了你吗，我还欠你一个吻……"

这人怕是疯了吧，这里可是派出所，众目睽睽，大庭广众之下，亏他想得出来。

叶长乐摇头，抵死不从。

祁明信生气了："叶长乐，你现在有两个选择，一是跟我去医院，二是亲我一下，否则这事儿没完。"

叶长乐心下疑惑，去医院是什么意思？但本能已经自作聪明地给她选择了跟他去医院。

祁明信没忍住，勾起唇笑了。

叶长乐被他笑得非常害怕。

直到上了车，叶长乐发现车真的是朝着医院方向开的时候，她才忍不住疑惑地问：“祁明信，我又没有病，你带我去医院干什么？”

“婚检。”

“什么检？”

“婚检。”祁明信一字一顿地道。

“婚检干吗？”叶长乐的声音都变了调。

“当然是，领证，结婚！”

番外一

七月的姜源市，荷花怒放，夏日的微风夹杂着荷花的清香扑面而来，叶长乐终于在四年后再次踏进了这里。

物是人非，她当年的家现在已经是别人的家了，那家人还很自豪地跟街坊四邻说："我这个房子以前住的是张医生，就是那个为了救别人家孩子的命，宁愿自己背负骂名的那个好人……"

当年张婕工作的医院里多了一幅她的照片，挂在功勋墙上，下面用灰色的正楷字叙写了她简单却不平淡的一生。

祁明信很担心叶长乐会情绪失控，但叶长乐显然已经能够很平静地面对这一切了。

最后他们去墓地拜祭了叶长乐的父母，叶远道和张婕的照片被并排放在黑色的墓碑前，都是笑着的，他们本来就是一对很爱笑、很恩爱的夫妻。

墓碑前有很多的鲜花，其中一束非常新鲜，上面的露水都没干，里面还夹了一封信，信纸看起来很陈旧，叶长乐皱了皱眉，拿起那封信，展开来。

敬爱的张婕阿姨：

我是纪尔。妈妈说等我好了之后，要去你家当面感谢你，但是我等不及啦！

我有一句话特别想跟你说，但我不知道你的电话号码，所以我就给你写了一封信，让我爸爸帮我寄到你工作的医院去。

希望快递员能用最快的速度把这封信寄给你，上面这些字都是我妈妈帮我写的，因为我还没有好，没有力气，手还肿着，但我想跟你说的这句话，我一定要亲自写给你。

谢谢你让我活下来了。

……

最后九个字写得歪歪扭扭，叶长乐可以想象到那个刚做完手术没多久的女孩，是怎样艰难地用她浮肿的手夹着笔，亲自写下这句话的……

视线忽然就被水汽模糊了，这么久以来，即使所有人都在向母亲道歉的时候，她也没有像此刻这样感觉到开心。

她想，如果张婕还活着，如果张婕看到了这几个字，想必也会很开心，因为值得。

只这九个字，就够了。

祁明信给她擦眼泪，她又哭又笑地说："其实我很开心，我特别开心，但我也不知道我为什么要哭，真丢脸，我怎么老是在你面前哭啊？"

"因为你聪明啊，"祁明信吻了吻她的眼睛，逗她开心，"知道在你丈夫面前哭，他就会心疼你，会哄你，还会亲你。"

叶长乐破涕为笑："你真不要脸……"

祁明信将她揽入了怀里，眼角余光扫到不远处的松树后面有一个身影在颤抖。

他在心里叹了一口气，故意问叶长乐："这封信和这束花肯定是纪煦送来的，你还怪她和她的家人吗？"

"刚知道的时候，因为难以接受，所以特别恨她，我还极端地想过，这辈子都不要再见到她，这辈子都不会原谅她。"叶长乐闷闷地说，"但也只是想想。”

祁明信心想：我就知道你只是想想。

“那接下来怎么办，你和纪煦不说话、不见面的，那我们的婚礼到底要不要请她啊？”祁明信问。

叶长乐无语了。

祁明信故意说：“要么不请她了？她这么骗你，她家人还那么忘恩负义，想想就好生气，干脆我让祁知诚以后也不要理她了，让她也尝尝——”

“你敢！”叶长乐急了，“她不是骗我，她只是不敢说，这次她都不顾后果，当着媒体的面说出真相了，她和她的家人也道歉了，我已经原谅他们了。而且他们对我真的很好，纪煦的父母每次出国，都会给我带跟纪煦一样的礼物，他们一家还想带我一起出国，他们家一直给我留着一个房间。我不去，纪煦就一直留在国内工作，陪着我。”

祁明信含笑看着她。

叶长乐愣了愣，忽然反应过来：“你故意诈我话啊？”

她伸手要打他，祁明信连忙接住了，笑着说：“我不诈你，你怎么会说出真心话？你不说出真心话，纪煦怎么有胆子出现在你面前？”

“你知道纪煦去哪儿了？”叶长乐连忙问，语气十分担心。

祁明信看向了那棵松树，说道：“纪煦，都这样了，你就不要躲了，这段时间找不到你，叶长乐很担心你。”

纪煦走了出来，跟着她走出来的，居然还有祁知诚。

祁明信愕然：“哥，你怎么也在这里，你来干什么？”

祁知诚面无表情地说：“陪你未来的嫂子和侄子来的。”

祁明信惊讶得差点儿摔倒：“你一个禁欲到连女人的脸都记不住的人，居然也有奉子成婚的一天？！”

祁知诚冷冷地看了他一眼：“你一个相亲三十多次都不成功，每天把‘觊觎我的异性都是在犯罪’这句话挂在嘴边的人都结婚了，我为什么不能奉子成婚？”

祁明信被呛得心服口服，无言以对。

纪煦红着眼圈看着叶长乐，叶长乐看着她的眼睛也肿着。

祁明信和祁知诚都不约而同地有些担心，正用眼神交流他们是不是需要助攻一下，缓和一下气氛，面前这两个女孩就忽然毫无征兆地扑向了对方，然后紧紧地抱在一起号啕大哭。

“对不起乐儿，我错了。”

“对不起纪煦，我也错了。”

“我好担心你啊。”

“我也好担心你啊。”

“我不能没有你。”

“我也是！”

山间微凉的风夹杂着松香的味道拂过，祁家两兄弟忽然生出了自己是颗超大瓦数的电灯泡的错觉。

不过，看着两个抱在一起又哭又笑的女孩重归于好，两兄弟对视一眼，也不约而同地露出了笑容。

番外二

叶长乐很久之后才反应过来一件事情，那就是——她莫名其妙地跟祁明信领证了，连求婚都没有就领证了。

“你还没跟我求婚！”她控诉。

“你还没送我求婚戒指！”她抗议。

“三媒六聘你一样流程没走，你就把我骗到手了！”她怒气冲冲。

顿时觉得自己的确很过分的祁副总慌了，给周秘书打电话，问：“三媒六聘一个流程都没走，我就把人家闺女骗去领证了怎么办？还能补吗？怎么补？补多少？”

周秘书哪里还听得到他后面的话？他激动地道：“你和叶小姐领证了？”

“对啊，话说三媒六聘。”

“什么时候的事情？你哥知道了吗？”

“他早就知道了，他自己都有孩子了，话说三媒。”

周秘书激动极了：“啊啊啊，小祁领证啦！大祁都有孩子了！为什么我一个都不知道。”

周秘书激动得连手机都不要了，完全不顾祁明信还在对面“喂喂喂”地求助，就跑去找祁知诚算账了。

后来，祁副总跑去书店买了一本《国学知识全知道》，将所谓的三媒六聘恶补了一番，还不耻下问，特意跑去找李言承秉烛夜谈，认真地学习了一晚上的求婚攻略，然后对李言承心服口服，把他夸得面红耳赤。

天亮时，李言承抹着眼泪，小狗一样抱着祁明信哭了，说自己一直都把他当偶像，针对他其实是因为崇拜他，想吸引他的注意力，想得到他的夸奖，他不知道自己对他的执念有多深。

“我可以负责任地告诉你，”这货哭得稀里哗啦地说，“叶长乐可能都不如我爱你。”

祁明信吓疯了，一把推开李言承：“你神经病啊？”

“祁明信，你误会了啊，”李言承被推得一屁股坐在了地上，还扯着嗓子解释，“我真的很爱你啊，是那种铁粉对偶像的爱啊！”

可惜祁明信没听到他的解释，可怜的祁副总被吓得落荒而逃，从此听见“李言承”三个字就绕道走。当然，这是后话了。

眼下，祁明信很认真地去准备了“三媒六聘”，然后蒙着叶长乐的眼睛，把人哄到了家里。

叶长乐睁开眼睛时，被满屋子古装剧里才会出现的大红实木箱子震慑住了，她一脸蒙地指着那些玩意儿问：“你是要玩收藏吗？”

祁明信正色说：“当然不是，我特意去研究了一下你说的三媒六聘，发现好多咱们可能都补不上了，但是能补上的，我都双倍给你补了。”

他指着一堆箱子说：“这是提亲的东西。”

叶长乐傻傻地问：“什么东西？”

“烟、酒、茶、猪肉、瓜子、花生、糖、鸡蛋……”祁明信扳着手指说给她听。

叶长乐愣愣地看着他。

祁明信又指着另一些箱子说："这是议亲的，这是过礼的……"

他一样一样打开给叶长乐看，最后将自己的钱包和一大串钥匙，还有装着产权的文件袋全部递给了叶长乐，说："这是咱家的财产，都是你的了，哦，还有我，也是你的了。"

说完，他露出孩子气的笑容，邀功似的看着她。

叶长乐的眼圈又红了，她撞进他的怀里，用的力气有些大，祁明信手里的那些东西"稀里哗啦"掉了一地。

他愣了一下，问道："怎么哭起来了？要不回头我让周秘书帮帮忙，把三媒也补给你……"

"我不要这些，"叶长乐抬起脸，"我就要你。"

"不愧是我喜欢的姑娘，真有眼光，就挑最好的要。"祁副总的老毛病又犯了，自恋得不行。

随后，祁明信单膝跪下，从口袋里摸出早就准备好的戒指："叶长乐，我心爱的小姑娘，虽然你已经嫁给我了，但我还是要再问一下，我爱你，你愿意嫁给我吗？"

叶长乐还没有说话，他就认真地补充道："我会像疼女儿一样疼你的。"

叶长乐哭笑不得，都不知道说什么好了。

祁明信不管，生怕晚一步人就飞了似的，忙不迭地把戒指给她戴上，因为太激动，戒指掉到了地上，然后滚去了沙发底下。

他急得去追，撅着屁股在沙发底下摸索，气急败坏地说："叶儿，明天就把咱家里的沙发都拖出去扔了吧。"

他好不容易找到戒指，爬起来，正欢天喜地地准备继续，一回身，被他求婚的小姑娘不知何时过来了，勾住他的脖子八爪鱼一样缠住了他。

祁明信生怕她掉下来，连忙扶住了她："怎么了？我这正求婚呢——"

话音未落，他怀里的姑娘就亲了他一下，又亲了他一下，红着眼睛告诉他："祁明信，我也爱你。"

祁明信忍不住了，扶着眼前这姑娘就深深地吻了下去……

后来，两人并排躺在房间里。

祁明信美死了，一激动，他就开始画蛇添足，他翻身抱住心爱的姑娘，悄悄地告诉她："叶儿啊，其实有个事儿，我一直没有告诉你。"

叶长乐被他抱着，懒洋洋地问："什么事儿？"

"还记得当初你喝醉了，一下子强吻我三次的事情吗？"

叶长乐一个激灵，立刻说："我已经还清了。"

祁明诚闷闷地笑："我要说的不是这个。"

"那你要说什么？"

"我就是想告诉你……"祁明信笑得全身都在颤抖，说，"其实第三次是我主动吻你的，哈哈哈……叶长乐，其实我喜欢你，远比你知道的还要早。"

叶长乐安静下来，沉默不语。

祁明信后知后觉有些不对劲儿。

笑声戛然而止，他觉得有一种叫作"杀气"的东西正在朝着他蔓延过来。

叶长乐伸出两条雪白的胳膊道："祁明信，我要杀了你。"

她气愤地朝着他扑了过来，他慌乱地接住她："我错啦，媳妇儿！"

"你哪里错了？"

"哪里都错啦！"

"你敷衍我，你根本没有认识到自己的错误！"

祁明信被打得落荒而逃，却是笑着的，刘昊说得对，童话的结局，果然是好的。

从今往后，岁月静好，他和他的小姑娘，执子之手，与子偕老。

【完】